KB143539

은하계
단승터미널
구멍가게

은하계
환승터미널
구멍가게

배인경 장편소설

해피북스
투유

차례

프롤로그

제44 은하계 환승터미널 구멍가게

제44 은하계 어딘가에는 허름한 환승터미널이 있다.

정확히 말해 제44 은하계, 태양계, 지구, 아시아 대륙, 대한민국, 서울시 봉천동 시장 변두리에 있는 이 터미널은 결코 오래 머무르고 싶게 생긴 곳은 아니다. 지저분한 벤치, 벽돌과 목재를 섞어 대강 올린 벽, 불퉁한 역무원이 앉아있는 좁다란 매표소……. 대체 누가 이런 곳에 올까 싶을 만큼 삭막한 터미널이지만 의외로 이곳엔 많은 여행객들이 오고 간다.

하기야, 환승터미널이 얼마나 호화로운지 신중히 알아보고 오는 여행자가 어디 있겠는가? 환승터미널은 마치 터널과 같아, 도무지 사람이 머무르는 법이 없다. 한꺼번에 쏟아져 나온 승객들은 좁은 승강장을 왔다 갔다 하며 다음 우주선이 오기를, 그래서 이 별 볼 일 없는 장소를 한시라도 빨리 벗어나 목적지에 도달할 수 있기를 바랄 뿐이다.

환승을 기다리는 시간은 붕 뜬 채 평소보다 느리게 흘러 간다. 승객들은 장식품 하나 달려있지 않은 밋밋한 벽을 이 리저리 둘러보거나, 괜히 구깃구깃한 차표를 펴 들고 흥미로울 것 없는 행선지 시간표를 네댓 번 읽어보며 시간을 죽인다. 그런 노력에도 불구하고 대기 시간의 반의 반도 지나지 않은 것을 알아차린 이들은 결국 한곳으로 향하곤 한다. 변두리 은하계의 허름한 환승터미널의 유일한, 터미널보다 더 허름한 구멍가게로 말이다.

터미널이 들어서기 훨씬 전부터 운영되던 이 가게는 원동웅 씨의 소유였다.

원동웅 씨는 두 개의 명함을 파서 동묘 앞에서 산 비싼 명함집에 넣어 다녔는데, 첫 번째 명함은 23년 경력의 구멍가게 운영 전문가(물론 햇수는 매년 추가되었다), 두 번째 명함은 투자 전문가였다. 누군가를 만나면 원동웅씨는 자랑스레 명함집을 꺼내어(명함집 브랜드를 슬쩍 내보이는 것도 잊지 않았다) 두 개의 명함을 건네곤 했다. 보통 명함을 건네받은 사람은 첫 번째 명함의 큼직하고 투박한 고딕체 글씨와 원동웅 씨의 자부심 넘치는 표정을 보고 살짝 웃었고, 두 번째 명함을 보고는 질문을 던졌다. "어떤 투자를 하시나요?"

그야말로 원동웅 씨의 인생을 가감없이 드러내는 첫 번째 명함과 달리, 원동웅 씨의 두 번째 명함은 비교적 모호했다. 그럴듯한 회사 이름이나 로고 없이 그저 '투자 전문가'라는 궁서체 글씨와 그의 집 전화번호, 구멍가게 주소가 적혀있었는데, 이는 원동웅 씨의 뜬구름 잡는 투자 인생 그대로를 보여줬다. 구멍가게 앞에서 노가리 하나 시켜놓고 맥주를 들이켜는 손님들이 혹여나 '개발', '주식' 혹은 '수익성' 같은 단어를 입에 올리면, 원동웅 씨는 과자 한 봉지라도 서비스로 주면서 술자리에 끼어들었다. 느지막이 보기 시작한 유튜브 역시 '할 거 다 하면서 1억 모으는 방법', '재테크, 지금은 '이것'이 필요합니다' 같은 추천 동영상으로 가득 차있었다.

문제는 그의 전재산이자 삶 그 자체, 즉 원동웅 씨의 전부인 손바닥만 한 구멍가게는 그의 원대한 꿈을 이뤄내기 위한 자본으로는 턱없이 부족했다는 것이다. 커져가는 대투자자의 포부는 언제나 그의 밥상에 올라오는 시든 무말랭이, 먼지 쌓인 카운터, 소매가 너덜너덜해진 7천 원짜리 티셔츠 따위와 맞지 않았고, 원동웅 씨의 한숨은 깊어져만 갔다. 그러던 와중에 들려온 희소식, 자신의 동네에 대은하 환승터미널이 들어선다는 이야기가 원동웅 씨의 귀에 마치 인생 역전의 팡파르인 양 울려 퍼졌다.

모두가 알다시피 지구가 위치한 제44 은하계는 생명 개체

수가 희소하며 경제적, 문화적 가치가 적어 비교적 뒤떨어진 지역으로, 최근 교류를 시작한 몇몇 은하계를 제외하고는 대다수의 우주 지성체들에게 주목받지 못하던 곳이었다. 이 은하계의 유일한 생명활동이 있는 행성인 지구는, 그야말로 있으나 마나 한, 즉 우주 지도에 조그맣게 표시는 되어있지만 굳이 가볼 생각을 하기 어려운 작은 무인도 같은 별이었다.

그런 제44 은하계에, 지구에, 그것도 봉천동 구석에 갑자기 우주 환승터미널이 생기게 된 것은 순전히 제38 은하계 내에 있던 블랙홀 하나가 소멸했기 때문이었다. 이 블랙홀은 행성 간 교류가 활발한 제38 은하계의 차원 통로로, 지구식으로는 웜홀이라 불린다. 이것이 사라지며 제38 은하계 내 여러 행성계를 이어주던 통로들이 모두 함께 막혀버렸다. 최고의 인력들이 투입된 테스크포스는 약간의 고생 끝에 모두에게 잊혀졌던 허름한 차원 통로를 찾아냈다. 기존의 차원 통로를 이용할 때처럼 각 행성들을 직항으로 이동할 수는 없었지만, 지구 어딘가, 봉천동 시장 근처로 연결되는 이 낡아빠진 통로를 일종의 환승역처럼 이용할 수 있게 된 것이다.

제38 은하계 연합정부는 지구의 타은하국제협력기구와 접촉하여 그들의 상황을 알렸다. 몇 가지 조정 사항을 빠르게 거친 후 지구 측은 그들이 서울 봉천동 부지를 매입하고,

그곳을 환승터미널로 만드는 것에 동의했다. 연합정부는 각 은하계를 직접 연결하는 더 좋은 통로를 찾기 전까지만 봉천동 통로를 사용하면 된다는 생각으로, 임시 터미널 건설의 예산을 최소로 책정하였다. 다만 그들은 미묘한 외교적 체면을 고려하여 지구인들에게 '임시'라는 단어는 떼고 전달을 하였다. 졸지에 꿈에도 생각지 않던 '외계인'이니 '은하계'니 하는 것들을 새삼 인지하게 된 봉천동 주민들이 초라한 우주 터미널을 보며 제38 은하계의 재정 상황을 안쓰럽게 생각하게 되었다는 점은 우리끼리의 이야기로 묻어두도록 하자.

아무튼 외계인들이 그의 구멍가게 부지를 포함한 봉천동의 땅들을 사들이고 있다는 소식을 들은 원동웅 씨는 현실로 훌쩍 다가온 투자자의 꿈을 구체화하기 시작했다. 그는 주변에서 익히 들었던 조언을 토대로 '버티기'에 들어갔는데, 이는 될 수 있는 한 토지 보상금을 불려 받아 대투자자의 길을 걷기 위한 그의 진정한 첫 '투자'였다.

아무렴 은하계를 이동할 수 있는 그런 곳에서 쩨쩨하게 돈 몇 푼 때문에 본인과 투닥대겠는가? 원동웅 씨는 옆집 기름집 아지매, 떡집 형님, 그리고 야채 가게 동생까지 끌어들여, '우주터미널 결사반대위원회'를 조직했다. 그들은 소상공인의 생계 터전과 일상 보호를 부르짖었고, 기대에 부푼 원동웅 씨는 동네에 있는 모든 신문사의 경제지를 구독하기 시작했다(신문 구독 사은품도 쏠쏠하였다). 산처럼 쌓인 경제지에 밑줄 쳐가며 다음 투자처를 어디로 할지 행복한 고민을 하고 있던 원동웅 씨는 어느 날 전화 한 통을 받았다. 애초에 투자의 꿈을 안고 모인 사람들이 아니어서였을까. 나이가 제일 어리다는 이유로 총대를 메게 된 야채 가게 동생이 전화 너머로 본인들의 사정을 구구절절 설명했다.

"떡집 형님네는 부인 분이 계속 아프지 않았습니까? 보상금 받아서 수술해야 하는데, 계속 뻗대고 있을 시간이 없다 하더라고요. 그리고 저는 사실…… 이 동네 떠나고 싶어 했던 거 형님도 알잖습니까. 더 버티다가 그 기회를 놓칠까 봐 담이 떨리네요."

그리고 몇십 년간 추억이 깃든 가게를 뺏기기 싫었던, 그래서인지 가장 위원회 활동에 적극적이었던 기름집 아지매는 어디선가 원동웅 씨의 계획을 들은 것 같았다.

"결국 돈이 목적이면, 생계 터전이니 뭐니 했던 건 자기를 이용한 게 아니냐고 고래고래 소리를 지르셨어요. 그딴 놈도 이웃이라고 이 동네에 애정을 갖고 있던 자신이 바보라더니, 이깟 가게 당장 팔아버…… 아이고, 형님. 저는 그냥 말만 옮겼을 뿐이라니까요."

그렇게 이웃 상인들이 떠나가고, 혼자가 된 원동웅 씨 앞으로 수많은 서류와 공무원들과의 면담이 쏟아졌다. 와르르 철거되는 주변 가게들, 못 나간다느니 그럼 나가지 말라느니 오가는 고성, 시장을 둘러싼 공사 가벽들…….

정신을 차려보니 어느 새 원동웅 씨의 구멍가게는 원형 그대로, 완공된 환승터미널 안에 들어와 있었다.

그러니까, 제44 은하계 환승터미널에 위치한 뜬금없는 구멍가게는, 고급 수입 용지로 인쇄한 원동웅 씨의 명함 두 개가 합쳐진 혹은 그의 꿈 두 개가 합쳐진 결과라고도 할 수 있겠다. 물론 합쳐진 결과가 원동웅 씨 마음에 들지는 모르겠지만 말이다.

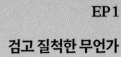

EP 1

검고 질척한 무언가

원동웅 씨의 구멍가게는 남향이었다.

무심코 기대기라도 하면 등에 하얗게 가루가 묻어나는 회반죽 벽, 깨진 플라스틱 기와, 내부 공간이 부족해 마당까지 나온 상자 더미들, 한 10년 전부터 고장 난 채로 자리를 지키고 있는 오락기, 한물간 스타가 빛바랜 미소를 띠고 있는 주류 포스터가 여기저기 붙어있는 이 낡은 가게는 오전이며 오후며 넉넉하게 쏟아지는 햇빛으로 인해, 언제나 포근한 느낌을 주곤 했다.

해가 잘 드는 가게 앞에는 어디선가 주워온 평상이 하나 놓여있었고, 그 위로는 큼직한 버드나무가 잔잔한 그늘을 드리우고 있었다. 가게 단골 노인들은 그 앞에서 몇 시간이고 앉아, 쌀쌀하면 해가 드는 평상 귀퉁이로, 더울 때면 그늘 밑으로 자리를 옮겨가며 시간을 보내곤 했다.

그런데 이 망할 놈의 터미널이 말이야, 원동웅 씨는 얼굴을 뚱하게 찌푸린 채 생각했다. 그의 가게를 둘러싸고 터미널이 들어서면서 더 이상 남향 따위는 아무 의미도 없어지고 말았다. 붉은 벽돌과 나무뿌리 같은 것이 뒤섞인 칙칙한 벽에 둘러싸인, 원동웅 씨의 정겹고도 소중한 가게는 이제 어딘가 음침해 보이기까지 했다.

원동웅 씨는 평상에 걸터앉아 긴 한숨을 내쉬었다.

환승터미널이 본격적으로 운영되는 첫날이었다. 터미널 공사 기간 동안 딸의 집에서 불편한 3개월을 보낸 후 처음으로 마주한 가게는 친숙하면서도 낯설기 짝이 없었다. 외계인들이 지은 이상한 터미널 모퉁이에 뜬금없이 낡은 슈퍼가 솟아있는 모양이 마치 하늘에서 뚝 떨어진 UFO를 보는 것만 같았다.

그러나 더 큰 문제는 손님이었다. 인간적인 면이라고는 눈곱만큼도 없는 제38 은하계 교통공사 측은 터미널 공사 시공일정이며, 그의 가게에 대한 처우며, 그런 중요한 문제들을 달랑 서면으로 전달했다. 원동웅 씨는 당최 장차 그의 손님이 될 제38 은하계의 '외계인'들이 어떻게 생겼고 어떻게 말하는 생물들인지, 심지어 생물이 맞는지조차 전혀 알 수가 없었다.

지구 대표로서 그들과 교섭했던 타은하국제협력기구 측은, 이 사태에 대해 별 생각이 없는 것 같았다.

"요즘 타 은하계 연결이 부쩍 늘어서 골치가 아프네요. 아, 제발 그만 연결됐으면……."

공사가 진행되기 전, 봉천 시장에 파견 나왔던 협력기구 측 한국 직원이 투덜거렸다.

"제38 은하계는 저희도 이번에 처음 접촉한 곳이에요. 생각보다 식생이나 문화가 지구랑 비슷해서 그나마 다행이네요. 식생과 문화가 완전히 다른 은하계들도 꽤 있는데, 그런 곳은 진짜 일거리가 산더미……."

계속 구시렁대는 직원의 말을 끊고, 원동웅 씨가 외쳤다.

"아니, 대체 외계인을 상대로 어떻게 장사하냐고! 원래 제시한 금액이라도 좋으니, 지금이라도 판다고 좀 전해줘."

"아휴, 빨리 결정하지 그러셨어요. 저쪽은 오히려 좋아하던데요? 편의시설을 따로 운영할 여유까진 없었는데 마침 잘됐다면서. 참, 저쪽 식품 안전 기준을 검토해야 하니, 터미널공사 끝나기 전에 저한테 가게 식품류 리스트 한번 보내주시고요."

들고 있던 서류철에 무언가를 체크하던 한국 직원이 무신경하게 덧붙였다.

"참, 터미널 말이죠. 개방하지 않기로 결정됐어요. 지구 사람들이 들어와도 안 되고, 외계인들이 나가도 안 돼요. 사장 님만 출입문 열쇠 하나 만들어 드릴 테니, 괜한 사람 들이지 마시고. 알았죠?"

"뭐? 그럼 나 혼자 여기 외계인들 사이에서 썩어가라고? 내 딸은? 나 아무도 만나지 마?"

"어휴, 그럼 예비 열쇠 하나 더 드릴게요. 제발 열쇠 간수 잘 하세요. 사람들 막 들락날락하기 시작하면 제 업무 늘어 나니까."

"아니, 아무도 못 들어오면 매입한 물건들은 어떻게 들여 놓……."

"그럼 불편한 점 있으시면 언제든 말씀해 주시고 서비스 평가 전화 오면 1번 매우 친절, 꼭 눌러주세요."

자기 할 말만 마치고 이어폰을 꽂아버린 한국 직원은 다 시 항의하기 시작하려는 원동웅 씨를 뒤로 한 채 저 멀리 사 라져 버렸다.

이렇게 제44 은하계 환승터미널은 제38 은하계의 외계인 들만 오가는 장소가 되었다. 그리고 그 말인즉, 원동웅 씨는 이제 꼼짝없이 외계인 손님만을 받아야 한다는 것이었다. 23년을 머무른 자신의 가게마저 낯설게 느껴지는 마당에, 더 낯선 외계인을 상대해야 하다니. 원동웅 씨는 벌써부터 걱정으로 머리가 하얗게 세는 기분이었다. 그렇다고 이제 와서 가게를 버리고 어디론가 도망칠 수도 없는 노릇이었다.

원동웅 씨는 눈을 가늘게 뜨고 텅 빈 복도 끝을 노려보았다. 공사 전 들었던 이야기에 따르면, 환승터미널은 네모난 모양의 도넛처럼 지어졌고, 그 도넛의 가운데 빈 부분에 해당하는 곳에 실질적으로 외계인들이 이용하는 승강장이 있다고 했다. 자신들이 오가는 모습을 지구인들에게는 보여주고 싶지 않아, 길다란 복도를 빙 둘러 벽처럼 막아두는 형태로 설계했다는 것이다. 가게 바깥을 기웃대는 그의 시야에 문 따위가 들어오지 않는 것을 보니, 가게 반대편 모퉁이 쪽으로 승강장 문이 나있는 듯했다.

승강장 문이 열리고, 저 텅 빈 복도 끝으로 손님들이 나타나기 시작하면 가게 영업도 다시 시작될 것이다. 원동웅 씨는 마음을 굳게 다잡았다. 지구와 문화도 비슷하다지 않았던가. 하던 대로만 하면 될 것이다. 자신은 무려 23년 경력의 구멍가게 운영자가 아니던가. 그는 수십 년간 온갖 이상한 손님들을 다 만나본, 그야말로 산전수전 다 겪은 구멍가게 운영 전문가였다. 게다가 그의 가게를 제외하면 이놈의 터미널은 텅 빈 것이나 마찬가지였다. 우후죽순 생겨나 손님들을 빨아들이던 근처 편의점들 없이 터미널 손님을 독점하게 된 지금, 원동웅 씨는 어쩌면 자질구레한 투자를 하는 것보다 더 큰돈을 벌 기회를 잡은 거라 볼 수도 있는 것이다. 좋은 첫인상을 남기고 매출을 늘려 가게를 확장하면, 해외를 넘어 타 은하계로 진출하는 프랜차이즈를 만들 수 있을지도 모르는 일이었다. 여기까지 생각이 미친 원동웅 씨는, 딸의 집에서 지내는 동안 제작해 둔 가게 전단지 뭉치를 비장하게 집어 들었다. 옷의 구김을 정리하고 후줄근한 비니를 챙이 빳빳한 모자로 바꿔 썼다. 매일 가게에서 신는 슬리퍼를 황급히 벗고, '투자'와 관련된 일이 있을 때만 신는 구두를 꺼냈다. 구둣주걱이 보이지 않아 일단 너덜거리는 뒤축을 구겨 신었다.

드디어 복도 저편에 인영이 어른대기 시작했다. 제38 은하계의 외계인들이었다.

*

처음엔 별빛 속을 헤엄치는 듯 그저 좋았다.

터미널 개통 첫날이라 그런 것인지, 혹은 애초에 제38 은하계가 외계인으로 바글바글한 곳인지, 생각보다 많은 수의 외계인들이 터미널을 이용하는 것 같았다. 황량했던 복도는 곧 각양각색의 외계인으로 가득 찼다.

단조로운 터미널 복도를 이리저리 거닐던 외계인 승객들

이 가게로 몰려들기 시작했다. 주춤대며 다가오는 외계인들을 보며, 원동웅 씨는 가슴이 떨리는 것을 느꼈다. 굶주린 단체 관광객을 태운 버스가 우연히 원동웅 씨 가게 앞에서 잠시 정차했던 어느 운수 좋은 날까지 포함해, 가게를 연 이래로 이렇게 많은 손님이 찾아온 적은 한 번도 없었다.

원동웅 씨는 그의 필살기인 영업 미소를 얼굴에 장착했다. 외계인들은 생각보다 두렵게 보이지는 않았다. 협력기구 직원의 말대로, 그들은 대부분 체모색과 피부색, 복식 정도만 약간 다를 뿐 지구인과 흡사한 외양을 지닌 탓이었다. 원동웅 씨는 그들이 영화에서나 보던 괴물 같이 생긴 외계인이 아님에 감사했다. 그리고 그 친숙한 외계인들이 자신의 가게를 찾은 것에 기뻤다. 이제 성공한 삶이 그의 앞에 펼쳐진 것이나 다름없었다.

그러나 밤하늘에 반짝이는 모든 것이 별은 아니다. 소원을 들어준다는 아름다운 유성이 사실은 당신의 정수리로 추락하는 우주 쓰레기일 수도 있는 것이다. 소위 '대박'을 잡았다고 생각한 원동웅 씨의 기쁨 역시 오래가지 못했다.

가게에 들어찬 외계인들이 입을 연 것과 동시에 원동웅 씨는 불길함을 느꼈다. 원동웅 씨는 그들이 하는 말을 단 한마디도 알아들을 수 없었다. 꼬부랑어 같은 언어적 차이는 물론이고, 기묘한 혀 차는 소리나 휘파람처럼 아무리 생각해도 '말'이 아닌 것 같은 소리로 원동웅 씨에게 대화를 시도하는 이들도 있었다.

"환영…… 환영합니다. 외계인 여러분?"

외계인들은 그의 말을 듣지 않는 것 같았다. 그들은 자꾸 자신들의 귓가에 찬 기기를 가리키며 무어라 말하고는, 전단지와 가게 물건들을 마구 집어갔다. 원동웅 씨의 미소가 빠르게 사라지기 시작했다.

덩치 큰 외계인들이 몸을 휘두르다가 진열대의 물건들을 쏟았다. 미끈미끈한 피부를 가진 누군가가 헤집어 놓은 잡지 더미는 알 수 없는 점액으로 뒤덮였다. 작달막한 키의 외계인들이 카운터 출납기를 눌러보더니 잔돈을 집어 갔다. 서있는 자리에서 음식을 까서 조금씩 돌아가며 맛보는 외계인도 있었다.

"아이고, 그 돈을 왜 가져가요? 그쪽 손님, 먹지 마! 제발 먹지 마세요! 계산하고 드시라고!"

원동웅 씨의 말을 이해할 수 없는 외계인들은 진열대에 있는 것이 죄다 시식 코너인 줄 아는 것 같았다. 그들은 색색의 사탕들을 꺼내어 먹어보며 즐거워했다. 외계인들이 물건을 집고 왔다 갔다 하는 것을 불안하게 지켜보던 와중에, 어떤 손님이 과자 한 봉지를 가지고 가게 밖으로 나갔다. 원동웅 씨는 폭발했다.

"거기, 돈 안 내고 갖고 나가면 지구 끝까지, 아니 우주 끝까지 쫓아갈 거야!"

외계인들은 자기들끼리 괴상한 언어로 대화하며 가게 여기저기를 뜯어보느라 처절하게 소리치는 원동웅 씨는 신경도 쓰지 않았다. 각양각색의 해맑은 얼굴들이 저마다 자신이 고른 물건을 원동웅 씨에게 보여주고는, 아무리 봐도 오다 주운 쓰레기처럼 보이는 것들을 카운터에 놓고 나갔다. 지저분한 금속 뭉치, 동그랗게 생긴 구겨진 종이, 이상한 모양의 돌멩이들이 카운터에 와르륵 쏟아졌고 매대는 점점 비어갔다.

가게 안에서 시가 같은 걸 뻑뻑 피워대던 한 외계인이 부주의하게 재를 흩뿌렸다. 하필이면 불티가 두루마리 휴지들을 쌓아둔 곳에 튀며 화르륵 불이 붙었다.

"아이고, 저거 세 겹짜리 엠보싱인데!"

원동웅 씨가 카운터에서 서둘러 내려왔다. 외계인들 사이에서 환성이 터졌다. 불붙은 휴지를 무슨 불꽃놀이 같은 것으로 생각한 것 같았다. 이를 옹기종기 모여서 구경하던 외계인들을 겨우 뚫고 지나간 원동웅 씨는, 새 휴지 하나를 갖다 대어 불을 붙여보는 외계인을 밀쳐 버리고 소리쳤다.

"나가! 다 나가! 당장 나가!"

원동웅 씨는 불붙은 휴지를 난로에 던져 넣고 외계인들을 인정사정없이 밀어붙였다. 투덜대는 듯한 소리를 내며 외계인들이 가게 밖으로 밀려 나갔다. 마지막 하나까지 다 몰아낸 원동웅 씨는 가게 미닫이문을 밀어 닫았다.

가게가 순식간에 조용해졌다. 외계인들은 항의라도 하듯 두어 번 문을 콩콩 두드리더니, 이내 어딘가로 걸어가는 소리가 들렸다. 차 시간이 될 때까지 터미널 곳곳을 어슬렁대며 시간이라도 보내려는 것 같았다.

외계인들이 멀어지고도 문 손잡이를 놓지 않은 채로 원동웅 씨는 한참을 가만히 서있었다. 그의 등 뒤로 난로 속 휴지가 타닥대며 타는 소리가 들려왔다. 그는 고개를 들었다. 난장판이 된 가게가 눈에 들어왔다.

이건 아니야. 원동웅 씨는 생각했다. 외계인을 받아서 가게를 확장한다? 말도 안 되는 일이었다. 말이 안 통하는 이방인들, 예의라고는 눈곱만치도 없는 무뢰배들, 이해할 수 없는 외계인들! 그들이 지나간 자리엔 왠지 매캐한 냄새마저 나는 것 같았다(사실 휴지가 타는 냄새였다). 저 외계인들 틈에서 평생 살아야 한다 생각하니 아주 진저리가 났다. 거대한 스푼으로 가게를 푹 떠서 다른 곳으로 옮길 수 있다면 좋겠지만, 그에게 남은 선택지란 가게를 버리고 떠나는 것밖에 없는 듯했다.

그러나 그는 그럴 수가 없었다.

원동웅 씨는 고개를 이리저리 돌려 가게를 둘러보았다. 그가 23년을, 그리고 그전에 그의 어머니가 17년을 운영했던 가게다. 그는 가게를 떠날 수 없었다. 가게는 자신의 삶이나 마찬가지였다. 원동웅 씨는 쓰고 있던 모자를 신경질적으로 잡아당겼다.

"망할 놈의 터미널! 망할 놈의 38 은하계!"

원동웅 씨가 옆에 쌓여있던 맥주 박스에 털썩 앉았다. 그리고 아무도 없는 조용한 가게가 떠나가도록 소리쳤다.

"망할 놈의 외계인들!"

*

한참 동안 아무도 들어오지 않았다. 어쩌면 승강장에는, 한없이 불친절한 이 '지구'의 가게에 대해 이미 소문이 퍼지고 있을지도 모르는 일이었다. 한탄하던 원동웅 씨는 누군가 가게 문을 여는 소리를 들었다. 등을 돌리고 앉아있던 원동웅 씨가 퉁명스럽게 말했다.

"장사 안 하니까 가쇼."

물론, 막 들어온 외계인은 그 말을 알아듣지 못했다. 원동웅 씨의 등 뒤로 발소리가 가까워졌다. 퀴퀴한 냄새가 점차 진해지며 낯선 언어로 말하는 소리가 들렸다. 원동웅 씨가 고개를 돌렸다.

아주 남루한 행색의 외계인이었다. 지구인보다 좀 더 주홍빛이 도는 불그스름한 피부에, 푸석한 머리카락. 무어라 말하는 그의 작은 목소리는 주변 소리에 잘 묻히는 톤이었고, 원동웅 씨는 알아들을 수 없는 그의 말이 마치 모래 알갱이가 흘러내리는 소리 같다고 느꼈다.

외계인은 손을 내밀었다. 검고 질척한 게 잔뜩 묻은 손을 바라보던 원동웅 씨는 관자놀이를 짚었다.

"나 참, 내가 무슨 죄가 있어서 이 나이에 외계인들을······."

남루한 행색의 외계인은 자신의 손에 들린 시커먼 무언가와 가게 진열대에 놓인 물건을 번갈아 가리키고 있었다. 보아하니 물물교환을 하자는 것 같았다. 원동웅 씨는 단호하게 고개를 저었다.

"노 머니? 고 홈! 오케이?"

외계인이 알아들을 리 없는 뜬금포 영어와 함께 그가 손을 파닥거리며 나가라는 시늉을 하자, 외계인은 어찌할 바를 모르겠다는 듯 눈알을 굴리다가 다시 손을 들이밀었다. 뭔지는 모르겠지만 아무튼 별로 닿고 싶지 않은 무언가가 원동웅 씨 코앞까지 다가왔다. 원동웅 씨가 질색하며 뒤로 물러섰다.

"나가라고!"

원동웅 씨는 어딘가 고릿한 냄새가 나는 듯한 외계인의

몸을 슬쩍 밀었다. 외계인이 힘없이 밀려났다. 가게 문 앞까지 외계인을 밀어낸 원동웅 씨는 자신의 손에 떨림이 전해지는 것을 느꼈다. 외계인은 덜덜 떨고 있었다.

원동웅 씨는 그의 몸에서 손을 슬쩍 뗐다. 외계인은 다시 한 번, 질척한 것이 잔뜩 묻은 더러운 물건을 내밀었다. 그러나 이번에는 알아차리기도 힘들 만큼 아주 미약한 손짓이었다. 어지러운 문양이 그려져 있는 커다란 스카프를 머리부터 목까지 두르고 있던 그에게 한국의 초가을 날씨는 꽤나 추운 듯했다. 떨고 있던 그가 다른 손으로 가리키고 있던 것은, 한때 학생들에게 특히 인기가 많았던 체크 무늬 무릎 담요였다. 아마 지갑의 돈을 세고, 자신의 행색을 한번 살피고, 난방 기구 따위는 없는 터미널 플랫폼에서 추위를 참고 참다가 결국 가게에 들어온 것이리라.

"담요는 파는 거라 그냥 주긴 좀 그렇고……. 일단 들어와 봐요."

원동웅 씨가 맥없이 말했다. 아주 온몸에 힘이 빠진 느낌이었다. 알아듣지 못한 외계인은 문가에서 주춤거리고 있었다. 원동웅 씨는 휴지가 다 타고 잔불만 남은 난로에 조개탄을 서너 개 던져 넣었다. 그리고 자신이 여태 앉아있던 맥주 상자 옆에 눌린 소주 상자를 손바닥으로 탁탁 쳤다. 외계인은 조심스레 다가와 소주 상자 위에 앉았다.

조개탄에 불이 붙어 탁탁 소리가 들렸다. 박스 끄트머리에 앉아있던 외계인은 조금씩 난로 쪽으로 몸을 기울였다. 그의 몸에서 떨림이 점차 잦아들었다. 원동웅 씨는 그를 흘끔 바라보았다. 불이 일렁이는 빛이 주홍색 피부에 닿아, 꼭 그가 불에 타고 있는 것처럼 보였다. 그의 귀에 달려있는 낡은 기기에 원동웅 씨의 시선이 닿았다.

"그 기계는 외계인마다 하나씩 달고 있던데, 그게 뭐예요?"

원동웅 씨가 묻자 외계인은 깜짝 놀랐다. 원동웅 씨는 자신의 귀 부근을 툭툭 쳤다.

"그게 뭐냐고, 귀 옆에 있는 그거."

외계인의 얼굴이 약간 핼쑥해지더니 결심한 듯 고개를 끄덕였다. 그는 주섬주섬 자기 귀에서 기기를 빼서 원동웅 씨에게 건넸다. 기기를 쥔 손이 살짝 떨리고 있었다. 원동웅 씨는 손을 내저었다.

"아니, 달라는 게 아니라……. 설마, 난로 좀 쬐게 해줬다고 그쪽 물건을 뺏겠어?"

외계인의 혼란스러운 표정으로 기기와 원동웅 씨를 번갈아 쳐다보았다. 원동웅 씨는 기기에 관심이 없다는 티를 내며 아예 몸을 돌려 난로를 바라보았다. 불꽃이 타닥댔다. 옆에서 부스럭대는 소리가 들렸다. 외계인이 다시 자신의 귀에 기기를 착용하는 소리였다.

불은 원동웅 씨를 불편하게 했다.

그래서 그는 난로를 거의 사용하지 않았다. 불을 보고 있노라면 오래 전 입었던 화상 자국이 욱신거렸다. 외계⋯⋯인, 하고 키득대는 소리가 들려오는 것 같았다. 그런데 내가, 진짜 외계인과 나란히 불을 쬐고 있다니. 원동웅 씨는 착잡한 표정으로 생각했다.

갑자기 뒤에서 문 열리는 소리가 들렸다. 원동웅 씨와 남루한 행색의 외계인 모두, 깜짝 놀라 뒤를 돌아보았다. 고급스러운 재질의 긴 원피스처럼 보이는 정장을 입은 외계인이 들어오고 있었다.

"장사 안 해요."

원동웅 씨가 다시 힘없이 말했다. 정장을 입은 외계인은 아랑곳 않고 그들 곁으로 다가왔다. 그는 원동웅 씨 앞에 서더니, 무어라 말하며 손을 불쑥 내밀었다. 손에는 매끈하고 반짝이는 기기가 하나 들려있었다. 외계인들이 저마다 귀에 하나씩 꽂고 있던 기기였다. 원동웅 씨가 뭐라 할 틈도 없이 그가 원동웅 씨의 귀에 기기를 채웠다. 핏, 하는 소리가 들리더니 정장을 입은 외계인의 말이 들려왔다.

"들리십니까? 들리세요?"

"이게 뭐야?"

깜짝 놀란 원동웅 씨가 물었다.

"뭐긴 뭐겠습니까, 통역기죠. 저희 대사관에서 보유하고 있던 것 중에 제일 좋은 걸로 드린 겁니다. 하여간, 교통공사 쪽은 너무 일을 엉망으로 한다니까."

"통역기? 통역해 준다는 말이요?"

정장 입은 외계인은 원동웅 씨의 귀에 채운 '통역기'를 확인하느라 여념이 없었다.

"네. 말하는 쪽과 듣는 쪽 모두 착용해야 하는 것 잊지 마시고. 참, 급하게 오느라 충전이 좀 덜 되었는데, 충전기도 하나 챙겨드렸으니 방전되면 그거 쓰세요."

"당신은 누군데?"

"아, 제 소개를 드리지 않았군요. 제38 은하계 전권대사 중 하나인 쿠히나입니다. 엘레라고 부르셔도 됩니다."

자신을 대사라고 소개한 정장 입은 외계인이 유쾌한 톤으로 말을 이었다.

"오늘 오전에, 터미널 이용객 몇 분의 민원이 있었습니다. 가게 주인이랑 말이 안 통한다고요. 좀 더 알아보니, 여기가 현지 사람이 운영하는 가게임에도 불구하고 교통공사 측에서 아무 조치도 취하지 않았더군요."

"외계인들이 돈을 안 내고 이상한 물건만 잔뜩 놓고 갔어!"

원동웅 씨가 화가 난 목소리로 소리치며 카운터에 쌓여있는 잡동사니들을 가리켰다.

"아…… 그거 돈 맞아요. 교통공사에서 주기적으로 환전 처리를 해줄 겁니다. 그것도 공지하지 않았단 말이죠? 그리고 외계인이라는 용어는 멸칭이라, 웬만하면 쓰지 않는 게 좋아요. 아마 모르셔서 그런 거겠지만……."

"도둑놈처럼 내 물건들을 막 집어갔다고!"

"어디 보자."

정장 입은 외계인이 돈을 쓱쓱 훑어보았다.

"가격표 아직 없죠? 흠, 다들 적당히 눈치껏 낸 것 같기는 한데. 얼마나 파셨는지는 정확히 모르지만, 오늘 수입이 상당하겠네요."

이렇게 말한 정장 입은 외계인은 고개를 돌려 주전부리가 걸려있는 카운터를 주의 깊게 살펴보았다.

"그나저나…… 여기까지 와서 새로운 음식을 안 먹어볼 수는 없지. 이거 먹는 거 맞나요? 식품 안전 기준 검사는 다 통과한 거죠?"

견과류가 든 봉지를 골라 든 정장 외계인이 조그마한 돌멩이 몇 개를 카운터에 올려 두었다.

"이 정도면 되려나? 모자라면 나중에 말씀하세요, 아마 자주 오게 될 거 같은데. 가격표도 빨리 만드셔야겠네."

그는 봉지를 뜯어 냄새를 킁킁 맡아보더니, 기분 좋은 미소를 짓고 까닥 고개를 숙였다.

"일단 저는 가보겠습니다. 자주 뵙죠."

정장 외계인이 문 쪽으로 걸음을 향했다. 조그만 그림이 새겨져 있는 돌멩이를 들여다보던 원동웅 씨가 그를 따라 나섰다. 문 앞에 선 원동웅 씨가 정장 외계인에게 슬쩍 속삭였다.

"혹시, 당신 외계인들 화폐 중에 막 시커멓고 찐득한 돈도 있어?"

"아니, '외계인' 말고 '사람'이라고 하시라니까……. 아무튼, 찐득한 돈이요? 그런 걸 어떻게 서로 주고받습니까?"

원동웅 씨의 목소리가 더 낮아졌다.

"아니, 저 외계인이 그런 걸 돈 대신 내려고 하잖아. 난 어쨌든 그쪽 화폐가 어떻게 생겼는지는 모르니까."

난로 앞에 앉아있던 남루한 외계인을 흘끗 바라본 정장 입은 외계인의 눈에 경멸이 살짝 스쳤다.

"아하, 저 종족이요……. 음…… 일단 저 사람이 주는 건 받지 마시고. 받자마자 돈을 내놓으라 할 게 뻔하니, 조심하세요."

"왜? 이상한 사람이야?"

원동웅 씨가 속삭이자, 정장 외계인은 어색한 웃음을 지었다.

"뭐, 꼭 그런 건 아닌데……. 차표는 어떻게 샀대요? 몰래 탄 건가."

정장을 입은 외계인은 차 도착 시간이 다 됐다며 급하게 가게를 나갔다. 원동웅 씨는 가게로 돌아와 난로 앞의 외계인을 바라보았다. 몸의 떨림은 거의 멈춰있었다. 사실, 남루한 외계인은 아까부터 난로 그림자 속에서 미동도 없이 앉아있었다. 마치 정장 외계인의 눈에 띄고 싶지 않은 것처럼.

원동웅 씨는 정장 입은 외계인의 마지막 말이 공연히 마음 쓰였다. 밀항자인가? 자신이 상관할 바는 아니긴 하지만……. 눈치를 보며 얌전히 앉아있는 저 자가 딱히 범죄자처럼 보이진 않았다. 원동웅 씨는 외계인이 맨발이라는 사실을 알아차렸다. 그때 외계인이 벌떡 일어났고, 그를 곁눈질하던 원동웅 씨는 깜짝 놀랐다. 외계인은 원동웅 씨에게 다가와 또다시 검은 뭔가를 내밀었다.

"아이고, 됐다니까. 이제 따뜻하지 않아요? 그럼 담요도 필요 없잖아."

손을 내젓는 원동웅 씨에게 외계인이 대답했다.

"이거 받으면 나 더 감사해요."

낡은 구형 통역기의 어조는 어눌했다. 매끄러운 어조로 통역되던 정장 외계인의 것과 달리. 지지직대는 잡음도 간간이 섞였다. 외계인 손에 들린 검고 질척질척한 뭔가에서 원동웅 씨는 어릴 적에나 봤던 익숙한 생김새를 발견했다.

"그냥 내가 줄 수 있는 걸 주고 싶었어요, 친구."

외계인은 손에 들고 있던 검고 질척한 구둣솔을 내려놓았다. 그는 자신의 낡은 누더기가 다른 곳에 닿지 않도록 조심하며 원동웅 씨를 난로 옆 의자에 앉혔다. 외계인이 그의 구두를 벗기고 옆에 있던 슬리퍼를 신겨주자, 원동웅 씨는 자신도 모르게 문을 힐끔 쳐다봤다. 다행히 문은 닫혀있었다. 아무튼 저 외계인은 지금 신발도 없지 않은가.

그의 모래알 같은 목소리만큼이나 고요한 눈빛으로, 외계인은 원동웅 씨의 구두를 들여다보았다. 그리고 아까의 소란 때문에 먼지가 가득 내려앉은 원동웅 씨의 구두를 손으로 살짝 닦아내었다. 원동웅 씨는 질색하며 손을 내저었다.

"됐어, 필요 없다니까. 저, 외계인 선생님? 얼른 가서 우주선이나 타쇼."

"오, 제발 제 마음을 부숴놓지 마세요."

외계인의 말투는 조악한 번안 소설처럼 우스꽝스러웠다. 하지만 원동웅 씨의 낡은 구두를 보고 있는 그의 얼굴은 그렇지 않았다. 원동웅 씨는 귀에 걸린 통역기가 미세하게 윙윙대는 걸 느꼈다.

낯선 무게였다.

불현듯 원동웅 씨는 통역기를 통과한 자신의 말이 어떻게 들릴지 궁금해졌다. 정장 외계인의 쾌활한 말투 역시 그의 진짜 어조와 다를지도 모른다고 생각했다. 어쩌면, 통역기를 사이에 둔 원동웅 씨는 그들이 진짜 하고자 하는 말을 결코 알지 못할 것이다. 하지만 지금 손에 까만 크림을 잔뜩 묻히고 있는 이 외계인이 하려는 말은 알 것 같았다.

솔이 검고 질척한 무언가를 닦아냈다. 뒤축이 구겨지고 가게의 먼지를 뒤집어쓴 신발이 단정하게 변해가고 있었다. 새 것 같지는 않았지만, 누군가 꾸준히 애정을 갖고 관리한 신발처럼 보였다. 평생 가게나 왔다 갔다 한 이 신발이 이런 대접을 받아도 되는 걸까, 원동웅 씨는 약간 죄책감이 들었다.

"깨끗한 신발이면 멋진 기분이 된다고 들었어요."

한쪽 신발 닦기를 끝낸 외계인은 이렇게 말했다. 솔을 헝겊으로 닦아낸 후 다른 쪽 신발 정리를 시작했다. 원동웅 씨는 외계인의 맨발을 흘깃대다 물었다.

"저…… 그쪽 외계…… 아니, 그쪽 손님, 신발은 어디 갔나? 누가 훔쳐가서 그런 거요?"

여전히 신발에 집중하며, 그는 툭 말했다.

"우리 신발 신는 거 허용 안 돼."

"무슨 소리야? 신발이 허용되지 않는다니."

남루한 행색의 외계인은 발가락만 꼼지락거릴 뿐, 아무 말이 없었다. 원동웅 씨는 정장 입은 외계인의 미묘한 표정을 떠올렸다. 잠시 침묵이 흘렀다.

"아까 온 사람이 하는 말 들었어요. 나 우주선 몰래 탄 거 아니……."

"아니, 몰래 탔다고 생각한 건 아니고……."

"돈 모았어요. 우리들의 꿈, ……에 가보는 것. ……지 못하면 죽은 후에 ……에 못 가요."

"뭐라고? 잠깐, 이거 기계가 왜 이래?"

그는 솥을 닦았던 헝겊으로 손을 꼼꼼하게 닦고, 배터리가 닳아 깜빡거리는 원동웅 씨의 통역기를 살짝 조정해 주었다.

"돈 ……서 미안……. ……든 따뜻했어요. 고마……, 친구."

남루한 행색의 손님은 원동웅 씨가 건넨 삼선 슬리퍼를 한사코 거절했고, 낡은 스카프를 끌어올린 후 가게를 나갔다. 난로 불이 꺼지고 말 소리가 멈춘 가게는 조용했다. 원동웅 씨는 슬리퍼를 벗고 손님이 닦아준 구두를 끌어당겼다. 평소 습관대로 구겨 신으려던 원동웅 씨가 멈칫하고는, 마루 아래 있던 먼지 쌓인 구둣주걱을 꺼냈다. 신발을 신은 원동웅 씨는 난로로 다가가 불꽃을 낮추었다. 김이 서려있던 구멍가게 유리창 너머가 보이기 시작했다. 버드나무 위로 뚫린 천장 구멍 사이로, 햇빛이 들어오고 있었다.

원동웅 씨는 그렇게, 제44 은하계에 위치한 환승터미널의 구멍가게 주인이 되었다.

EP 2

그 모든 외딴곳에서

참으로 짜증 나는 하루였다.

며칠 전부터 슬슬 시리기 시작한 원동웅 씨의 왼쪽 어금니가 새벽부터는 안쪽에서 망치로 내려치는 것처럼 아팠다. 왼쪽 뺨이 퉁퉁 부은 채로 잠에서 깬 원동웅 씨는 가게 차양을 올리다 무언가가 자신의 머리 위로 후드득 떨어지는 것을 느꼈다. 진눈깨비였다. 눈도 비도 아닌 이 축축한 것이 천장에 있는 구멍을 기어이 비집고 들어와 가게 주변을 질척하게 만들고 있었다. 가게 주변을 쓸던 원동웅 씨는 진눈깨비가 쌓인 평상 아래서 웬 고양이 한 마리를 발견했다. 고양이를 쫓아내려고 손으로 평상을 쿵쿵 치다가 그만 손에 가시가 박히고 말았다. 점심나절엔 딸이 터미널 출입 열쇠를 받으러 왔는데, 쓸데없이 알박기는 왜 했냐며 잔소리하는 딸에게 듣기 싫다고 소리를 빽 지르다가 목에 담이 왔다. 목과 볼에 얼음 팩을 대고 있는데, 그날 따라 손님은 또 어찌나 많은지. 오는 손님마다 흠칫흠칫 놀라며 혹시 #%-!에 걸렸냐고 물어보는데, 통역기가 당최 통역하지 못하는 걸 보면 저쪽 은하계에만 있는 질병인 것 같았다. 폭풍처럼 몰아치는 손님들을 상대하고 간신히 짬을 내어 저녁밥을 먹는데 밥에서 돌이 나왔다. 그 돌을 어느 쪽으로 씹었는지, 아마 이 글을 읽는 이들도 짐작할 수 있을 것이다.

자주 그러는 편은 아니지만 가게가 떠나가라 소리를 지른 원동웅 씨는(손님 둘 정도가 황급히 나갔다) 역시나 자주 그러는 편은 아니었지만 가게 문을 일찍 닫기로 결정했다. 물론 가게를 닫는다 해도 완전히 문을 잠가버리는 것은 아니었다. 조명을 낮추고 문을 닫고 '영업 중' 팻말을 그대로 놔두면, 정말 급한 손님만 문을 두드리기 마련이다. 허나 유난히 여행객이 북적이던 낮과 달리 터미널이 많이 한산해진 걸 보면, 오늘은 진통제 두 알을 먹고 편히 잘 수 있을 것 같았다.

그리고 원동웅 씨는 문 두드리는 소리에 눈을 떴다.

휴대폰을 확인해 보니 새벽 2시 정도였다. 가게에 딸린 작은 방에서 자고 있던 원동웅 씨는 얼굴을 한번 쓸어내리고는 이불 속에서 꿈지럭대며 빠져나왔다. 방 벽에 걸린 두툼한 일일 달력을 슬쩍 밀자, 그 뒤로 숨겨져 있던 구멍이 드러났다. 원동웅 씨가 직접 만든 'CCTV'였다(그가 가게 한쪽에 자랑스레 달아둔 'CCTV 녹화 중' 팻말은 이 구멍을 의미했다). 구멍 너머로 가게 문이 보였다. 문 너머로 누군가 기웃대고 있었다. 손님이었다.

원동웅 씨는 창호지와 광고지 따위가 덕지덕지 붙은 문을 열고, 방과 연결된 카운터로 기어나가 불을 밝혔다. 옷매무새를 가다듬고 하품을 참으며 들어오라고 손짓했다. 문이 열리는 소리가 들렸다. 진통제 덕에 이는 더 이상 아프지 않았지만 약간 몽롱했다. 무언가를 찾는 부스럭 소리를 들으며 원동웅 씨는 눈을 반쯤 감은 상태로 통역기를 착용했다. 발자국 소리가 들리더니 그의 앞으로 그림자가 졌다.

원동웅 씨가 처음 느낀 것은 향이었다.

뭐라 해야 할까, 후추 같은 매콤한 향과 함께 짭짤한 물 냄새가 났다. 원동웅 씨는 왠지 익숙한 그 냄새를 기억해 내기 위해 노력했다. 무언가 오래전에 맡아본 것 같은데. 그는 가물가물한 상태에서 생각했다. 향에 뒤이어, 조금 쉰 것 같은 아름다운 목소리가 들렸다.

"휴대용 초콜릿 하나 주세요."

원동웅 씨는 고개를 들었다. 트렌치코트처럼 생긴, 온몸을 휘감은 검은 옷이 보였다. 언뜻 보이는 빛나는 주홍색 뺨 위로 녹색 빛이 도는 머리카락이 곡선을 그리고 있었다. 그리고 살짝 젖어있는 눈과 마주쳤다. 어쩌면 치통 때문에, 혹은 날씨 때문에, 낡은 평상 때문에, 자신의 마음도 몰라주는 딸 때문에, 쌀을 대충 도정한 정미소 때문에……. 원동웅 씨의 눈에서 눈물이 주르륵 흘러내렸다.

왼쪽 눈이었다.

✳

가게 안은 원동웅 씨의 코 훌쩍대는 소리로 차있었다. 원동웅 씨에게 자신의 손수건을 건넨 손님은 조용히 앉아있었고, 원동웅 씨는 주책맞게 쏟아지는 눈물을 멈추려고 노력하고 있었다.

"아이고, 내가 원래 안 그러는데……. 진짜 나도 왜 이러는지 모르겠네."

트렌치코트를 입은 손님이 건네준 손수건엔 아까 맡았던 향이 배어있었다. 손수건으로 눈을 찍어내자 이윽고 눈물이 멈추었다.

"뺨이 많이 부었네요. 혹시 #%-!에 걸린 건 아닐까요?"

"아니, 아니. 괜찮아요. 그나저나 빌려줘서 참 고맙구먼."

원동웅 씨가 손수건을 돌려주려 하자 손님은 손을 살짝 들어 손수건을 밀어냈다.

"잠시 갖고 계셔도 돼요."

그리고는 초콜릿을 천천히 까서 한 알을 자신의 입으로 밀어 넣었다. 그리고 한 알을 더 꺼내어 원동웅 씨에게 주었다.

"내가 판 걸 어떻게 먹어. 손님이 갖고 있다 드셔."

"아마 하나 드시는 게 좋을 거예요."

초콜릿은 정제 알약처럼 납작한 원형이었고, 아주 쓰고 무척 달았다. 원동웅 씨는 눈물을 펑펑 흘리며 가게를 한참동안 뒤져서 그 초콜릿을 겨우 찾아냈다. 한 번도 누군가 찾은 적이 없던 상품이었다. 그 초콜릿은 제38 은하계 통합교통공사에서 전해준 '필수 구비 품목' 중 하나였다. 지구에서 일반적으로 먹는 여느 초콜릿과 다르게, 아스피린처럼 판으로 된 포장재에 각 초콜릿이 개별포장 되어 한 알씩 꺼내 먹을 수 있도록 되어있었다. 원동웅 씨는 초콜릿 통에 쓰여있는 문자를 읽을 수 없었지만, 제38 은하계 교통공사에서 필수 구비 품목과 함께 제공했던 문자 번역기를 돌려 '휴대용 초콜릿'이라고 적혀있다는 것을 알아냈다.

"맛있네요. 원래 단 건 안 좋아하는데."

"다행이에요."

트렌치코트를 입은 손님은 손수건을 돌려받아 품 안에 넣고는 늦은 시간에 실례했다 말하며 가게를 나갔다. 원동웅 씨는 그 뒷모습을 보다가, 불현듯 자신에게 치통이 있었다는 사실을 기억하고 양치질을 하러 갔다.

＊

다음 날, 아침 일찍 치과에 다녀온 후 '외출 중' 팻말을 돌려놓던 원동웅 씨는 익숙한 담배 냄새를 맡았다. 원동웅 씨가 '기자 손님'이라고 부르는 손님이었다. 과장된 말투와 몸동작으로 원동웅 씨의 정신을 빼놓기 일쑤인 이 손님은 제38은하계 모 신문사에서 일하는 기자로, 터미널을 자주 이용하는 승객 중 하나였다.

"동웅, 어제 새벽에 짜얀체체게가 이 터미널을 이용했다는데, 혹시 여기도 들렀나?"

원동웅 씨가 손으로 연기를 흩뜨리자, 기자 손님이 피우던 시가를 작은 상자에 넣으며 물었다.

"짜, 뭐라고? 아니, 그나저나 기자라는 양반이 왜 대체 그런 구식 통역기를 쓰는 거야? 나한테 얼마나 웃기게 들리는지 알아?"

"그러지 말아, 동웅. 이걸로 내가 먹고 산다니까. 사람들이

레트로를 얼마나 좋아하는데?"

말을 말자며 손을 내두르고 가게로 들어가버린 원동웅 씨를 기자 손님이 계속 따라갔다.

"제발 말해주게. 짜얀체체게가 왔는지 안 왔는지!"

"몰라. 어제 새벽에 누가 오긴 했어."

"왔네, 왔어. 동웅, 여기 카운터 근처에 손 좀 올려보게. 그리고 자신 있는 미소를 지어봐."

손님이 들이미는 카메라를 밀어내며 원동웅 씨가 말했다.

"사진 찍기 싫다고 몇 번을 말해! 그 짜야 뭐시기가 누군데 그래?"

"우주 최고의 배우야. 믿을 수가 없군! 전세선만 이용할 거라 생각했는데……."

흥분해서 떠들기 시작한 이 손님의 말을 전부 옮길 수는 없으므로 요약해서 설명하자면, 어제 새벽에 왔던 손님은 '짜얀체체게'라는 유명한 배우고, 무려 〈후르쯔 우구〉와 〈제토를 든 어힌〉 등(아무튼 통역기로는 그렇게 들렸다) 온갖 비극의 거장들이 연출한 작품에서 15년 넘게 주연 자리를 지키고 있는, 그야말로 제38 은하계의 공연계를 대표하는 사람이었다. 무대에 올라가기만 하면 모두를 눈물짓게 만드는 엄청난 분위기의 소유자며, 모든 취재 일절 금지, 사진 금지, 영상 금지. 자신은 어린 시절부터 그 배우의 진정한 팬이었으며,

지금도 자신의 사무실 책상 앞에는 직접 그린 그의 초상이 붙어있으며…….

"그래서, 그이가 뭘 샀나?"

"음? 초콜릿."

"초콜릿? 아냐, 나의 짜야는 그런 건 먹지 않아. 위스키와 에스프레소만 마시며 살아가는 씁쓸함의 요정이라고…….''

원동웅 씨가 생각하기엔 이미 위스키와 에스프레소만 마시는 것부터 요정이 아닌 것 같았지만, 단어들을 멋대로 의역하기 일쑤인 통역기의 실수라 생각하고 넘어가기로 했다. 그는 전날 짜얀체체게에게 팔고 한 개 남아있던 초콜릿을 흔들어 보였다.

"이게 먹어보니 맛있더라고. 아무리 비극의 거장이라도 달달한 건 가끔 먹고 싶겠지."

"그건…… 휴대용 초콜릿이잖나."

기자 손님의 말투에는 이상한 거리낌이 배어있었다.

"어제부터 궁금했는데, 초콜릿이면 초콜릿이지 왜 휴대용이야?"

"가만 있어봐. 짜얀체체게가 그걸 사갔다고? 새벽에?"

대답하기도 귀찮았던 원동웅 씨가 고개를 대충 끄덕거리자, 기자 손님의 표정이 굳어졌다.

말이 없어진 기자 손님은 슬그머니 가게를 나갔다. 원동웅 씨는 찝찝한 기분이 들어, 자신도 모르게 휴대용 초콜릿을 집어 포장을 뜯었다. 입에 초콜릿 하나를 넣고 나자 포근한 행복감이 퍼졌다. 그리고 한 가지 생각이 들었다. 아, 치과 선생이 한동안 단 거 먹지 말라 했는데.

*

"동웅, 자네라면 일을 택하겠는가, 사랑을 택하겠는가?"

또다시 새벽 2시, 자비 없이 울려 퍼지는 전화 벨소리로 잠에서 깬 원동웅 씨가 수화기 너머로 들은 기자 손님의 첫마디였다.

"이이일? 사아아아아랑?"

"소리 지르지 말게! 사무실의 은하 간 통신기를 몰래 쓰고 있다고. 참, 동웅. 혹시 휴대용 초콜릿 또 먹었는가? 몇 개 먹었는가? 그거 그만 먹게. 게다가 지금 먹고 있는 약이 있다 하지 않았나? 그러다 큰일 나."

"새벽에 전화해서 뭔 헛소리야! 안 그래도 치통 때문에 죽겠는데, 웬 초콜릿?"

원동웅 씨는 기분이 좋지 않은 상태였다. 초콜릿을 하나 먹은 후 곧 치과에서 맞은 마취가 풀렸고, 하루 종일 아무것도 먹지 못하고 끙끙 앓다가 가까스로 잠에 들었던 그였다.

"겨우 잠든 건데! 게다가 전화해서 한다는 말이, 뭐?"

"미안하네, 여기가 아침이라 시차를 깜빡했어. 그보다 나한테 굉장히 중요한 얘기라서……. 대신 저번에 내가 말하려다 만 소행성 개발권 정보 슬쩍 말해주겠네."

"……뭔데 그래?"

원동웅 씨는 일어나 앉았다. 그리고 협탁에 놓아둔 약봉지를 뒤져 진통제 한 알을 꺼내 먹었다.

"일단 내 질문에 답해보게. 일과 사랑 중 하나를 택해야 한다면 무엇을 택하겠는가?"

"지금 나 놀리는 거야? 내가 24시간 어디 붙어있는지 생각해 보시지 그래."

"사랑이 한 가지 종류만 있는 건 아니지 않나……. 짜얀체체게, 그 사람 때문에 그래. 그리고 농담 아니니까 휴대용 초콜릿 더는 먹지 말고."

기자 손님에 따르면, 지난 새벽 짜얀체체게가 사간 휴대용 초콜릿은 제38 은하계 변두리, 한 조그만 행성에 사는 사람들을 위한 일종의 약이었다. 그리고 기자 손님은 짜얀체체게가 그 행성인일 수도 있다는 사실에 고뇌하고 있는 것 같았다.

"조그만 행성 사람이면 안돼? 그쪽 은하계에 사람 사는 행성도 많다고 들었는데.”

“그게 참……. ‘그 행성’이라는 게 문제지. 그가 비극 전문 배우로 빠르게 거듭난 이유도 알 것 같네.”

거주민끼리 모두 알고 지낼 정도로 조그마한 그 행성의 이름을 굳이 지구 칭호로 옮기자면 NGC-3344. 이 행성에 사는 사람의 체내에서는 최루성 물질인 신-프로파네티얼-S-옥사이드syn-propanethial-S-oxide가 합성되어, 주변인들의 눈물을 유발하곤 한다. 생애 전반을 슬픔에 젖어 사는 이들은 항상 초콜릿을 휴대하고 다니며, 자신이 눈물을 흘리게 만든 주변인들에게 이를 나눠준다. 이 초콜릿은 슬픔을 완화하고 기분을 북돋는 약이었다. 다만 복용 중인 다른 약의 효능을 약화시키는 부작용이 있고, 마약 성분이 있다는 말이 있어 과다 복용을 권장하지 않는다고 했다.

눈물을 유발하다니 꼭 양파 같네, 하고 원동웅 씨는 생각했다.

“그래서 그 행성인들은, 자기 행성에서 가급적 나오지 않는 편인데. 짜얀체체게는 다른 꿈이 있었나보이.”

기자는 짜얀체체게가 정확히 어떤 생각으로 자신의 행성을 벗어나 배우의 길을 걷기 시작했는지는 알 수 없다고 했다. 하지만 원동웅 씨는 짐작할 수 있었다. 그 역시 가게에 붙잡혀 평생을 살아왔기에 알 수 있었다. 어제와 같은 오늘,

10년 전과 같은 10년 후. 그는 이 가게를 생각하면 안심이 되면서도 동시에 숨이 막혔다. 어떤 순간엔 영원히 머무르고 싶었고, 또 어떤 때엔 뒤도 돌아보지 않고 떠나고 싶었다. 결국 투자에 성공하면 떠나겠다는 공허한 다짐과 함께 자신을 가게에 단단히 매어둔 그는, 제 행성을 어렵게 떠난 짜얀체체계의 모습을 머릿속에 그려보았다. 서로의 존재만으로 눈물짓는 자신의 모성과 달리, 눈물이 행복이 되고 사랑이 되는 그런 세상을 꿈꾸며 떠나는 한 배우 지망생을.

원동웅 씨의 표정이 착잡해지거나 말거나, 기자 손님은 짜얀체체계에 대해 고민하느라 여념이 없었다. 이 엄청난 특종을 기사화해야 할 것인지, 혹은 자신의 영원한 우상이자 사랑인 짜얀체체계의 비밀을 지켜주어야 할 것인지, 그는 도통 결정을 내릴 수 없는 것 같았다.

"일생일대의 선택이야. 너무나 고통스럽네."

"근데, 그 인간이 잘못한 게 뭐야? 그냥 본인 재능을 잘 살려서 배우가 된 거잖아."

"그게 그렇게 쉽지 않네. 그 행성은 좀 뭐랄까······. 거기 출신이라고 하면 아마 난리가 날 걸세."

"그럼 그냥 말하지 말어."

"하지만 그럼 내 기자상은? 나 이런 특종 물어보는 거 처음이란 말이네."

"그럼 터뜨려버려. 그 사람도 참 바보 같구먼. 숨길 거면 잘 숨길 것이지."

"그럼 짜얀체체게가 얼마나 슬퍼하겠는가. 안 그래도 평생 눈치만 보고 살았을 사람이……."

"그럼 하지 마."

원동웅 씨는 지끈거리는 관자놀이를 꾹꾹 눌렀다. 아무리 생각해도 자신은 진통제와 맞지 않는다. 그는 손님이 건네줬던 손수건을 떠올렸다. 아직도 그 손수건에서 나던 그리운 냄새가 선명해서, 숨을 들이쉬면 당장이라도 맡을 수 있을 듯했다. 그것은 고통을 잊게 만드는 진통제와 달리, 아픔을 견딜 수 있게 해주는 그런 향이었다.

하지만 손수건은 더 이상 원동웅 씨에게 없었고, 그는 고스란히 치통을 참아야 했다. 그는 이 모든 걸 잊고 그저 쉬고 싶을 뿐이었다.

"난 모르겠어. 알아서 좀 해."

"어이쿠, 자네 참 정 없구먼."

"뭐라는 거야! 난 원래 이래."

"원래 이런 게 어딨나! 우리 친구이지 않은가."

"친구는 무슨."

"자꾸 그렇게 쌀쌀맞게 굴지 말고, 내 인생 최대의 결정 내리는 것을 제발 도와주게. 친구여! 오오, 나의 가슴이 찢어질 것만 같네."

뭔 놈의 친구가 새벽 2시에 전화를 해? 원동웅 씨는 투덜거렸다. 마음이 심란한 데다 뺨 안쪽이 여전히 쿡쿡 쑤시는 것이 오늘 잠자긴 그른 것 같았다. 번역기의 케케묵은 말투로 이어지는 끝없는 한탄을 들으며, 그는 눈을 감았다.

✳

구멍가게는 원동웅 씨 표현에 따르면 '쓸데없이 길쭉'하게 층고가 높은 형태였다. 약 40년 전 원동웅 씨의 어머니가 아는 사람에게 인계받은 이 구멍가게는, 가게 형태로 개축하기 전에는 동네 부잣집의 쌀 창고로 쓰였다는 이야기가 있었다. 바람이 잘 통하도록 높다랗게 올린 대들보나, 아직도 가게 구석을 쓸면 간간이 나오는 쌀알들을 보면 그 말도 퍽 신빙성 있었다.

몇십 년에 걸쳐 서서히 그 높은 공간에 물건들을 쌓아 올린 가게는 어수선하기 짝이 없었다. 여기저기서 주워오느라 통일성이라고는 눈곱만치도 없는 수납장들이 지붕까지 닿도록 얼기설기 쌓여있었고, 그 수납장마다 물건들이 꽉꽉 들어차 있었다. 누가 언제 어떻게 넣었는지는 모르겠지만, 지붕과 서까래 사이에도 상품들이 끼어있었다. 비교적 좁은 가게 면적에 비해 물건들을 위쪽으로나마 많이 쌓을 수 있다는 장점은 있으나, 가게 주인의 입장에선 재고를 관리하는 게 여간 번거로운 일이 아니었다.

여기, 기자 손님의 등쌀에 잠을 제대로 자지 못해 눈이 벌겋게 변한 원동웅 씨가 아침 일찍부터 길쭉한 장대를 들고 설치고 있는 것도 그런 연유였다. 끝에 갈고리를 박은 그 장대는 원동웅 씨가 직접 고안한 것으로, 상품을 찾을 때마다 사다리를 오르락내리락할 필요 없이 쿡쿡 찍어서 꺼낼 수 있게 만든 것이었다. 원동웅 씨는 장대를 이리저리 흔들며, 분명 자신이 '제38 은하계로부터 받은 서류를 넣어두었던 것 같은' 장소들을 뒤적거리고 있었다.

어제 전화를 끊기 전 기자 손님이 던진 충고 때문이었다. 그의 말에 따르면 필수 구비 품목은 말 그대로 어떤 이들에게 반드시 필요하며 제때 구하지 못할 경우 자신 혹은 타인에게 피해가 생길 수 있는 필수품들이었다. 그렇기에 원동웅 씨의 가게처럼 다양한 종족들이 오가는 공공 장소에 입점한 가게에선 필수로 구비하기를 권고하는 물건들이었다. 지구로 따지면 상비약이나 생리대와 같은 것이라고 해야 할까.

기자 손님의 이야기를 듣다 보니, 교통공사 소속의 피곤해 보이는 직원(영업 개시 첫날 밤늦게 찾아와, 필수 구비 품목을 건네준 자였다)이 이 물건들을 정기적으로 발주하여 떨어지는 일이 없도록 해달라고 당부했던 기억이 원동웅 씨의 머릿속에 어렴풋이 떠올랐다. 사실 따지고 보면 제38 은하계 통합교통공사 소속도 뭣도 아닌 원동웅 씨가 이를 항시 구비해 놓을 의무는 없었지만, 원동웅 씨는 이참에 필수 구비 품목을 한 번 더 확인하기로 한 것이다. 사실, '언젠가 다시 들를지 모르는 짜야를 위해 어쩌구' 하는 기자 손님의 듣기 싫은 호들갑도 한몫했다.

문제는 분명 필수 구비 품목과 관련된 문서를 받은 기억은 있는데, 그것을 어디에 두었는지 도통 떠오르지 않는다는 것이었다. 원동웅 씨는 필수 구비 품목의 목록이 적힌 책자를 대들보 위에서 가까스로 찾았으나("왜 그런 올려두기도 힘든 데에 가있는 거야!" 올려둔 장본인인 원동웅 씨가 화를 냈다), 발주를 어디서 어떻게 하는지 안내를 적어둔 문서는 도저히 찾을 수가 없었다.

원동웅 씨는 안내문 찾기를 포기하고, 일단 어떤 물건이 떨어졌는지를 확인했다. 짜얀체체게가 사갔던 휴대용 초콜릿은 원동웅 씨가 무심결에 까먹었던 것이 마지막이었고, 번역기가 '염화칼슘?'이라고 번역한 흰색 가루가 든 봉지와 번역이 불가능한 몇 가지 종류의 약들이 떨어진 것 같았다. 사실, 모든 것이 뒤죽박죽인 가게 안에서 도저히 필요한 것들을 찾을 수가 없었다. 원동웅 씨는 대체 어떻게 착용하는지도 알 수 없는 '비상 호흡기'의 수량을 재차 세어보며 언젠가 가게 대청소를 하긴 해야겠다고 생각했다.

마침 손님도 뜸했기에, 원동웅 씨는 '외출 중' 팻말을 걸어놓고 가게 밖으로 나왔다. 그나마 제38 은하계 교통공사 직원이 한 명이라도 있는 매표소에 가서 물어볼 요량이었다. 병원이나 시장을 가기 위해 터미널 안팎을 종종 왔다 갔다 하긴 했지만, 터미널 안을 돌아보는 것은 처음이었다. 원동웅 씨는 얼기설기 지은 벽을 마뜩잖은 눈으로 바라보았다. 터미널 벽은 현지, 그러니까 지구에서 조달한 싸구려 붉은 벽돌과 제38 은하계에서 가져온 것이 분명한 식물성 소재가 섞여있었다. 벽돌에 나무뿌리 같은 것이 얽혀있는 모양이 원동웅 씨에게는 꼭 폐가처럼 음산하게 느껴졌다. 돈 한 푼이라도 허투루 쓰지 않겠다는 교통공사 측의 의지가 확연히 보이는 듯했다. 흥, 공사에 쓸 돈도 아끼는 구두쇠 놈들. 그러니까 내 가게 보상금도 챙겨주기 싫어서 기를 썼구먼.

매표소는 가게를 기준으로 터미널의 반대편 모퉁이에 있었다. 원동웅 씨는 널찍한 통로를 따라 걸어갔다. 간간이 지나치는 제38 은하계 승객들이 자신을 힐끔거리는 것 같아 그는 습관적으로 모자를 꾸욱 눌러썼다. 그들과 다른 자신의 모습이 신경 쓰이면서도, 원동웅 씨는 새삼 '외계인'들이 지구인들과 꽤 비슷하게 생겼다고 생각했다. 피부색이나 머리색이 조금 다를 뿐, 승객 대부분의 생김새가 지구인과 그다지 다를 것 없는 것이 참 신기할 따름이었다. 원동웅 씨는 이내 시선을 거두고 바닥을 보며 걸었다.

매표소는 붐비고 있었다. 사람들은 표를 사는 곳 근처에 몰려들어 무어라 외치고 있었는데, 원동웅 씨로서는 무슨 말인지 도통 알아들을 수 없었다. 그가 챙겨온 통역기를 착용하자, 곧 귀에 쏟아지는 목소리들이 한국말로 바뀌기 시작했다. 매표 창구에 사람들이 몰려있던 것은 단순히 환승터미널의 호황 때문은 아니었다. 그 원인은 촘촘하게 늘어선 사람들의 뒤통수 너머로 보이는, 심드렁한 표정의 창구 직원에게 있는 듯했다.

"아! 2.4분 후에 우주선이 떠난다고요. 빨리 좀 해줘요, 제발! 제발!"

"지금 35.2분째 기다리고 있는데, 대체 언제 됩니까?"

"왜 통신 결제는 안 되냐고!"

대부분의 사람들이 발을 동동거리며 성을 내고 있는 가운데, 창구 직원은 느릿느릿 그들을 응대하고 있었다.

"네, 네. 여기까지 전파가 안 닿습니다. 통신 결제는 불가하세요."

"으아아! 내 우주선이 떠났어!"

"다음 우주선은 2시간 12분 후에 있으세요."

"당신, 민원 넣을 거야!"

"네, 다음 분······이 아니라, 이제 식사 시간이네요. 1.2시간 후에 오세요."

절규하는 승객들을 놔두고, 매표소 직원이 주섬주섬 외투를 챙겨 일어섰다. 원동웅 씨는 승객들 뒤에서 모자만 붙잡은 채 머뭇거렸다. 다행히 승객들은 화를 내면서도 곧 흩어졌고, 원동웅 씨는 매표소에서 나가기 직전인 직원을 잡을 수 있었다.

"거기, 젊은이! 잠시만 기다려줘!"

"네, 표 구매는 지금 불가하세요."

"표가 아니고, 나 저기 있잖아요. 슈퍼 주인이요!"

직원이 고개를 돌렸다. 눈을 가늘게 뜨고 원동웅 씨의 얼굴을 살펴본 직원은, 다시 걸어가기 시작했다.

"급하시면 따라오면서 말씀하세요. 밥 먹을 시간이 1.2시간, 아니 이제 1.1시간 밖에 없단 말이에요."

"아니, 1.2시간이면 세 끼도 먹겠는데······."

원동웅 씨는 직원을 따라가며 상황을 설명했다. 필수 구비 품목 중 떨어진 것이 있고, 받았던 발주 가이드북을 도저히 찾을 수가 없으며, 이 망할 놈의 터미널엔 대체 상주 직원이 어디 있는지 모르겠다 등. 그는 빠른 걸음의 직원을 쫓아가는 동시에 이런 말들을 늘어놓느라 숨이 찰 지경이었다.

"상주 직원이 없는 건 여기가 임시 터미널이라……. 아, 여기가 임시인 건 말하면 안되는데. 하여간 지금은 승강장 쪽에 가끔 기관사나 정비사 왔다 갔다 하는 거 말고는 저밖에 없으세요. 음…… 필수 구비 품목 발주, 각 터미널에 필요한 물건들을 거래하는 담당 공급처가 있긴 한데……."

"그럼 나 좀 도와줘! 그리고 지금 대체 어디 가는 거야?"

"저 밥 먹으러요. 아, 그 담당 공급처로 저랑 같이 가시면 되겠네요."

어느새 승강장 입구에 다다른 직원이 문고리를 잡았다. 평범하게 생긴 철제 문이 열리자, 눈부신 빛이 흘러나왔다. 원동웅 씨가 어어, 하는 새에 직원은 그를 문 안으로 밀어 넣었다. 원동웅 씨 앞에 승강장이 펼쳐졌다.

"이게 뭐야. 정글이야?"

"전글? 뭔데 통역이 안 되지."

직원이 통역기를 툭툭 두드렸다. 제38 은하계의 승객들이 북적이는 승강장 안은 나무로 뒤덮여 있었다. 터미널 벽에서 본, 붉은 벽돌과 뒤섞여 있던 나무뿌리와 같은 종류의 식물인 것 같았다. 다만 승강장에서 보이는 나무는 뿌리 쪽이 아닌 이파리와 가지가 붙어있는 나무의 상부 쪽이었고, 방사형으로 뻗은 승강장의 구조를 가지끼리 서로 얽은 채 지탱하고 있었다. 지구의 것과는 달리 반짝이는 푸른빛을 띠는 새순을 바라보며 원동웅 씨가 말했다.

"아니, 내 말은…… 승강장에 웬 원시림 같은 게 있냐고."

"아, 숲 같다는 말씀이군요? 일단 멈추지 마시고, 계속 가세요. 저 밥 먹고 오려면 빠듯하세요."

"아까부터 저 말투 진짜 신경 쓰이는구먼."

직원은 투덜대는 원동웅 씨를 자신 옆에 꼭 붙이더니, 신분증처럼 보이는 원판을 개찰구에 찍고 가장 왼편에 있던 작은 우주선으로 들어갔다. 그냥 얘기나 좀 하려고 왔다가 졸지에 지구를 떠나게 된 원동웅 씨가 불안한 눈으로 두리번거렸다. 승강장처럼 나무나 풀 천지일 것 같던 우주선은 의외로 금속제로 된 진짜 '우주선' 같았다.

"왜 여기는 또 멀쩡한 거야?"

"그야 당연히, 우주선 재료는 여기까지 조달할 필요가 없으셔서요."

우주선을 제때 타, 조급하던 마음이 가라앉은 직원이 여전히 이상한 말투로 친절히 설명했다. 그의 말로는 은하계 간 물자 운송에는 돈이 너무 많이 든단다. 지구로 치자면, 건물을 짓는데 항공기로 건축 자재를 하나하나 운송하는 것과 같은 것이다. 따라서 대부분의 건축 자재를 현지에서 조달하고, 현지 조달이 불가능한 부분은 자재용 나무를 씨앗으로 운송해 심었던 것이다.

"이파리 색깔 보시면 아시겠지만 유전자 조작된 식물이라 씨를 안 맺거든요. 생태계 교란 위험은 없으세요."

"아, 그건 됐고. 지금 가는 데가 어디라고 했죠? 나 다시 돌아올 수 있는 거지?"

"그 담당 공급처요. 저 밥 먹고 복귀할 때 같이 돌아가시면 되셔요."

"내가 꼭 가야 하나? 그냥 그쪽이 발주를 넣어주면 되는 거 아녀요?"

"……."

"그쪽, 귀찮아서 그런 거 아니지?"

매표소 직원은 갑자기 아무것도 없는 벽을 유심히 바라보며 원동웅 씨의 말에 대답하지 않았다. 우주선이 약간 덜컹하더니 마치 시공간의 조각들이 소용돌이 치는 것 같은 기묘한 소리가 들렸고, 다시 덜컹거렸다.

제38 은하계 도착이었다.

*

원동웅 씨가 관광객으로 온 것이었다면, 이 글을 읽는 독자들과 함께 제38 은하계의 신기한 생태와 문화를 탐방할 수 있었을 것이다. 그러나 얼떨결에 물건을 주문하러 제38 은하계에 왔을 뿐인 원동웅 씨는 그럴 수 없었다.

"타 은하계 사람을 멋대로 데려오면 어떡합니까?"

"빨리 해결해야 하는데 담당자는 없으시고, 저라고 어떡하세요?"

우주선에서 내리자마자 회색 제복을 입은 누군가가 달려와 소리쳤고, 매표소 직원과 날 선 대화를 주고받기 시작했다.

"직원 출퇴근용 우주선의 승객 확인이 느슨한 걸 이용한 거 아닙니까? 이건 밀입국이나 다름없습니다!"

"무슨 또 밀입국이세요? 방문객 배지나 주세요. 그거 달고 터미널 밖으로만 안 나가면 되시잖아요. 제가 이따가 데리고 돌아가실 거예요."

원동웅 씨는 그들 옆에 엉거주춤 서있었다. 환영받지 못하는 분위기는 그에게 너무나 익숙했지만, 동시에 오랜만에 겪는 것이기도 했다. 그는 어색한 표정으로 주변을 이리저리 둘러보았다. 제38 은하계의 터미널은 꼭 비 웅덩이에 뜬 기름처럼 오묘한 색의 금속으로 장식된 거대한 벽과 빛이 쏟아지는 크리스털 돔 천장, 새파란 이파리와 톡 쏘는 향을 풍기는 꽃들로 풍성하게 장식된 호화로운 장소였다. 원동웅 씨는 자신에게 줄 보상금은 귀신같이 아껴놓고 자신들의 터미널만 잔뜩 꾸며 놓은 제38 은하계 놈들을 속으로 욕했다.

매표소 직원은 말싸움을 하던 회색 제복 직원에게 원동웅 씨를 떠넘기고 식당으로 가버렸다. 회색 제복 직원은 계속해서 한숨을 쉬며 원동웅 씨에게 방문객용 배지를 달더니 필수 구비 품목에서 본 적 있던 비상 호흡기를 하나 쥐여주었다. 그리고 그를 재빨리 터미널 구석에 위치한 담당 공급처에 데려다주었다.

담당 공급처는 한마디로 표현하자면, 골방에 욱여넣은 도서관 같았다. 원형 책처럼 보이는 것들이 작은 사무실 공간에 꽉꽉 들어차 있었고, 그 안에는 안색이 다소 탁하고 빳빳한 셔츠를 입은 공급처 직원이 책상 앞에서 원판들을 확인하고 있었다. 원판을 넘기며 적힌 내용을 읽던 그는, 그중 하나를 동그란 기계 위에 올리고 버튼을 눌렀다. 곧이어 마치 전축처럼 원판이 돌아가기 시작했다.

원동웅 씨는 어색하게 서있었다. 아무리 사무실에 불쑥 들어왔다지만, 직원은 원동웅 씨의 존재를 알아차리지도 못한 것처럼 기계에 떠오른 글자들을 바라보고 있었다. 원동웅 씨가 헛기침을 하자 직원이 천천히 고개를 들었다.

"나, 저…… 지구에서 온 사람인데, 물건 발주를 여기서 할 수 있다 해서 왔습니다."

그러면서 원동웅 씨는 깨알같이 챙겨온 '구멍가게' 명함을 건넸다. 공급처 직원이 받을 생각이 없는 듯하여, 그는 명함을 책상에 올려 두었다. 직원은 명함에 손을 대지도 않은 채 번역기를 슬쩍 갖다 대고는 이리저리 살펴보았다.

"특이한 모양이네. 어디서 오셨다고요?"

"아, 그 4…… 은하수? 44? 뭐라더라. 이번에 환승터미널 생긴 곳이요."

공급처 직원은 의자에 등을 탁 기대고 눕다시피 하더니, 원동웅 씨를 위아래로 훑어봤다.

"아, 제44 은하계에서 온 외계인인가?"

"외계…… 뭐? 지금 외계인이라고 한 거야?"

"44 은하계에서 왔다면서? 그럼 외계인이지."

"맞긴 한데……."

원동웅 씨는 가게를 시작한 첫날, 가게를 찾은 손님들을 서슴없이 외계인이라 부르던 자신의 모습을 떠올렸다. 제38 은하계를 대상으로 한 장사에 익숙해지며, 외계인이라는 단어는 점차 손님이나 사람으로 대체되었다. 손님들이 자신을 아저씨니, 사장님이니, 친구니 하는데 저 혼자만 외계인, 외계인, 하고 부르는 것도 민망했던 것이다. '외계인'이 멸칭이라는 지적도 여러 번 받았고 말이다.

원동웅 씨는 무의식적으로 자신의 머리 끄트머리를 모자 속으로 밀어 넣고는 자신이 적어온 발주 목록을 공급처 직원에게 건넸다. 그는 이를 받지 않은 채 원동웅 씨에게 말했다.

"거기, 책상에 놔둬."

"지금 확인해 줄 수 없을까요? 먼 길 왔는데……."

"아, 일단 놔둬봐."

원동웅 씨는 목록이 적힌 종이를 책상 끄트머리에 내려놓았다. 그러자 공급처 직원은 그 위로 스프레이 같은 것을 뿌리더니 집게로 조심스레 들어올렸다.

"기분 나쁜 거 아니지? 아무래도 외계에서 왔으니까, 모르는 균이 있을 수도 있고."

"예, 예……. 빨리 확인이나 해주쇼."

원동웅 씨가 퉁명스럽게 말했다. 흠, 염화칼슘도 다 떨어졌고, #%-! 약도 없고. 플래시 드라이브는 아직 있고. 혼잣말인지, 원동웅 씨에게 하는 것인지 모를 말을 웅얼거리며 종이를 훑던 공급처 직원은 갑자기 목록의 한 부분을 톡 치며 쿡쿡 웃었다.

"휴대용 초콜릿?"

"예에."

"휴대용 초콜릿을 누가 사갔나 봐?"

"그제 새벽에 누가 와서 다 팔았수다. 다 봤으면 얼른 처리해 주쇼."

"좀 기다려 봐. 이 초콜릿이 요즘 부쩍 수요가 많거든. 요행성 외계인들, 밖으로 잘 안 나가는데 말이야. 참 이상하지,

이상해…….”

“하나도 안 이상한데.”

“3일 전 새벽에 누가 사갔다는 거지? 또 어떤 내행성 것이 기어 나왔으려나…….”

“아, 몰라. 빨리나 해주쇼! 표 파는 친구 돌아갈 때 같이 가야 한단 말야!”

원동웅 씨가 버럭 소리를 지르자, 공급처 직원은 미소를 지우고 그를 경멸스러운 눈으로 흘끗 바라보았다.

“초면에 반말이라니. 이래서 내행성, 아니 외계 놈들은 안 된다니까.”

“뭐? 먼저 초면에 반말 찍찍 갈기던 인간이 지금 뭐라는 거야?”

원동웅 씨가 씩씩거리며 한 발짝 앞으로 나서는 찰나, 사무실 문이 벌컥 열렸다.

“아저씨, 한참 찾았네. 이제 돌아가야 하세요. 업무는 다 처리했으세요?”

매표소 직원이 원동웅 씨를 재촉했다.

“아직 발주를 못 넣었어요!”

“아이고, 그걸 아직도 못 했으세요?”

매표소 직원이 공급처 직원의 책상 앞으로 가서 서류를 확인했다.

"요거, 요거, 요거 없으시네. 담당자님, 이 품목들을 제44 은하계로 보내주시면 되셔요. 주소는 여기로. 매입금은 교통공사 측에 달아주세요. 교통공사에서 아저씨 수입 환전할 때, 필수 구비 품목 매입금도 같이 처리해 주실 거예요. 감사합니다!"

"아니, 본인 업무 할 때는 세상 느려터지더니……. 일처리 한번 빠르네."

매표소 직원이 다다다 일을 처리하자, 원동웅 씨가 기가 막혀서 말했다.

"티켓 파는 건 빨리 안 하든 느리게 하든 월급이 그대로시지만, 제시간에 못 가면 월급이 까이시니까요."

이렇게 말한 매표소 창구 직원은 호들갑을 떨며 원동웅 씨를 끌고 나갔다. 닫히는 문 너머로 공급처 직원이 원동웅 씨가 준 목록 적힌 종이를 뚫어져라 보고 있었다.

✳

가게 뒷방에서 자고 있던 원동웅 씨가 번쩍 눈을 떴다. 새벽 2시 반이었다. 어째, 요즘 매일 이 시간에 깨는구먼. 원동웅 씨가 안대를 벗으며 생각했다. 그의 수제 CCTV를 확인할 필요도 없이, 손님이었다. 누군가 문을 쾅쾅 두드리고 있었으니 말이다.

가게 문을 아주 부서져라 두드리는 통에 왠지 그냥 들어오라 말하기 찜찜했던 원동웅 씨는, 부스럭대며 방 밖으로 나가 가게 문 쪽으로 다가갔다. 그는 벽 한쪽에 난 조그만 구멍을 통해 밖을 바라보았다. 가게 밖 차양 모서리에 달아둔 낡은 차량용 사이드 미러, 즉 'CCTV 2호'가 구멍 너머로 보였다. CCTV 2호는 가게 현관을 비추고 있었다. 원동웅 씨는 낯익은 머리색을 보았다. 빛을 받으면 녹색이 반짝이는 머리카락, 이에 대비되는 주홍색 피부, 몸에 휘감은 검은 옷 그리고 눈물을 머금은 듯한 눈.

문을 두드리고 있던 손님은 짜얀체체게였다.

원동웅 씨가 문을 열자마자 짜얀체체게는 그에게 성큼성큼 다가가 낮은 목소리로 말했다.

"당신이지?"

"뭐가?"

아직도 잠이 덜 깨서 겨우 통역기를 착용한 원동웅 씨가 코를 훌쩍대며 말했다. 벌써 눈물이 나오기 시작했다. 그는 피곤한 상태였다. 그는 재수 없는 공급처 직원이 보내온 필수 구비 품목(매표소 직원이 툴툴대며 가져왔다)을 받은 김에 가게를 정리하느라 꼬박 하루를 썼다. 며칠 동안 치통에, 극성맞은 기자 손님 때문에 더욱 잠을 제대로 자지 못한 상태에서 온종일 몸을 움직이니 피곤함이 이루 말할 수가 없었다.

오늘은 숙면을 취하겠다는 일념으로 잘 쓰지 않던 안대까지 쓰고 잠들었는데, 그의 숙면은 또다시 새벽을 넘기질 못했던 것이다. 그를 깨운 짜얀체체게가 이를 악물고 말했다.

"아아, 이토록 뻔뻔한 인간이라니!"

"대체 무슨 소리야?"

"그깟 협박에 내가 넘어갈 줄 알았어? 당신 지금 상대 잘못 고른 거야."

"협박? 무슨 협박?"

"약점을 잡고 흔든 사람이 너 하나뿐인 줄 알아? 그랬던 사람들, 다 어떻게 됐을 것 같아?"

짜얀체체게는 그를 노려보았다. 원동웅 씨는 킁 하고 한번 더 코를 먹고는, 흐르는 눈물을 소매로 슥슥 문질렀다. 그가 천천히 입을 열었다.

"아, 혹시, 그거 말인가. 손님, 어디어디 별 출신이라면서? 뭐지? 양파였나?"

말을 끝맺기가 무섭게 주먹이 날아왔고, 원동웅 씨는 기절했다.

*

새벽 3시, 짜얀체체게와 원동웅 씨는 가게 앞 평상에 나란히 걸터앉아 있었다. 그들은 기자 손님을 기다리고 있었다. 원동웅 씨가 깨어난 후, 짜얀체체게는 몇 달 전부터 출신을 폭로하겠다는 협박을 받고 있다는 이야기를 털어놓았다. 원동웅 씨가 보기에 가장 의심스러운 용의자는 기자 손님이었고, 따라서 진상을 밝히기 위해 짜얀체체게의 전화를 빌려 그를 불러냈던 것이다.

고개를 숙이고 있던 짜얀체체게는 원동웅 씨를 죄책감 어린 눈으로 힐끔 보더니 코트 주머니를 뒤지기 시작했다. 눈물이 흐르는 통통 부은 눈가를 훈제란으로 문지르고 있던 원동웅 씨 앞으로 알약처럼 생긴 초콜릿 하나가 나타났다. 원동웅 씨가 손을 내저었다.

"어휴, 됐어요."

"죄송해요. 전후 사정 모르고 주먹부터 날렸네요. 성질 고치라는 말, 많이 들었는데도 자꾸……."

"됐다니까. 초콜릿도 안 줘도 괜찮아요. 그거 많이 먹으면 안 좋다며."

"이 정도는 괜찮아요. 드시면 눈물이랑 아픔, 둘 다 좀 가실 텐데……."

"지금 이도 안 좋아서."

짜얀체체게는 초콜릿을 다시 포장재 안에 잘 싸서 넣었다. 그리고 잠시 생각하다가, 원동웅 씨에게 손수건을 건넸다. 원동웅 씨도 더 이상 거절하지 않고 이를 받아 들었다. 내일쯤 분명 거뭇하게 멍이 들 것이 분명한 눈에 손수건을 갖다 대자 아픔이 좀 가라앉는 것 같았다. 원동웅 씨는 손수건에서 나는 그 알 듯 말 듯한 향을 들이마셨다.

"이 손수건, 참 좋은 냄새가 나요."

그 말을 들은 짜얀체체게가 묵묵히 그를 바라보았다. 원동웅 씨가 손수건을 흔들었다.

"음…… 혹시 좀 수작처럼 들렸나? 그런 건 아니고 어디선가 맡아본 냄새 같은데, 막 그립고 그래서."

그 얘기를 들은 짜얀체체게가 살짝 웃었다.

"사장님도, 누군가에게 위로받았던 적이 있나 보네요."

짜얀체체게의 손수건에서 나는 향은, 그만을 위한 맞춤 향수로부터 온 것이라고 했다. 주변 사람들을 언제나 눈물짓게 하는, 그래서 모두에게 우울감을 안겨주고 끝내 불행하게 만든다는 '양파 별(원동웅 씨가 몰래 지은 별명이었다)'의 외계인, 짜얀체체게를 별 밖으로 나올 수 있도록 한 향수였다.

먼 옛날, 자신의 별을 떠나는 것을 꿈꾸던 짜얀체체게는 업무차 자신의 별을 방문한 향수 제작자를 만나 이야기를 나누다가 그 향수를 얻었다. 그는 양파 별 사람들의 신체 구성 성분이 최루성 술폭시드 화합물이라는 것을 듣더니 자신이 해결할 수 있을 것 같다고 했다.

"그 눈물을 나오게 만드는 성분이 수용성이라 하더군요. 그걸 바탕으로 눈물을 줄일 수 있는 향을 만들면 된다고 중얼대더니, 나중에 정말로 만들어 보내주었어요."

짜얀체체게는 원동웅 씨의 눈물을 바라보다가 말했다.

"눈물에도 여러 종류가 있는 걸 아세요? 감정에 의해 흘리는 눈물인지 아닌지에 따라 화학 조성이 다르답니다. 그 향수의 베이스가 되는 원료는, 울고 있는 사람의 옆에서 위로해 주는 사람이 흘리는 눈물을 분석해서 만들었다고 해요."

원동웅 씨는 대답하지 않고 손수건으로 눈물을 닦았다. 그에게도 그런 순간이 있었다. 눈물을 흘리는 그의 옆을 말없이 지켜주던 누군가가 있었다. 손수건에 남은, 저번보다 희미해진 향을 맡으며 그는 갑자기 울고 싶어졌다. 이미 짜얀체체게 때문에 눈물을 쏟고 있었음에도 말이다.

"그 손수건이 마지막이에요. 주기적으로 향수를 보내주던 제작자와 한동안 연락이 되지 않았죠. 향이 옅어지자, 주변 사람들이 다시 눈물을 흘리기 시작했어요. 그래서 외진 터미널에 위치한 가게들을 골라 휴대용 초콜릿을 샀어요. 그 즈음부터 협박 편지가 시작되었고요."

짜얀체체게가 원동웅 씨의 가게를 어깨 너머로 돌아보았다.

"행적이 드러난 건가 싶어 여기까지 오게 되었어요. 아무래도 제38 은하계와는 상관없는, 멀리 떨어진 곳이니까요. 이렇게 바로 들통날 줄은 몰랐는데⋯⋯."

짜얀체체게가 한숨을 내쉬었다. 그들은 한동안 말없이 앉아 있었다. 원동웅 씨는 고개를 들어 가게 옆에 심어진 버드나무를 바라보았다. 가게 주변으로 터미널이 들어설 때 원동웅 씨가 용케 지켜낸 나무였다. 천장에 뚫린 구멍으로 달빛이 들어와, 앙상한 나뭇가지를 푸르스름한 은빛으로 물들이고 있었다.

터미널 복도 저편에서 급하게 뛰어오는 발소리가 들렸다. 기자 손님이 도착했다.

✳

갑자기 불렀음에도 불구하고, 기자 손님은 시상식이라도 다녀온 사람처럼 단정하게 차려입고 있었다. 사실, 그는 숨도 제대로 쉬지 못하는 것 같았다. 눈물이 글썽이는 눈은 오직 짜얀체체게만을 향해 있었고, 손은 살짝 떨리고 있었다. 뛰어오는 그를 보며 화를 낼 준비를 하던 짜얀체체게도(아직도 한쪽 눈이 부어있는 원동웅 씨는 짜얀체체게의 꽉 쥔 주먹을 유심히 보았다) 그 모습을 보고는 차마 말을 꺼내지 못하고 머뭇거렸다. 기자 손님은 무언가 말하려는 듯 입을 열었으나 아무 말도 하지 못한 채, 준비해 온 푸른빛의 꽃다발을 내밀었다. 침묵만이 감도는 어색한 순간이 지나고, 결국 짜얀체체게가 꽃을 밀어내며 어두운 목소리로 말했다.

"이런다고 해도 소용없어요. 아니, 더 나빠요."

"에…… 예?"

기자 손님이 흐르기 시작한 눈물을 닦으며 얼빠진 목소리로 되물었다. 미간을 찌푸린 짜얀체체게는 입술을 깨물었다. 그때까지 조용히 있던 원동웅 씨가 크킁 하는 소리를 내며 코를 먹었다. 그제야 원동웅 씨를 발견한 기자 손님은 그의 경멸에 찬 표정을 보고 깜짝 놀랐다. 기자 손님이 물었다.

"아니, 왜 나를 그렇게 쓰레기 기자 보듯이 하나?"

원동웅 씨는 눈을 더욱 가느스름하게 뜨고 기자 손님을 바라보았다.

"자네…… 그렇게 안 봤는데. 약간 실망이야."

"뭔가? 뭔데 그러는가?"

"차라리 고민했던 것처럼 기사를 내지, 협박은 너무하지 않나."

"무슨 얘기야, 대체?"

주먹을 불끈 쥐고 기자 손님에게 나아가던 짜얀체체게가 멈칫했다. 기자 손님의 얼굴이, 아까의 원동웅 씨처럼 혼란스러워 보였기 때문이었다. 숨을 고르고 짜얀체체게가 다시 물었다.

"그쪽이 협박 편지를 보낸 사람 아닌가요? 정말로?"

기자 손님의 눈이 커지더니 억울한 표정으로 고개를 흔들었다. 어찌나 격렬하게 고개를 저었는지 흐르던 눈물이 사방에 튈 지경이었다. 원동웅 씨가 튄 눈물을 탁탁 털어내며 말했다.

"아니, 왜 말을 못해. 내가 여기 이 손님분께 그 휴대용 초콜릿인지 뭔지 팔았다는 얘기를 자네한테만 했는데, 자네가 이분 출신을 알아냈잖아. 그 후에 이분이 협박 편지를 수차례 받았다고 하네. 여기서 초콜릿을 사지 않았냐고, 고향이 어딘지 알고 있다고 하면서. 그럼 자연스럽게 범인은 자네……."

"지, 진짜 아닐세. 짜야 씨, 제가 그럴 리가 없지 않습니까?"

기자 손님이 손을 내저으며 기어들어가는 목소리로 말했다. 손을 저을 때마다, 푸른 꽃이 그의 표정처럼 힘없이 흔들렸다. 원동웅 씨와 짜얀체체게의 눈이 허공에서 마주쳤다.

"그럼 누구지?"

원동웅 씨가 물었다.

원동웅 씨는 단골 손님을 믿지 못했던 값을 호되게 치르고 있었다.

짜얀체체게가 아무 소득 없이 돌아간 후, 기자 손님은 이제 자신의 행성으로 가는 차가 없다며 기어코 가게 뒷방에 끼어 잠을 자더니, 아침부터 원동웅 씨의 귀가 떨어지도록 떠들어대고 있었다. 자신이 불러낸 손님이니, 원동웅 씨가 할 수 있는 일은 그 끝없는 수다를 견디는 것뿐이었다. 어제 나의 짜야가 가게에 와있다는 연락을 받고 얼마나 떨렸는지 아느냐, 어제 짜야에게 받은 사인은 보존 처리를 해서 영원히 간직할 거다, 어제 불러줘서 고맙다, 내가 협박범을 잡아내고 말 것이다……. 기자 손님의 입은 도무지 닫힐 줄을 몰랐다. 그나마 그를 협박범으로 오해하고 불러낸 것에 대해 원망을 갖지 않은 것이 원동웅 씨로서는 다행이었다.

"흥, 그 배우 손님 앞에선 아무 말도 못하더니. 아주 입이 터졌네, 터졌어."

"그야, 무슨 말실수를 할지 모르지 않는가!"

"내 앞에선 해도 되고?"

"우린 벗이지 않은가."

"벗 좋아하네. 벗 다 죽었다!"

통명스럽게 내뱉은 원동웅 씨가 직접 탄 미숫가루를 내밀었다.

"이거 맛있는데? 파는 건가?"

"그냥 내 식사 대용이야. 손님 많아서 밥 먹을 시간 없을 때 먹는 거. 그나저나 출근 안 해? 여기 계속 있을 거야?"

"응, 나의 짜야 때문에 여러모로 심란해서, 그간 안 썼던 휴가를 쓴 참이었어. 그런데 막상 휴가를 쓰니 할 일이 없어서 집에서 청소나 하고 있지 않았겠나. 덕분에 짜야를 직접 영접했지 뭔가. 우리는 이걸 성팬이라고 하네. 성팬, 성공한 팬. 응? 따라해 보게. 성-팬!"

"싫어! 나한텐 이상한 한국말로 들리는데 뭘 따라하라는 거야."

기자 손님이 급기야 통역기를 빼면서까지 새로운 단어를 알려주려는 의욕을 보이자, 원동웅 씨는 질색하며 가게 안쪽으로 달아났다. 아무튼 정리를 하기도 해야 했다. 전날 짜얀 체체게가 가게를 떠나며 휴대용 초콜릿을 몇 개 더 구입할 수 있냐고 물었고, 그것들을 급히 찾느라 기껏 정리했던 가게가 다시 어수선해진 것이다.

"정리를 하면 뭘 해. 어디에 뒀는지 기억이 안 나, 기억이! 어디 보자, 필수 구비품끼리 모아 두는 게 낫겠는데. 이전에 받아둔 상자가 어어디로 갔으을까아······."

원동웅 씨는 흥얼거리며 발주 전에 받았던 첫 번째 필수 구비품 상자를 찾았다. 갈고리 장대로 높다랗게 쌓인 수납장들을 툭툭 두드리던 그는, 찾던 상자가 또 그놈의 대들보 위에 올라가 있는 것을 발견했다.

"누가 자꾸 여기 올려 두는 거야!"

실없이 화를 낸 원동웅 씨는 상자를 어렵게 끌어 내려 물건들을 꺼냈다. 그는 묘한 보랏빛으로 반짝이는 USB들을 빈 깡통 안에 모은 후, 이를 새 구비품 상자 안에 넣었다. 안에 물처럼 생긴 것이 들어있는 병과, 1회용 통역기 몇 개, 비상 호흡기까지 차곡차곡 정리했다. 상자 안에는 지난번 자신이 무심결에 한 알을 까먹은 휴대용 초콜릿이 남아있었다.

이를 바라보며, 원동웅 씨는 다시 짜얀체체게를 생각했다. 참으로 순진한 사람이 아닌가. 그렇게 출신을 숨기고 싶다는 사람이 무대 위에 섰을 때부터 불행은 이미 정해진 것이나 마찬가지였다. 지금껏 들키지 않은 게 놀라울 지경이었다.

그는 정리하느라 바삐 움직이던 손을 어느새 멈추고 있었다. 느닷없이 가게 안으로 뛰어 들어온 기자 손님의 외침이 그의 상념을 지웠다.

"여보게, 동웅. 큰일났네."

"뭐가? 제발 호들갑 좀 떨지 말아. 정신이 하나도 없네."

"짜얀체체게, 그이가 지금 대사건에 휘말렸단 말이네! 아아, 세상은 왜 이렇게 잔인한 것인가?"

"자네, 혹시 취미로 연극 하나?"

"어찌 자네는 그렇게 무정허이. 좀 들어보게나."

원동웅 씨가 가게 안으로 사라지자 심심해진 기자 손님은 매표소에 신문을 얻으러 갔다가, 자신의 동료를 만나서 이야기를 전해 들었다. 기자 손님이 짜얀체체게의 팬임을 알고 있던 동료는 연예부 기자들 사이에 퍼진 소식을 알려주었다.

그에 따르면 몇 시간 전, 짜얀체체게의 공연이 있던 극장의 대기실에 누군가가 익명으로 보낸 대량의 상자들이 전달되었다고 했다. 모든 상자의 수신인 자리에는 짜얀체체게의 이름이 적혀있었고, 그 안에는 수많은 휴대용 초콜릿이 들어있었다.

무대 뒤에서 말은 빨리 퍼졌다. 그가 한 팬과 살림을 차렸다느니, 단 것을 광적으로 좋아한다느니 하는 황당무계한 말도 있었지만, 대량으로 '휴대용 초콜릿'을 받은 게 이상하다는 얘기가 대부분이었다. 어쩌면 이전부터 공연계에서 그의 출신을 의심하는 목소리들이 알음알음 퍼져있는 것일지도 몰랐다.

"자네도 알다시피, 짜야의 피부색이…… 그렇지 않은가."

"……피부색이 뭐?"

원동웅 씨가 불편한 표정으로 자신의 뺨을 쓸어내리며 묻자 기자 손님이 그에 귀에 대고 속삭였다.

"그…… 꼭 내 입으로 말해야 하나? 피부색을 보니 하층민 출신이 아니냐 하는 의혹이 있었다, 이 말이지."

오랫동안 정상의 자리를 독차지한 그였기에 더욱 그 의혹은 빠르게 번졌다. 시기, 질투, 동경, 선망 그리고 좌절과 애증의 시선들이 한데 뭉쳐 짜얀체체게의 평범하지 않은 점들을 민감하게 포착했다. 갑자기 주변인들에게 초콜릿을 나누어 주기 시작한 것을 이상하게 보는 사람들이 늘어나고 있었던 와중에, 악의가 가득한 선물이 도착한 것이다.

"저번에도 말했지만, 그 행성 출신들은 별로 대우가 좋지 않아. 생각을 해보게나! 주변 사람들을 구멍 난 물자루처럼 눈물을 쏟게 만드는데, 일자리나 제대로 구할 수 있겠는가? 사람들은 짜야의 종족을 꺼려. 우울증을 옮기는 역병처럼 여긴다고! 자신들이 수십 년 동안 짜야를 숭배하다시피 한 걸 깨닫는다면, 어떤 일이 벌어질지 모른단 말일세."

"그러는 자네는? 짜야 뭐시기가 양파…… 그 뭐시기족이어도 상관없나?"

"당연하지! 나는 그런 걸로 내 팬심이 사라지지 않아."

"그럼 다른 사람들도 마찬가지 아닐까? 너무 요란 떠는 거라니까."

기자 손님은 고개를 흔들었다.

"동료들이 쓰고 있던 기사 초안을 봤네. 세상은 절대 그에게 호의적이지 않아……."

"어이구."

"아아, 가여운 이여……!"

기자의 마지막 한탄을 들은 척 만 척하며, 원동웅 씨는 입을 꾸욱 다물고 가만히 서있었다. 사람들은 그러기 마련이다. 누군가를 향한 미소가 경멸로 바뀌는 것은 한순간이다. 그 역시 그것을 모르는 바는 아니었다.

"바보 같기는. 애초에 초콜릿을 왜 산 거야, 쓸데없이 의심받게. 주변 사람들한테 초콜릿은 뭐 하러 나눠줘. 누가 봐도 수상하잖아! 그냥 모른 체하고 있지. 눈물을 좀 흘리든, 우울해하든, 징징대든 간에. 아주 가까이 있지만 않으면 별 영향도 없더만."

원동웅 씨는 툴툴대더니, 가게 안으로 들어가버렸다.

✳

그날은 우울하게 흘러갔다. 기자 손님은 자신이 뭐라도 해보겠다며 사라져버렸고, 그 이후로 끊임없이 손님들이 몰려왔다. 모두가 짜얀체체계의 이야기를 알고 있는 것 같았다. 원동웅 씨는 별로 듣고 싶지 않았음에도, 이 가십을 공유하고 싶어 안달난 손님들로부터 짜얀체체게가 겪고 있을 고충들을 빠짐없이 전해 들었다. 10년 넘게 자리를 지켰던 공연에서 퇴출될 거라더라, 이전에 생을 마감한 배우 누구누구도 짜얀체체게의 영향으로 우울증에 빠진 거라더라, 어쩐지 하층민 출신 같았다더라, 그 별 사람들은 하나도 빠짐없이 주변에 비극을 불러왔다더라, 가만히만 있어도 주변 사람들을 슬프게 만드는 인간이 비극 배우가 되는 건 도핑이나 다름없는 거 아니냐······. 사람들의 입에서 입으로 말이 전해졌다. 그 말들은 마치 살아있는 생명체처럼 몸을 불리고 복제되고 증식했다.

"사실, 그건 불공정하죠. 연기력이 아니라 몸으로 때운 거잖아요!"

유난히 목소리가 큰 손님이 흥분을 이기지 못하고 거스름돈을 가게 바닥에 떨어뜨리며 말했다. 사실 원동웅 씨는 그말의 뒷부분을 듣지 못했는데, 그 손님이 짜얀체체게에 대해 5분 넘게 떠드는 것을 보고 자신이 착용하고 있던 통역기 전원을 몰래 껐기 때문이었다. 물론 통역기를 너무 오래 사용하면 머리가 지끈거려서, 잠시 휴식기를 가질 시점이기도 했고 말이다. 원동웅 씨는 고개를 주억거리며 그 손님이 빨리 가기를 바랐다. 원동웅 씨는 너무 피곤했다. 짜얀체체게의 일 자체가 원동웅 씨의 신경을 심히 거스른 것은 물론이거니와, 매일 새벽 사람들이 들이닥치는 통에 잠을 자지 못한 것이 수일이었다.

오늘은, 원동웅 씨는 다짐했다. 정말 빨리 마감해야겠어. 밤 장사도 안 해.

*

막 잠이 들었을 때, 원동웅 씨는 가게 뒷편에서 익숙한 목소리를 들었다.

"동웅! 동웅! 여기네!"

거의 울먹이는 듯한 속삭이는 목소리라 원동웅 씨는 그 말을 놓칠 뻔했다. 한숨을 깊게 내쉰 원동웅 씨가 창고 대용으로 쓰는 뒷마당으로 나가자, 짜얀체체게와 눈물을 쏟고 있는 기자 손님이 야채 포대 옆에 숨어있는 것이 보였다.

"또 뭐야!"

"오늘 하루 종일 숨어 다녔네. 아까 먹었던 마수걸이? 그거라도 좀 갖다 주게나. 짜야 씨가 하루 종일 아무것도 못 먹었어."

원동웅 씨는 한마디 쏘아붙이려고 했으나, 짜얀체체게의 얼굴을 보고는 한숨을 내쉬고 미숫가루를 한 바가지 만들어 왔다. 하루 사이 많이 초췌해진 짜얀체체게는 대접을 받아들었지만, 입에 대지도 못하고 떨고 있었다. 그가 입을 열었다.

"언젠가 이런 일이 생길 거라 각오는 하고 있었는데…….
사람들의 태도가 한순간에 변한다는 건 참 무섭네요."

"아주 난리가 났던데요."

"저를 미워할 거라는 건 각오했어요. 하지만 사람들이 제
고향과 종족 모두를 욕하고 있는 걸 도저히 볼 수가 없어
요……."

짜얀체체게가 머리를 감싸 안으며 비통하게 중얼거렸다.

"이렇게 될 걸 알았어야 했어요. 전, 모두를 불행하게 만들
어요. 그냥 아무것도 하지 말고 고향에 머물렀어야 했어요.
제가 고향을 떠나겠다고 했을 때 모두가 말렸는데……."

"짜야 씨, 제발 자기 탓을 하지 말아요."

"저희 별, 다들 아시죠. 사실 고향을 떠나서 사는 사람들도
있긴 해요. 그러나 다들……."

"……사람들을 만나지 않는 일을 하며 살죠."

기자 손님이 씁쓸하게 대답했다. 짜얀체체게의 고향인
NGC-3344 출신의 사람들 중 자신의 행성 바깥으로 나와
사는 이들은 보통 청소부, 야간 경비, 트럭 운전 등 사람들을
마주치지 않는 직업을 가졌다. 주변인들이 그들에게 쏟아붓
는 비난을 견딜 수 없었던 탓이다. 그렇게 그들은 사람들이
없는 곳을 찾아 모여들었다. 보이지 않는 이들이 되었다.

"저번에 말했던 사람 있잖아요. 저를 행성 밖으로 꺼내주었던 향수 제작자. 어느 날 그가 이런 이야기를 했어요. 눈물에도 종류가 있다고요……."

천천히 말하는 짜얀체체게의 뺨으로, 눈물이 선을 그리며 흘러내렸다.

"저를 만났을 때 자신이 흘렸던 눈물은, 슬플 때 흘리는 눈물과 구성성분이 다르다더군요. 그 눈물은 끈적거리지 않았대요. 그저 최루성 물질에 의한 반사적인 눈물일 뿐이었다고요."

"그러니까, 짜야 씨 종족이 사람들을 슬프게 만드는 게 아니란 소린가요?"

기자 손님이 벌겋게 된 눈으로 물었다.

"네. 저희 별 사람들이 주변 사람들을 우울하게 만든다는 이야기 자체가 허상이라는 거였죠."

"맞아. 이건 그냥…… 뭐랄까, 양파 써는 것에 가까운 거 같아요."

원동웅 씨는 매운 눈을 슥슥 비볐다. 미안해요. 짜얀체체게가 작게 속삭이며, 원동웅 씨에게 손수건을 건넸다. 이제 그리운 향이 모두 날아간 낡은 손수건이었다.

"감정으로 인해 흘리는 눈물은 단백질 기반의 호르몬 농도가 더 높아요. 점성도 더 있고요. 그래서 슬플 때 흘리는 눈물은 우리의 얼굴에 더 오래 남아있답니다. 사람들에게 더 오래, 더 잘 보이는 눈물인 거죠. 저희 종족 때문에 흘리는 반사적인 눈물과는 달리……."

짜얀체체게는 눈물 자국이 드러난 얼굴로 살짝 웃었다.

"어쩌면 저는 그렇게, 사람들 앞에 보여지는 존재가 되고 싶었나 봐요. 꼭 배우가 되고 싶은 것은 아니었어요. 이미 제 모습을 보여 봤으니 족해요. 제 별로 돌아가야겠어요. 제 사랑하는 가족들과 친구들, 그리고 제 별이 남들에게 더 큰 미움으로 남기 전에……."

"안 돼요!"

기자 손님이 안타깝게 부르짖었다. 하지만 그 옆에서 원동웅 씨는 고개를 끄덕였다. 그는 그게 맞다 생각했다. 자신을 숨기지 못한 이방인은 떠나야만 한다. 자신이 본 세상은 언제나 그렇게 돌아갔다. 짜얀체체게의 말대로 모든 게 더 악화되기 전에 물러서는 게 맞았다. 사랑하는 사람들에게 상처를 주기 전에, 돌이킬 수 없는 상황이 오기 전에.

그때 어디선가 알람 소리가 울려퍼졌다. 소리는 짜얀체체게의 외투 속에서 흘러나오고 있었다. 그는 떨리는 손으로 전화 단말기처럼 보이는 것을 꺼냈다.

"음성 메시지가 잔뜩 와있네요. 다 모르는 번호예요……."

"받지 말아요! 이상하잖아요."

기자 손님이 외쳤다.

"그 협박범일 수도 있다고요!"

"만일 이게 협박범의 메시지라면, 전 들어야겠어요. 대체 뭘 원하는지."

결연한 표정으로 짜얀체체게는 버튼을 눌렀다.

알아들을 수 없는 언어로 목소리들이 흘러 나왔다. 제각각의 다양한 목소리였다. 노인의 것, 젊은이의 것, 높은 목소리, 낮은 목소리, 쉰 목소리와 맑은 목소리. 어떤 이는 자신의 말꼬리를 늘어뜨렸고 어떤 이는 또박또박 말했다. 목소리가 끝없이 이어졌다.

어리둥절해진 원동웅 씨가 기자 손님을 바라보았다. 기자 손님의 당황한 얼굴을 보건대, 그 역시 알아듣지 못하고 있는 것이 분명했다. 그들은 일제히 짜얀체체게를 바라보았다. 그리고 그가 또다시 눈물을 흘리고 있는 것을 발견했다.

기자 손님이 발끈해서 말했다.

"협박범이 대체 몇 명인가! 후안무치한 놈들이 세상에 이렇게나 많다니! 대체 어떤 말을 이렇게 해대는 겁니까?"

짜얀체체게는 고개를 저었다. 그는 사실 눈물과 함께 웃고 있었다. 주변 사람의 슬픔마저 옅어지게 할 만큼 환한 그런 미소로. 그는 그 낯선 언어를 알아듣지 못한 두 사람을 위해 메시지를 통역하기 시작했다.

"계단 참에서, 하수구 밑에서, 깊은 산의 산장에서……."

"……무슨 이야기인가?"

"나도 모르겠어."

어리벙벙한 기자 손님의 질문에 원동웅 씨가 대답했다. 짜 야의 목소리가 이어졌다.

"작은 휴양 별에 있는 단 하나의 별장에서, 모든 쓰레기가 모인 쓰레기별에서, 세상 끝 등대에서, 차가운 설원 한복판 에서, 작은 무인 세탁소에서……."

"짜야 씨, 무슨 소리인지 전 도무지 모르겠어요."

기자 손님이 울상을 지으며 말했지만 원동웅 씨는 묵묵히 그 나열되는 장소들을 들었다. 모두 외따로 떨어진 곳들이었 다. 마치 그와 그의 가게처럼.

메시지가 끝났다.

"……제게 보낸대요."

"협박 편지를요?"

아직도 상황을 파악하지 못한 기자 손님이 비장하게 묻자 짜얀체체가 작게 웃었다.

"아뇨. 응원과 사랑을. 제 고향 사람들이에요. 이번에 기사 화되면서 그들도 제 정체를 알게 됐나봐요. 일단 누군지 알 면 번호야 알음알음 알 수 있거든요. 작은 별이잖아요."

"다들 별에 틀어박혀서 안 나간다며, 뭐야? 밖에 나와있는 사람들도 많구먼!"

"그러네요……. 많이 나와있었구나……."

짜얀체체게가 중얼거렸다.

"메시지 보내는 거, 그들에게 정말 많이 비쌌을 텐데. 어떻게 이 많은 사람들이……."

"참나, 자랑스러운 동향인이 출신 때문에 수모를 당하면 사람들이 그걸 두고 보겠어? 한국엔 이런 말이 있어. 최고의 연은 학연과 지연이라고!"

"그거, 거기에 쓰이는 말 맞나? 뭔가 이상한데……."

기자 손님이 갸웃거리며 말했다.

✳

그리고 한동안 짜얀체체게도, 기자 손님도 찾아오지 않았다. 원동웅 씨는 푹 숙면을 취하며 행복한 나날을 보냈다. 요즘은 평상 밑에 자꾸 자리를 잡으려는 고양이와 놀아주느라 시간가는 줄을 몰랐다. 그는 간만에 찾아온 이 평화가 행복했다. 기자 손님이 새벽 3시 반에 전화를 걸기 전까지는 말이다.

"제발, 시간을 확인하고 걸어! 번호 바꿀 거야."

"앗, 미안, 미안하네. 은하계 간 통신기를 몰래 쓸 기회가 많지 않아서 그래. 모두가 짜야 씨처럼 그런 걸 턱 갖고 다니진 않는다고. 그리고 자네 행성 시간 단위가 너무 이상해. 세상에, 60을 기준으로 하다니, 하하."

"……하나도 안 웃겨. 쓸데없는 소리 할 거면 끊어."

"아니, 다름이 아니라, 짜얀체체게가 공연에 초대했다네. 3일 후 공연이야. VIP석이라고! 정말, 돈을 주고도 구하지 못할 귀한 거라네. 같이 가세. 내가 출입국도 다 처리해 둘 테니."

"다 그만둔다고 하지 않았어? 배우로 남기로 한 거야?"

"그렇게 됐네. 만나서 얘기합세."

"가게는 어쩌고?"

"공연은 아마 자네 시간으로 새벽이나 아침 일찍일 거야. 그러지 말고 가세. 알겠지? 그렇게 알고 있겠네."

혹시라도 거절의 말을 들을 세라 재빨리 끊어버린 전화기에 대고 원동웅 씨가 말했다.

"그럼 또, 잠을 못 자잖아……."

그리고 원동웅 씨는 다시 잠들어 버렸다.

＊

원동웅 씨는 제일 좋은 옷(딸이 시집갈 때 입으려고 장만해 둔 옷이었다)을 차려입고, 꽃다발을 들고 있었다. 어딘가 조악하고 시들시들한 꽃다발이었다. 무슨 결혼하는 날인 것처럼 휘황찬란하게 꾸미고 온 기자 손님은 그를 끌고 갔다.

정말이지, 딱 원동웅 씨의 구멍가게만 한 조그만 극장이었다. 기가 막힌 원동웅 씨가 기자 손님에게 물었다.

"제38 은하계의 공연계를 대표하는 배우라며……? 이게 자네 은하계 최고의 극장인가? 참, 어지간히 가난한가 봐? 터미널 허름하게 지을 때부터 알아봤다만……."

"아니! 짜야 씨 선택이라네. 그날 음성 메시지들을 듣고 또 들으며 생각했다고 하더군. 그리고 배우를 접고 별에 돌아가는 게 아니라 기자회견을 열어서 본인이 시원하게 인정해 버렸어. 당신들이 생각하는 그 종족이 맞다고 말야."

"아이고 참……. 어리석은 선택을 했네."

"어리석다니? 난 그렇게 생각하지 않네. 물론 사람들의 반응이 호의적이진 않았어. 올라가 있던 공연에서도 모조리 퇴출되고 힘든 시간을 보냈지. 하지만 모두가 악질은 아니라네. 그의 연기를 계속 보고 싶어 하는 사람들이 있었어. 나처럼 말일세."

원동웅 씨는 공연 간판을 올려다보았다. 알 수 없는 외계어가 적힌 간판. 그러고 보니 공연의 이름도 물어보지 않았다. 관심도 없었고. 기자 손님이 하도 성화라서 와본 것뿐이었다.

기자 손님이 눈꼴시게 거들먹거리며 티켓을 공연장 직원

에게 건네자, 직원이 그들을 무대 뒷쪽의 대기실로 데리고 갔다. 빛나게 꾸민 짜얀체체게가 그들을 맞아주었다.

"와주셔서 너무 감사합니다."

"초대해 줘서 고마워요."

"정말, 제가 더, 제 인생의 더없을 영광입니다."

무대 복장을 한 짜얀체체게에게 다시 한번 압도된 기자 손님이 떠듬떠듬 말하자, 짜얀체체게가 웃으며 그의 어깨를 쳤다.

"같이 기자회견도 했으면서 뭘 그래요?"

"짜야 씨와 함께 기자회견이라니……. 나는 성팬일세, 성팬! 고마우이, 동웅. 우린 이제 평생의 친구네. 피의 맹세를 맺으세!"

"협박범은 잡았나?"

자신에게 들러붙는 기자 손님을 매정하게 밀어내며 원동웅 씨가 물었다.

"아뇨. 기자회견 이후로 살벌한 내용의 쪽지가 몇 번 더 오긴 했지만. 그게 다였어요. 어쩌겠어요? 본인이 공개하려던 약점을 내가 선수 쳤는데. 그 정도면 충분히 골탕 먹였죠 뭐."

짜얀체체게가 하하 하고 웃었다. 원동웅 씨가 잠시 뜸을 들이다가 진지하게 말했다.

"음, 이미 짜야 씨 마음이 정리된 것 같은 이 시점에 내가 이런 말을 해도 될지 모르겠지만 말야. 그동안 시간이 좀 남아서 생각을 해봤는데, 그 협박범…… 누군지 알 것 같아."

"으응? 그게 누군가? 당장 가서 내가 청부 살인을……."

흥분한 기자 손님의 말을 무시하고 원동웅 씨가 말을 이었다.

"절대 내가 그 인간이 재수 없다고 모함하는 게 아닌 점은 알아두라고. 내가 접때 짜야 씨한테 초콜릿을 팔고 새로 발주를 받으러 갔을 때 말이야……."

그가 혼자 이리저리 생각해 볼수록 교통공사의 공급처 직원이 수상했다. 외진 터미널 가게의 초콜릿 수요와, 터미널 이용객 정보에 접근할 수 있는 건 그밖에 없지 않은가?

악감정까지 꾹꾹 담아, 원동웅 씨는 공급처 직원에 대해 미주알고주알 설명했다. 처음부터 거슬리기 짝이 없었다, 본인을 외계인이라 불렀다, 반말을 찍찍했다, 초콜릿이 다 떨어졌다고 쿡쿡대는 모습도 뭔가 재수 없었다, 내가 너무 늦게 떠올린 것 같다, 이제 상황이 다 끝나버려서 어떡하냐……. 짜얀체체계의 구멍가게 방문 시일을 무심코 누설한 것을 언급하자 기자 손님은 또 목에 핏대를 세웠다.

"자네는 그런 말을 왜 흘리고 다니나!"

"뭐라는 거야! 자기가 먼저 나한테 짜야 씨 정보 흘렸으면서?"

"전 괜찮아요. 지금이 더 좋거든요."

짜얀체체게가 웃으며 그들을 말렸다.

"정말 괜찮은 거야?"

원동웅 씨의 질문에 짜얀체체게는 멈칫했다. 화장과 꽃, 액세서리로 화려하게 꾸몄지만 그의 눈 아래는 화장으로 미처 가려지지 못한 검푸른 그늘이 있었다. 짜얀체체게의 입술이 살짝 떨리기 시작하자, 원동웅 씨는 꽃다발을 불쑥 내밀었다. 보라색 꽃이 몽글몽글하게 피어있는, 요상한 냄새를 풍기는 꽃다발이었다.

"손님, 이게 뭔지 알려나? 이거 양파라는 건데, 손님이랑 진짜 똑같아요. 내가 전부터 말하고 싶었어."

"이게 양파라고요?"

"어어, 그, 이것도 썰면 눈물이 나거든. 꼭 손님처럼 말이에요."

원동웅 씨는 잠시 말을 멈추고, 약간 시든 이파리를 떼어냈다. 오늘 새벽, 그는 터미널 바깥 봉천 시장으로 나가 직접 이 다발을 만들었다. 연신 투덜대면서도 그는 서툰 손길로 정성껏 양파 꽃다발을 장식했다. 환하게 웃고 있는 짜얀체체게의 얼굴에 드리운 숨길 수 없는 어둠을, 그는 알고 있었다.

자신의 출신을 밝힌다는 것은 그런 것이었다. 그것은 약점이었다. 마음껏 자신을 미워해도 될 핑계를 스스로 드러낸 것이다. 원동웅 씨는 그 끝없는 전쟁에 발을 처음 디뎠던 자신의 어린 날을 기억했다. 검은 물을 뚝뚝 흘리던 그를 누군가 감싸 안았다. 자신의 등을 축축하게 적신 어머니의 눈물에서는 짜얀체체계의 손수건 향이 났다.

그래서 그는 꽃다발을 만들 수밖에 없었다. 그러니까 그건 원동웅 씨의 위로였다. 원동웅 씨는 동글동글하게 싸인 꽃다발 하단을 가리켰다.

"꽃은 감상하고, 아래에 있는 뿌리는 한번 착착 썰어서 볶아 먹어봐요."

"저랑 닮았는데 썰고 볶아 먹으라니, 뭔가 좀 이상하게 들리는데……. 하여튼 그 공급처 직원 인적 사항 좀 줄 수 있어요?"

"뭐? 이제 됐다며? 충분히 골탕 먹였다면서?"

원동웅 씨의 질문에 짜얀체체계가 씩 웃었다.

"제가 언제요? 그 대사 모르세요? 복수는 하면 할수록 달콤하다잖아요. 초콜릿처럼."

"오오. 이 명대사를 눈앞에서 듣다니! 그다음 대사가 아마 이거였죠?"

그들만의 세계에 빠진 두 사람을 보며 원동웅 씨는 고개를 저었다.

*

　공연은 훌륭했다. 무엇보다 원동웅 씨에게(그리고 조용히 관람하고 싶었던 다른 관객들에게) 다행인 점은 VIP석이 다른 객석과 떨어진 2층 좌석이었다는 것이다. 무대와는 조금 멀었지만 원동웅 씨는 공연 내내 자유롭게 툴툴댈 수 있었다. 이 장면은 너무 기네, 여기는 쓸데없이 노래를 부르네, 여기는 옷이 우습게 치렁치렁하네, 하며 장면 하나하나에 딴지를 거는 원동웅 씨에 아랑곳하지 않고, 기자 손님은 눈물을 흘리며 환호하고 있었다.

　"흥, 뭐 엄청난 비극 작품이라며. 하나도 안 슬프구먼."

　원동웅 씨가 투덜댔다. 물론, 챙겨온 두 번째 손수건으로 눈물을 닦으면서 말이다.

EP 3

영원히 부유하는 꽃

평상 위에 솜털이 소복하게 쌓여있었다.

아침 일찍 일어나 마당에 나온 원동웅 씨가 한숨을 푹 쉬었다. 벌써 싸리 빗자루를 꺼낼 때가 되었다고 생각하며 그는 가게 뒷마당으로 나갔다. 뒷마당에는 세탁 세제며 액젓, 식용유 말통 같은 것들이 잔뜩 쌓여있었다. 가게가 터미널 내부로 들어온 이후 살 사람이 없어 애물단지가 된 물건들이었다. 원동웅 씨는 재채기를 간간이 해가며 물건들을 뒤적이기 시작했다. 물건을 들썩일 때마다 솜털이 풀풀 날리는 것은 물론이거니와, 물건 하나하나가 어찌나 무거운지 원동웅 씨의 허리마저 삐걱거렸다. 잡동사니를 마구 헤치던 그는 한 무더기의 파리채 사이에 숨어있던 빗자루를 가까스로 찾았다.

  길쭉한 싸리비를 들고 앞마당으로 나온 원동웅 씨는 이미
지쳐있었다. 그는 건성으로 바닥을 쓸다가, 가게 옆에 자리
하고 있는 버드나무를 원망의 눈초리로 바라보았다. 이 솜털
들의 원흉인 나무는 자신은 아무 잘못 없다는 듯, 송충이처
럼 생긴 보송보송한 씨앗을 한가롭게 내뿜고 있었다.

  가게 앞뿐만 아니라 터미널 안에도 이미 버드나무 씨앗이
여기저기 떠다니고 있었다. 새벽 차를 타러 온 몇몇 승객들
은 지구의 나무가 흩뿌리는 솜털이 신기한 듯 팔을 허우적대
며 웃었다. 매년 이맘때 쯤이면 어김없이 솜털이 날렸지만,
가게가 우주 환승터미널로 들어온 후 처음으로 맞는 이번 봄
은 유독 심한 것 같았다. 가게 윗쪽 천장에 뚫린 햇빛용 구멍
외에는 터미널의 사방이 막혀있기 때문이었다.

  "역시, 나무를 베었어야 했나……."

  원동웅 씨가 중얼거렸다.

  환승터미널 착공 전, 그러니까 원동웅 씨가 공사 기간 동
안 딸 집에 가있으려고 짐을 쌀 때의 일이었다. 본격적으로
공사에 들어가기에 앞서, 인부 몇몇이 주변 정리를 위해 나
와있었다. 그들은 원동웅 씨의 가게 주변으로 보호용 가벽을
치고 그 앞에 서있는 나무를 베려고 했었다. 알박기에 실패
해 시름시름 앓던 와중에도 원동웅 씨는 가게 밖으로 뛰쳐나

가 그들을 뜯어말렸다. 그렇게 나무는 조금 더 널찍하게 친보호 가벽 안쪽에서 가게와 함께 살아남았고, 인부들은 고맙게도 나무를 위해 햇빛이 드는 구멍까지 뚫어주었다.

그렇게 지켜낸 나무였건만, 사방이 꽉 막힌 이 터미널 안에서 흩날리는 솜털 씨앗은 해도해도 너무했다. 수전노 같은 교통공사 놈들이 주기적으로 터미널 청소를 할 리도 없었고, 그 말인즉 원동웅 씨가 모두 쓸어내지 않는다면 저 솜털들이 이 터미널을 영원히 떠돌 거란 얘기였다. 그러나 한편으로는, 바람 한 점 없는 터미널 안에 갇혀 수정될 가망 없는 씨앗을 흩뿌리고 있는 나무가 안쓰럽기도 했다. 사실 여기 갇힌 건 나도 마찬가지지만, 하고 생각한 원동웅 씨는 나무에서 시선을 떼어내고 비질을 이어갔다.

솜털이 쓸려나가는 자리마다 나무를 심던 날의 기억이 떠올랐다.

구멍가게는 한동안 떠돌던 어린 동웅과 어머니의 종착지였다. 그 당시에도 어딘가 좀 낡고 칙칙한 가게였다. 어쩐지 삭막한데 조금 바꿔볼까. 그들의 새 가게를 바라보던 어머니가 이렇게 중얼거리더니 어린 동웅의 손을 잡고 어디론가 향했다. 어머니를 따라 그 당시 개발사업으로 떠들썩했던 한강변으로 간 어린 동웅은, 인부들이 한강의 나무를 죄다 베어내고 있는 것을 보았다. 그곳에서 그들은 어린 나무 한 그루를 몰래 캐왔다. 그리고 벌목의 운명에서 가까스로 벗어난 그 나무를 가게 앞에 심었다.

작은 구멍가게 앞 작은 버드나무. 빠진 퍼즐을 맞춘 듯 꼬옥 하고 맞아들어간 풍경이었다. 그들은 흙이 잔뜩 묻은 손을 탁탁 털고, 그들의 새로운 보금자리가 될 가게를 바라보았다. 그들의 가슴은 불안과 기대로 가득 차있었다.

원동웅 씨가 회상에 잠긴 채 비질을 하고 있노라니, 저 멀리서 손님 하나가 가게를 향해 걸어왔다. 요즘 들어 가게에 부쩍 자주 들르는 손님이었다. 그는 기묘한 천으로 자신의 몸을 칭칭 싸매고 있어, 원동웅 씨는 그를 '칭칭 싸맨 손님'이라고 불렀다. 그는 손님이 적은 시간대에 와서 평상에 잠시 앉아 시간을 보낼 때가 많았다. 형편은 그닥 좋지 않은지 가게에서 뭔가를 사는 일은 드물었지만, 가게 앞 쓰레기를 줍는다거나 무거운 물건을 옮겨준다거나 하는 식으로 가게에 말없이 손을 보태곤 했다.

원동웅 씨는 칭칭 싸맨 손님의 얼굴을 본 적이 없었다. 손님은 여러 패턴과 색이 뒤섞인 천으로 온몸을 빈틈없이 감싸고, 얼굴 부분은 꼭 블라인드처럼 촘촘히 가려진 헬멧으로 가리고 있었다. 원동웅 씨는 약간의 살갗도 보이지 않는 그의 행색을 보며, 곧 여름이 되면 저 손님은 어쩌려나 하며 궁금해했다. 꽤 더워졌음에도 불구하고 아직도 칭칭 싸매고 있는 것을 보면, 아무래도 저 상태로 여름도 버티려는 것 같았다. 원동웅 씨는 그의 얼굴이 궁금해서 음료수를 건네본 적도 있었다. 안쓰러울 정도로 당황하는 모습에 곧 빨대를 갖다 주긴 했지만 말이다.

칭칭 싸맨 손님은 원동웅 씨에게 고개를 까딱 하고 인사하더니 싸리비를 가리키고는 손을 내밀었다. 아마 청소를 대신 해준다는 것 같았다. 마침 손님들이 올 때가 되었기에, 원동웅 씨는 엄지를 척 들어 보이고는 가게로 들어갔다.

몇 명의 손님이 다녀가고, 가게를 소복하게 덮고 있던 솜털 역시 어느 정도 사라진 후였다. 한숨 돌린 원동웅 씨가 칭칭 싸맨 손님에게 가느다란 빨대를 꽂은 비타민 음료를 한 병 건네고 있었다. 그때 한 사람이 그들을 향해 다급한 발걸음으로 다가왔다. 원동웅 씨는 잠시 꺼두었던 통역기를 황급히 켰다. 가게에 도착한 손님은 장식이 많은 푸른빛 옷자락을 탁탁 털고는, 툭 내뱉었다.

"만토이야."

"예?"

알아듣지 못한 원동웅 씨가 되물었다. 자수를 잔뜩 놓은 손수건을 꺼내 땀을 닦던 손님이 버럭 하며 말했다.

"만토이야! 만토이야! 아, 빨리!"

여전히 이해하지 못한 원동웅 씨가 엉거주춤 서있자 손님이 재차 외쳤다.

"만토이야 가는 차표 달라고!"

"여긴 차표 없는데."

"뭐? 여기 매표소 아냐? 통 말귀를 못 알아듣네."

손님이 주머니에서 시계를 꺼내며 신경질적인 목소리로 물었다. 원동웅 씨가 궁얼대며 가게 저편을 가리켰다.

"참내, 본인이 착각해 놓고. 저쪽, 터미널 반대쪽 끝으로 가쇼. 저기 길 따라 쭉 가면 매표소니까, 거기서 사든가 말든가."

원동웅 씨의 말을 들은 척도 안하던 손님이 초조하게 시계를 확인했다. 원동웅 씨는 황당한 표정으로 그를 쳐다보다가, 칭칭 싸맨 손님과 눈이 마주쳤다(얼굴을 가리고 있는 헬멧 때문에 눈이 잘 보이지는 않았지만, 어쨌든 원동웅 씨는 그렇게 생각했다). 칭칭 싸맨 손님이 차표 손님 몰래 어깨를 으쓱했다. 시계를 주머니에 욱여넣은 차표 손님이 소리를 빽 질렀다.

"벌써 놓쳤잖아!"

"아니, 그러니까 왜 여기로 와서 난리요?"

"매표소가 아니면 빨리 말해줘야 할 거 아냐?"

"아니, 이 정도 시간이면 여기가 매표소라도 놓쳤겠어. 이게 뭔 남 탓인지, 원."

원동웅 씨가 투덜댔다.

"아무튼, 저 가게 벽 보이죠? 거기 차 시간 붙여놨으니 그거 보고 기다리세요. 다리 아프면 저쪽에 있는 평상에 좀 앉아 쉬고 가셔도 되니까……."

"아까부터 뭔데 이래라저래라야?"

"아니, 내 말은 기왕 놓친 거……."

"당신이 처음부터 바로 알려줬으면 되잖아! 그러니까 당신이 이딴 구멍만 한 가게나 하는 거야!"

푸른빛이 돌던 얼굴이 더 시퍼렇게 변한 차표 손님이 원동웅 씨에게 삿대질을 하며 언성을 높였다. 원동웅 씨는 대꾸하려고 했으나 기세에 밀려 입조차 떼지 못했다. 차표 손님이 손가락을 휘두를 때마다 소매에 달린 무수히 많은 단추가 달각거렸다. 원동웅 씨가 한 발짝 앞으로 나섰다.

"이 인간이 아침부터 술에 취했나. 남의 영업장에서 웬 횡포야?"

"뭐?"

얼굴을 굳힌 차표 손님이 원동웅 씨의 멱살을 잡았다.

— 선생님들. 진정, 진정.

이렇게 적힌 전자 패드가 둘 사이로 슥 들어왔다. 패드에 밀린 손이 탁, 하고 원동웅 씨의 옷깃을 놓았다. 칭칭 싸맨 손님이 그들 곁으로 다가와 있었다.

"넌 또 뭐야?"

차표 손님이 시비조로 말하자, 칭칭 싸맨 손님은 아직도 한 손에 들고 있던 비타민 음료를 평상 위에 올려두고 패드를 들어 무언가를 적었다.

— 차 시간표를 확인 중. 잠시.

칭칭 싸맨 손님은 다시 무언가를 패드에 열심히 적기 시작했다. 원동웅 씨는 흥분도 잠시 잊고 패드를 보고 있었다. 언제나 어깨를 툭툭 치거나 손을 흔든다거나 하는, 비언어적 방식으로만 칭칭 싸맨 손님과 소통하던 원동웅 씨는 그가 아예 말을 할 줄 모른다고 생각했기 때문이었다. 패드는 쓴 것을 자동으로 번역해 주는 기능을 가지고 있는 것 같았다. 칭칭 싸맨 손님이 펜처럼 보이는 것으로 부스럭 소리가 나는 얇은 패드에 적어 넣으면, 그 옆으로 한국어가 떠올랐다.

차표 손님은 묘한 표정으로 칭칭 싸맨 손님을 물끄러미 응시하고 있었다. 그는 입을 꾹 다문 채 칭칭 싸맨 손님을 이곳저곳 뜯어보았는데, 그 표정이 화난 것 같기도 또 웃는 것 같기도 했다.

칭칭 싸맨 손님이 쓰던 것을 멈추고 패드의 방향을 다시 두 사람 쪽으로 틀어 보여주었다.

— 선생님, 행선지 다음 차 44분 후. 가게 평상에서 대기하면 어때요?

— 사장님 너무 기분 상하지 ×. 급해서 그랬을 거예요.

"흥!"

원동웅 씨는 구겨진 옷깃을 탁탁 털었다. 칭칭 싸맨 손님은 자신의 몸을 칭칭 감싼 천 어딘가에 패드를 조심스레 넣었다. 차표 손님은 그때까지도 칭칭 싸맨 손님을 쳐다보고 있었다. 이내 그가 조용히 물었다.

"당신, 떠돌이지?"

잠시 침묵이 있었다. 칭칭 싸맨 손님은 가만히 서서 아무 말도 하지 않았다. 패드를 이미 품속 깊숙이 넣었기에 굳이 그것을 다시 꺼내고 싶지 않았던 것일까. 그러나 원동웅 씨는 그 말을 들은 칭칭 싸맨 손님의 태도에서 무언가를 느꼈다. 차분하게 가라앉은 체념 같다고 해야 할까. 설령 칭칭 싸맨 손님이 패드 없이 말을 할 수 있었다 해도, 그 말엔 아무 대답도 하지 않았을 것만 같았다.

차표 손님은 칭칭 싸맨 손님의 천으로 감싼 왼팔 언저리를 손가락으로 가리켰다. 원동웅 씨가 자세히 들여다보니 거기엔 손 모양처럼 생긴 조그만 배지가 달려있었다.

"맞네. 그거 R패스잖아. 저 세금 빨아먹는 벌레들."

"R패스?"

원동웅 씨가 중얼거리자 차표 손님은 시선을 돌려 그를 위아래로 훑어보았다. 원동웅 씨와 칭칭 싸맨 손님을 번갈아

보던 차표 손님이 픽 하고 웃음을 흘렸다.

"세상 참 잘 돌아가는구만? 터미널에 외계인들이 아주 득실득······."

"엄마, 내가 친구들한테 들었는데, 여기서만 파는 간식이 있대!"

아이의 목소리가 차표 손님의 말을 끊었다. 가족으로 보이는 손님 셋이 가게 안으로 들어오며 서로 재잘대고 있었다.

차표 손님은 헛기침을 하고는 큰 소리로 말했다.

"거, 애 잘 간수해요. 이쪽에 떠돌이 하나가 있네."

그 이야기를 들은 어른 둘이 멈칫하더니, 간식이 진열된 카운터 쪽으로 향하던 아이를 살짝 끌어당겼다. 차표 손님은 시계를 다시 한번 확인하고는 문 쪽으로 몸을 획 돌려 나가 버렸다. 문가 쪽 매대를 머뭇대며 구경하던 가족들도 그 뒤를 따랐다.

"엄마, 나 아직 안 샀단 말이야!"

아이가 나가면서 칭얼거렸다. 원동웅 씨 그리고 칭칭 싸맨 손님만이 빈 가게에 우두커니 남았다.

칭칭 싸맨 손님은 곧바로 자리를 뜨려 했지만 원동웅 씨가 그를 잡았다. 평상에 앉아 잠깐 얘기나 나누자는 원동웅 씨의 말에, 칭칭 싸맨 손님이 고개를 저었다.

"사람들 눈이 신경 쓰여서? 그럼 뒷마당도 있어. 아직 한 번도 안 가봤죠?"

원동웅 씨는 갈고리 장대를 꺼내와서는, 서까래에 걸려있던 작은 금속 종 하나를 끌어내렸다.

"이걸 달면 손님이 왔을 때 바로 알 수 있지. 내 비법이 에요."

가게 문 위에 종을 매달며, 원동웅 씨가 자랑스레 이야기 했다.

"평소에는 계속 종소리가 나면 시끄러우니까, 여기 천장에 걸어두지."

칭칭 싸맨 손님은 평소와 달리 도우려고 하지 않고, 그저 우두커니 서서 원동웅 씨가 종을 다는 모습을 보고 있었다. 그 모습을 흘깃 본 원동웅 씨는 더 이상 말을 잇지 않고, 칭칭 싸맨 손님을 슬슬 떠밀며 뒷마당으로 나갔다.

그들은 뒷마당에 놓인 자루들 위에 아무 말 없이 앉아있었다. 터미널이 들어서기 전에 미처 다 팔지 못한 물건들, 그 중에서도 지구인에게나 팔릴법한 재고들을 어찌하지 못하고 담아둔 자루였다. 원동웅 씨는 엉덩이를 배기게 만드는 감자 자루를 이리저리 두드리며, 한동안 이것들만 먹어서라도 이 자루를 다 없애버리고 말리라고 생각하고 있었다. 칭칭 싸맨 손님이 패드를 꺼내어 아까보다 차분하게 문장을 적어 내려갔다.

— 저 때문에 손님들이 나갔네요. 죄송해요.

"뭘, 그 이상한 사람 때문이지. 근데…… 난 아예 말을 못하는 줄 알았네. 맨날 말 없이 와서 도와주고 가길래."

— 필담은 느리니까요. 바쁜 사장님 시간 뺏으면 안 되죠.

"맨날 파리 날리는데 뭐."

칭칭 싸맨 손님은 고개를 약간 젓더니, 몸을 감싼 천에 붙은 솜털들을 하나하나 떼내고 있었다. 원동웅 씨는 자신이 무슨 이야기를 하고 싶어서 칭칭 싸맨 손님을 붙잡았는지 알 수 없었다. 차표 손님이 '떠돌이'라 내뱉던 그 어조와, 아무 말 없이 그 말을 받아들이던 칭칭 싸맨 손님의 모습이 자꾸 마음에 걸렸다. 원동웅 씨는 한숨을 내쉬었다.

"떠돌아다니는 게 뭐가 그리 대수라고 다들 난리야? 지들은 천년만년 집에서 등 따시게 먹고 자고 할 줄 아나 보지? 나쁜 사람들 같으니."

— 떠돌이라는 건…….

칭칭 싸맨 손님이 무언가를 썼다 지웠다 하더니 결국 아무것도 쓰지 못하고 펜을 멈추었다. 패드 위로 솜털이 내려앉았다. 참 지겹도록 존재감을 뿜어내는 나무였다. 원동웅 씨는 이곳에 오게 되었던 그날을 기억했다. 가게를 처음 열었던 날. 드디어 새 삶을 살 곳이 생겼다고 기뻐하던 그날. 어린 그와 그의 어머니는 나무를 캐왔고, 심었다. 이곳을 떠나지 않겠다는 마음으로. 더 이상 떠돌아 다니지 않겠다는 마음으로.

"나도 조금은 알 것 같아요. 고향을 떠난 후에, 어머니와 둘이 지긋지긋하게 떠돌아다녔거든."

— 어째서?

칭칭 싸맨 손님은 쓰다만 자신의 말을 지워버리고 이렇게 적어서 물었다.

"나 때문이지 뭐……."

떠돌아다닌다는 건 어쩌면 삶을 오롯이 짊어지고 다니는 것과 같았다. 다른 말로 하자면, 삶 자체가 짐이 되는 것이기도 했다.

부잣집에서 태어나 좋은 것만 입고 쓰며 살던 어머니였건만 떠돌이 생활은 그를 완전히 바꿔놓았다. 예쁘고 좋은 것들이 아니라, 가볍고 허름한 물건 몇 개만 그들 곁에 남기 시작했다. 처음 어머니의 본가를 나올 때 넉넉히 들고 나왔던 곱고 섬세한 옷들은 점점 애물단지가 되었다. 시장에서 장난감을 본 어린 동웅이 그것을 갖고 싶어 하노라면, 그의 어머니는 짐 돼, 라고 말했다.

애착이 가는 모든 것들은 결국 짐이 되었다. 어린 동웅은 지옥처럼 무거운 이삿짐을 든 채 몇 시간이고 터벅터벅 걸어본 이후에야 그 모든 애착을 버릴 수 있었다. 장난감도, 동화

책도, 예쁜 신발도, 그가 아끼던 모든 것들은 그저 무거운 짐일 뿐이었다. 때로 어린 동웅은 자기 자신이 어머니에게 그런 존재일까 봐 두려웠다.

할아버지는 어머니를 미워한 것이 아니었다. 어머니 혼자만이라면 충분히 좋은 집에서 편하게 살 수 있었다. 그러나 어머니는 어린 동웅을 꾸역꾸역 데리고 나왔다. 한때 좋아했으나 이제는 거추장스럽기만 한 자신의 장난감처럼, 자신도 어머니의 짐이 되어버린 걸지도 몰랐다.

언제라도 훌쩍 떠날 수 있도록 그들은 가방과 감정을 간소화하고 바짝 긴장한 채 살아갔다. 그런 적이 있었다.

"여기 가게를 차리면서, 그 생활도 끝났지만 말야. 난 손님도 언젠가 머물 수 있는 곳을 찾을 수 있을 거라고 생각해요. 그런 인간들 말에 기죽지 말어."

— 그럴 수 있었으면 좋겠어요.

가게 저 너머에서 딸랑, 하는 소리가 들렸다. 원동웅 씨가 급히 일어났다.

"좀 쉬다 가요. 그리고 괜히 눈치 보인다고 뭐 안 도와줘도 돼요. 같은 떠돌이끼리 새삼."

이렇게 툭 던지고 가게로 들어가던 원동웅 씨가 흘끗 뒤를 돌아보았다. 칭칭 싸맨 손님은 자루 위에 앉아 떠다니는 솜털을 멍하니 바라보고 있었다.

＊

다음 날, 원동웅 씨는 간만에 한가로운 아침을 보냈다. 가
게도 구석구석 청소하고, 감자도 잔뜩 삶아 먹고는(어제 앉았
던 자루 안에 있던 감자였다) 남은 감자를 가게 난로 위에 올려
두었다. 카운터에 앉아 날아드는 솜털들을 파리채로 탁탁 잡
으며 시간을 보내던 원동웅 씨는 딸랑, 하는 소리를 들었다.
저걸 어제 안 뗐구나. 원동웅 씨는 이렇게 생각하며 문가를
바라보았다. 꾸벅 인사를 하며 들어온 사람은 매표소 창구
직원이었다. 지난번 원동웅 씨와 안면을 튼 이후 그의 가게
에 몇 차례 들르더니 요새는 가게에서 이것저것 사먹어 보는
데에 재미를 붙인 모양이었다.

"점심 시간마다 우주선 타고 가서 밥을 먹더니, 요즘은 여
기서 해결하는 거예요?"

"그러면 밥 먹고 쉴 시간까지 있으시잖아요."

여전히 기묘한 말투로 이렇게 대답한 창구 직원은 마른
안주 코너에서 물건들을 한참 구경하더니 그다음 세제 코너
에 가서 물건을 들었다 놨다 하며 냄새를 맡아보았다. 눈썹
까지 찡그려가며 심각하게 고민하던 창구 직원은 카운터로
씩씩하게 걸어오더니 프리지아 향 섬유유연제 통을 계산대
에 올려놓았다.

"그거 먹으려고……?"

"네. 맛있어 보이셔서……."

"음, 그거 말고 오늘은 저기 난로에서 감자나 갖다 먹지 그래요? 그냥 간식으로 먹으려고 놔둔 거니 돈은 안 받을게."

창구 직원은 난로에 다가가 감자를 살펴보았다.

"이거, 진짜 먹는 거 맞으세요?"

"허, 세제 먹으려던 인간이 감자는 왜 못 먹나? 그리고 여기 있는 식품들, 교통공사 직원들이 죄다 점검했어."

창구 직원은 낡은 주류 박스 두어 개를 쌓아서 만든 의자에 앉아, 감자 냄새를 쿵쿵 맡고는 조심스럽게 혀를 대보았다. 원동웅 씨는 말없이 소금 종지를 갖다 주었다. 창구 직원이 소금을 조금 찍어서 맛보며 말했다.

"참, 어제 가게에 별일 없으셨어요?"

"있었다면 있고 없었다면 없고, 항상 그러지 뭐. 왜?"

"어제 어떤 승객 분이 오셔서, 여기 욕을 엄청 하시더라고요."

"그, 자수 손수건 갖고 있는 손님?"

"맞으세요. 그 외행성인."

"그래도 매표소는 잘 찾아갔나 보구먼. 그래서 타려던 차는 잘 타셨고?"

창구 직원은 소금을 찍은 감자를 약간 깎아 먹었다. 그는 솜털을 파리마냥 잡고 있는 원동웅 씨를 바라보다가 물었다.

"화 안 나세요?"

"뭐, 한두 번이어야지. 가게 하다 보면 이런저런 사람들이 많이 오니까요."

"그분, 장난 아니시던데요."

뭐 어쩌겠어, 하고 고개를 갸웃하는 원동웅 씨를 창구 직원은 눈을 가늘게 뜨고 바라보았다. 잠시 생각하던 창구 직원이 말했다.

"저 눈이 엄청 나쁘신데요. 왜 안경을 안 쓰는지 아세요?"

"왜요?"

"진상들 또렷하게 보기 싫어서. 아주 진저리가 났으세요. 그분들을 가능한 한 흐릿하시게 보고 싶어요. 아, 어디 모자이크 되는 안경 없으시나."

"그 이상한 말투도 손님들 때문이지?"

창구 직원이 입에 감자를 물고 킥킥 웃었다.

"하도 존댓말 가지고 뭐라 하시는 분들이 많으셔서, 통역기에 아예 극도의 존댓말 버전을 깔아버리셨죠. 음, 잠깐 끄실까요?"

창구 직원이 관자놀이 부근에 장착된 통역기를 매만졌다. 달칵 소리가 나고, 그의 말투는 일반적으로 돌아왔다.

"그 인간 완전 진상이었죠? 매표소에서도 계속 고함 지르고. 거의 32분은 떠들었을걸요. 웩. 배차 간격이 좁아서 망정이지. 근데 이거 꽤 맛있네요. 하나 더 먹어도 돼요?"

원동웅 씨는 손을 크게 휘저어 마음껏 먹으라는 의사를 보였다. 다른 손님이 없어 가게가 조용하기 그지 없었다. 감자를 하나 더 집어 든 창구 직원이 물었다.

"참, 여기 떠돌이들이 와요? 그 인간이 얘기하던데."

"떠돌이가 대체 뭐야? 부랑자 같은 걸 말하는 건가?"

"음……."

창구 직원이 말꼬리를 늘였다.

"사실 떠돌이들……이라고 하면 보통 어떤 특정 집단을 말해요. 그러니까 말하자면 우주 난민들인데……."

무서운 속도로 감자 무더기를 해치우고 있는 창구 직원이 말하길, 떠돌이들이란 모성이 멸망한 이후에 이 별 저 별을 떠도는 사람들이라고 했다. 어떤 별에서든 각종 범죄며 문제를 일으키기 일쑤라 전 우주적인 골칫거리였다.

"인식이 그렇게 안 좋나?"

"뭐, 범죄의 온상이죠. 제 친구의 친구 하나도 떠돌이한테 돈을 다 뺏긴 적도 있다 하고요. 아, 그리고 세금도 새잖아요. 그 R패스 때문에."

"R패스가 대체 뭐야? 어제도 그 얘길 하더만."

"그 사람들한테는 우주 연합정부에서 패스를 지급해 주거든요. 우주선이나 차원 통로 같은 걸 무료로 이용할 수 있는 패스요. 그냥 놔두면 다른 데로 이주할 돈 없다면서 한곳에 눌러앉을 게 뻔하니까요."

창구 직원이 입을 닦으며 말했다. 다시 말해 R패스는 난처한 존재인 그들을 누구도 책임지지 않으려는 상황에서 나온 궁여지책이었다. 그 어떤 행성도 연고 없는 낯선 이방인에게 살 곳을 내주지 않았다. 그렇기에 연합정부는 아예 그들이 한 행성에서 일정 기간 이상 머무르지 못하게 하는 법을 만들고, 제한이 없는 차표를 지급했다.

우주 난민의 지위와 함께 R패스를 받은 이들은 우주선과 정거장을 떠돌며 살아갔다. 그 어디에도 제대로 머물 수는 없었다. 끊임없이 떠도는 그들을 제38 은하계 사람들은 '떠돌이'라고 불렀다.

원동웅 씨가 씁쓸하게 말했다.

"그 칭칭 싸매고 다니는 손님이 떠돌이였던 거구먼."

"진짜로 떠돌이들이 오는 건가요? 못 오게 하는 게 좋을걸요. 불쌍하긴 하지만 여긴 영업장이잖아요. 분명 문제가 생길 거예요."

아 잘 먹었다, 하고 소리친 창구 직원이 손을 탁탁 털더니 통역기의 버튼 하나를 달칵 눌렀다.

"덕분에 잘 먹으셨어요. 다음에는 제가 맛있으신 걸 싸오

실게요."

매표소 직원이 나간 후에도 한참 동안 아무 손님도 오지
않았다.

＊

원동웅 씨는 높다란 천장까지 길게 늘어선 찬장들을 뒤지
고 있었다. 매일 쓰는 갈고리 장대로도 모자라 먼지 쌓인 사
다리까지 꺼내온 상태였다. 그는 폐업하는 건강원에서 주워
온 키 큰 한약재 서랍장을 하나하나 열어보며 투덜대고 있
었다.

"망할 놈의 서랍이 왜 이렇게 많아. 정작 서랍 하나에 물건
몇 개 들어가지도 않는구먼. 어휴, 어휴! 이놈의 서랍들!"

서랍에는 그조차도 잊고 있던 상품들이 들어있었다. 유통
기한이 18년 지난 과자나, 녹슬어서 켜지지도 않는 라이터
한 상자, 그가 한때 정말 열심히 모았던 중국집 쿠폰 49개(안
타깝게도 지금은 문을 닫은 곳이었다) 뭉치 등이 서랍 여기저기
서 튀어나왔다.

그는 아주 오래전에 매입해 두었던 '기념품' 상자를 찾고
있었다. 가게 활성화 프로젝트에 들어선 참이었다. 며칠간
손님들이 뜸해진 것이다. 다행히도 몇몇 단골들은 가게를 계

속 찾아주었지만, 솜털만 날리는 가게에 원동웅 씨 혼자 앉아있는 나날들이 이어졌다.

기자 손님은 떠돌이들이 출입하는 곳이라는 소문이 생기며 기사까지 나왔다고 알려주었고("내가 떠돌이 클린 가게라고 반박 기사를 써주겠네, 어떤가?" "뭔 소리야, 됐어!"), 정장 손님은 가게 상품을 좀 리뉴얼해 보면 어떻겠냐고 제안했다("어디서 들었는데, 사장님네 나라에 수십 가지 종류의 굉장한 땅콩 시리즈 제품이 있다지요? 이야, 생각만 해도 황홀하군요. 그걸 좀 들여와 보면……." "그건, 손님이 땅콩 마니아라서 그런 거잖아!").

칭칭 싸맨 손님은 그 이후로 가게에 온 적이 없었다. 원동웅 씨는 하루에도 몇 번씩 뒤뜰에 나가 기웃거렸으나, 텅 빈 감자 자루만이 그를 반겨줄 뿐이었다. 그는 이렇게 칭칭 싸맨 손님이 잠시나마 머무를 수 있는 곳 하나를 또 잃지 않기를 바랐다. 그 또한 여기저기서 밀려났던 옛날이 떠올랐기 때문이었다.

원동웅 씨는 어린 자신을 바라보던 사람들의 눈을 기억했다. 왜 이곳에 있냐는 눈빛, 이곳을 떠나기를 바라는 표정, 자신을 외면하던 모습 등을 기억했다. 결국 그의 어머니는 그를 데리고 집을 떠났다. 정처없이 떠도는 생활이 이어졌다. 그리고…….

사다리 위에 걸터앉은 원동웅 씨는 버드나무 씨앗들이 눈앞에 떠다니는 것을 보았다. 그가 손수 그 나무를 심었다. 나무와 함께 평생을 이 가게에 머물렀다. 그러나 이렇게 씨앗이 떠다니는 계절이 오면, 그는 여전히 자신에게 머무를 곳이 없다고 느꼈다. 그는 여전히 주기적으로 염색을 하고, 모자를 쓰고, 가게 밖으로 잘 나다니지 않았다. 칭칭 싸맨 손님이 자기 몸을 싸매고 다녔듯 원동웅 씨도 어쩌면 오갈 곳 없는 세상 속에서 구멍가게라는 천으로 자신의 존재를 칭칭 싸매고 있는 것일지도 몰랐다.

그래서 그는 떠돌이가 출입하지 않는다고 해명하지도 않았고, 기자 손님의 말마따나 '떠돌이 클린 장소'라고 홍보하지도 않았다. 그러나 정장 손님이 말했던 것처럼 손님이 별로 없는 틈을 타 판매 상품을 다각화해 보는 것은 좋은 생각인 것 같았다(물론 정장 손님 이외에 아무도 사지 않을 것이 분명한 땅콩 시리즈를 들여올 생각은 없었다).

며칠 전부터 아이디어를 쥐어짜던 원동웅 씨가 불현듯 떠올린 것은 한국을 대표하는 여행자용 기념품이었다. 그는 그 생각을 떠올린 후 모처럼 자신을 위해 사이다를 한 병 따고는 평상에서 홀로 축배를 들었다. 아무리 생각해도 초대박을 칠 상품인 것 같았다. '여행'을 하는 승객들이 왔다갔다 하는 곳인데 기념품이 없다니! 진작에 떠올리지 못한 것이 원통스러울 지경이었다. 게다가 다른 은하계 사람들이 보기에 한

국의 전통 기념품들은 얼마나 이국적이고 흥미로워 보일 것
인가! 어쩌면 알박기를 실패한 설움을 여기서 풀게 될지도
모르는 일이었다.

사이다를 단숨에 들이킨 그는 일단 분명 가게 어디엔가
있을, 예전에 사둔 기념품들부터 찾아보기로 했다. 따가운
탄산이 목을 다 내려가기도 전에 사다리를 꺼내 물건들을 뒤
지기 시작했다.

그렇게 그는 약 40칸 정도 있던 한약재 서랍들을 죄다 끌
어내고도 찾지 못한 기념품을 한약재 서랍 위에 쌓여있던 박
스 더미 속에서 간신히 찾아냈다. 삭아서 부스러지는 박스
테이프를 조심히 뜯어내고 상자를 열었다. 색 바랜 노리개들
과 조그만 신랑신부 인형들, 태극기와 무궁화가 그려진 냉장
고 자석들이 보였다. 그는 그 오래된 물건들을 손으로 쓸어
보았다. 가게를 처음 시작했을 때 어린 동웅의 어머니가 그
의 손을 잡고 시내로 나가 사왔던 것들이었다.

이곳에 정착한 후부터 그의 어머니는 모든 가게 일에 어
린 동웅을 동반했다. 어린 동웅은 상품 매입과 셈과 손님들
을 상대하는 법을 배웠다. 학교에 갈 때를 제외한 모든 시간
을 가게에서 보냈다. 이 기념품들도, 학교에서 친구들이 여
행 기념품을 자랑하는 것을 보고 온 어린 동웅이 가게에서도
팔자고 고집을 부린 물건이었다. 관광객이 올 일 없는 그 시

절의 봉천에서는 팔릴 턱이 없는 물건이었으나, 그의 어머니는 두말 없이 물건을 사러 갔었다. 어린 동웅이 두어 개 챙겼던 것 외에는 하나도 나가지 않았던 이 기념품들을 원동웅 씨는 다시 세상에 내놓기로 했다. 장차 제38 은하계를 떠돌 (그리고 원동웅 씨에게 부를 안겨다 줄) 돌하르방들, 무궁화 자석들, 신랑신부 인형들.

원동웅 씨는 상자를 한쪽 겨드랑이에 끼고는 조심조심 사다리를 내려왔다. 가지각색의 불량식품 사탕들이 들어있는 진열대에서 유리판 뚜껑을 빼내고 한쪽에 기념품들을 진열했다. 가격을 적은 스티커도 붙였다.

기념품이 진열된 모양을 살펴보던 원동웅 씨는 문 너머로 인기척을 느꼈다.

"손님, 들어오세요."

그러나 밖은 조용했다. 문 소리도 나지 않았다. 다시 유리판 뚜껑을 덮은 원동웅 씨가 문 쪽으로 고개를 돌렸다. 갑자기 쾅 소리가 나며 문이 세차게 열렸다. 가게 곳곳에 잠들어 있던 솜털들이 동시에 솟아오를 정도였다. 곧이어 헬멧을 쓰고 시커먼 옷을 입은 사람 셋이 가게 안으로 들이닥쳤다. 그들은 원동웅 씨를 밀치더니, 가게 이곳저곳을 뒤지기 시작했다.

"도둑이야! 강도야!"

당황한 원동웅 씨가 소리쳤다. 그들은 아랑곳하지 않고 물건 무더기들을 헤집었다. 그들 중 하나가 격하게 몸을 돌리다가 원동웅 씨가 심혈을 기울여 진열한 기념품 매대를 엎었다. 쨍그랑, 하고 유리 뚜껑이 깨지며, 무궁화가 그려진 냉장고 자석들이 가게 바닥에 흩어졌다. 원동웅 씨는 무궁화 밭으로 달려갔다.

"아니, 이건 방금 정리한 건데! 내 돈! 내 노후!"

원동웅 씨가 반으로 똑 부러진 무궁화 자석을 들고 울부짖었다. 원동웅 씨의 처절한 외침을 들어서일까, 갑자기 그들이 행동을 멈췄다. 그리고 서로를 쳐다보았다.

"클리어?"

"클리어."

그들은 서로에게 고개를 끄덕이더니, 일제히 헬멧을 벗었다. 그들이 품속에서 배지를 꺼내어 내밀었다.

"걱정 마십시오. 저희는 제38 은하계 소속 연합경찰입니다."

"올 클리어. 올 세이프. 안심하세요."

"저런, 극악무도한 범죄자 놈들 때문에 무서우셨군요. 이제 떨지 마시죠. 저희가 있으니까요."

실제로 원동웅 씨는 부들부들 떨고 있었다. 그는 분노로 몸을 떨며 소리쳤다.

"뭐? 경찰? 경찰이라고 했어? 당신들 민원 넣을 거야!"

"예? 민원이요? 아, '칭찬 한마디' 말씀이시군요?"

"저희는 마땅히 할 일을 했을 뿐입니다."

연합경찰 삼인방은 쑥스러운 듯 뒷통수를 긁으며 환하게 웃었다. 원동웅 씨가 난장판이 된 가게를 삿대질하고 길길이 날뛰며 외쳤다.

"대체 무슨 짓을 한 거야!"

"예, 이곳에 'DP' 하나가 숨어있다는 제보를 받았습니다. 하마터면 큰일날 뻔하신 거예요."

"뭐라고?"

"아, 제44 은하계 소속이라 모르시는군요. DP, 그러니까 떠돌이 말입니다. 떠돌이는 아시죠? 떠돌이는 혐오 표현이라 공식적으로는 쓰지 않거든요."

가장 키가 큰 경찰이 원동웅 씨에게 찡긋하며 말했다.

"떠돌이고 나발이고, 왜 남의 가게를 뒤짚어 엎냐고!"

원동웅 씨의 말을 들은 그가 고개를 절레절레 흔들더니, 이내 다시 따뜻한 미소를 지었다. 그는 원동웅 씨의 어깨를 부드럽게 토닥거렸다.

"무서워서 그러신 건 알겠지만, 흥분 좀 가라앉히시죠."

그 옆에 있던 수염을 기른 경찰이 고개를 끄덕였다. 곱슬머리에 보랏빛 피부를 한 경찰은 원판 묶음을 획획 넘겨 보며, 열성적인 목소리로 덧붙였다.

"오기 전에 생체 정보 기록을 체크해 봤는데, 실제로 떠돌이…… 아니, DP 하나가 수차례 이 가게에 침입했습니다!"

"우리 신입, 일을 참 잘해. 이따 한잔하자고."

"지금 그 떠돌이 친구 말하는 거야? 침입이 아니라 손님으로 온 거라고!"

"떠돌, 아니, DP가요?"

그들이 눈을 크게 뜨고 물었다. 원동웅 씨가 대답했다.

"맨날 일도 도와주고 구석에서 가만히 앉아있다가 가는 친구란 말야!"

"그럴 리가 없습니다."

키 큰 경찰이 단호하게 말했다.

"여기 자주 와서 가만히 앉아있다가 갔다고요? 그러면 불법 배달 쪽이겠군. 신입이 체크해 봐."

절도 있게 고개를 끄덕인 곱슬머리 경찰이 다시 가게를 뒤집으며 엉망으로 만들기 시작했다. 원동웅 씨가 부르짖었다.

"제발 그만 좀 해! 불법 배달이 뭔데!"

"DP들이 R패스를 이용해서 제일 많이 저지르는 범죄죠. 은하계 간 여행을 무료로 할 수 있으니까, 그걸 악용해서 불법적인 물건들을 나르는 운반책을 맡아요."

원동웅 씨의 소중한 매대들이 부서지는 소리를 배경으로,

키 큰 경찰이 친절하게 설명했다. 원동웅 씨는 눈물마저 글썽이고 있었다. 가게 뒷쪽에서 목소리가 들려왔다.

"일단 여긴 아무 증거도 없습니다!"

"홍, 아주 신중한 놈인가 보군."

"그런데 여기 뒷문이 하나 있습니다!"

가게 뒷쪽에서 문을 끼익, 하고 여는 소리가 났다. 키 큰 경찰이 손을 살짝 흔들자, 수염을 기른 경찰도 그쪽으로 뛰어갔다.

"어? 여기 떠돌이, 아니, 그, DP! DP가 있습니다!"

"잡아!"

뒤뜰에서 시끄러운 소리가 났다. 키 큰 경찰이 먼저 문 밖으로 뛰어나갔다. 원동웅 씨도 허둥지둥 따라나섰다. 바닥에 널부러진 가엾은 상품들이 발에 채였다. 그는 상품들을 밟지 않도록 조심하느라 도무지 빨리 나가볼 수가 없었다.

＊

원동웅 씨가 겨우 뒤뜰에 도착했을 때, 경찰들은 칭칭 싸맨 손님을 진압한 후였다. 그들 주변으로 제압당한 손님의 소지품들이 마구 흩어져 있었다. 칭칭 싸맨 손님은 숨소리도 내지 못한 채, 빛나는 끈에 묶여 바닥에 쓰러져 있었다. 원동웅 씨는 아무 말도 하지 못하고 문가에 멍하니 서서 그들을 바라보고 있었다. 바닥에 떨어진 소지품을 검사하던 곱슬머리 경찰이 무언가를 집어 흔들었다.

"제가 찾았습니다! 수상한 물건입니다!"

"정신 없게 흔들지 말고 일단 이리 줘봐."

한 줌 정도 크기의 꾸러미가 갈색 종이에 싸여있었다. 키 큰 경찰은 핀셋 하나를 꺼내 꾸러미를 건네받았다. 키 큰 경찰은 꾸러미를 빈 감자 자루 위에 올려두고는 핀셋으로 조심스레 열었다.

"이게 뭐야?"

수염 난 경찰이 가까이 다가가 펼쳐진 꾸러미를 들여다보았다. 그가 조용히 말했다.

"트락시쿰 꽃인 것 같습니다."

"그게 뭐야? 신종 마약인가?"

수염 난 경찰이 품 안에서 이상한 가루를 꺼내 꾸러미 안에 뿌렸다. 세 경찰은 꾸러미 안을 유심히 바라보았다. 수염 난 경찰이 중얼거렸다.

"……아니네요."

"이건 또 뭐야. 쪽지?"

키 큰 경찰이 핀셋으로 꾸러미 안에 들어있던 원판을 집어 들었다. 원판에 쓰인 글을 읽은 그가 얼굴을 한번 쓸어내리고는 수염 난 경찰에게 손짓을 했다. 그것을 본 수염 난 경찰이 곱슬머리 경찰에게 다시 손짓을 하자, 곱슬머리 경찰은 칭칭 싸맨 손님에게 다가가 줄을 풀었다.

"뭡니까?"

다가온 원동웅 씨가 칭칭 싸맨 손님을 일으켜 세우며 퉁명스럽게 물었다. 키 큰 경찰은 그에게 원판을 건네주었다. 원동웅 씨는 원판을 들여다 보았다. 모르는 언어로 쓰여있어 그로서는 내용을 알 수가 없었다.

"뭐라고 써있는데?"

원동웅 씨의 질문에 대답하지 않은 채, 수염 난 경찰이 칭칭 싸맨 손님에게 기계를 하나 들이댔다. 삐빗, 하는 소리가 들리고 경찰이 중얼거렸다.

"전과는 없네요."

"여기 뭐라고 써있냐고!"

원동웅 씨가 소리쳤다.

"아, 거, 공무 수행 중에 왜 자꾸 방해하십니까!"

"내 가게는 지금 죄다 부서졌는데, 내가 그거 하나 못 물어봐?"

원동웅 씨가 원판을 흔들며 날뛰자 키 큰 경찰이 버럭 대꾸했다.

"그 꾸러미, 사장님 선물이랍니다! 항상 고맙답디다! 됐습니까?"

"뭐? 내 선물이라고?"

"그리고 거기!"

방방 뛰는 원동웅 씨를 외면한 키 큰 경찰이 칭칭 싸맨 손
님에게 다가갔다.

"피해 끼치지 조용히 살아. 문제 일으키지 말고."

그는 칭칭 싸맨 손님에게 윽박지르듯 말하고, 두 경찰에게
고갯짓을 했다. 경찰들은 뒤뜰을 떠났다. 원동웅 씨는 칭칭
싸맨 손님의 옷을 툭툭 털어주었다. 원동웅 씨의 손이 어깨
에 닿자 칭칭 싸맨 손님이 끙, 소리를 내며 몸을 움츠렸다. 발
소리가 들리는가 싶더니 키 큰 경찰이 돌아와 원동웅 씨에게
속삭였다.

"사장님, 나중에 후회하지 말고 손님 가려 받으세요. 언젠
가 큰일 나니까."

키 큰 경찰은 몸을 돌리고 뛰어갔다.

＊

원동웅 씨는 칭칭 싸맨 손님의 천 사이로 피가 배어나온
것을 보고 황급히 카운터를 뒤져 구급상자를 가져왔다. 치료
를 한사코 거부한 칭칭 싸맨 손님은 피가 배어난 자신의 옷

위로 수건을 꾸욱 대고 있었다. 그가 한 손으로 품속에서 패드를 꺼내 다급하게 무언가를 적었다.

— 미안요……. 제가 가게 정리할게요.

패드는 약간 금이 가있었다.

"아, 냅둬. 원래도 난장판이었어. 그나저나 내가 제대로 이해한 게 맞아? 지금 떠돌이라고 막 범죄자 취급하는 거 맞지?"

칭칭 싸맨 손님은 패드를 늘어뜨리고 가만히 앉아있었다.

"대체 뭐하는 놈들이야? 그쪽 경찰은 남의 영업장을 뒤집어 엎어도 괜찮은 거야? 아니, 대체 누가 신고한 거야? 가만, 차표 내놓으라고 했던 그 인간 아냐?"

원동웅 씨가 문 너머로 보이는 아수라장을 보며 투덜거렸다.

"그래서 그 '수상하다는' 물건은, 내 선물이라고? 거참."

원동웅 씨는 여전히 빈 감자 포대 위에 올려져 있던 꾸러미를 열어보았다. 솜털처럼 생긴, 말린 꽃 한 송이가 들어있었다. 우악스러운 경찰들의 손길 때문인지, 약간 부스러져 있었다. 칭칭 싸맨 손님이 패드에 무언가를 열심히 적었다.

— 제 모성의 꽃. 아직 몇 송이 남아서…….

"신종 마약 좋아하네. 이거 그냥 꽃이지?"

칭칭 싸맨 손님이 고개를 끄덕였다. 원동웅 씨가 경찰들이 떠난 문을 노려보며 말했다.

"불법 배달? 그쪽이 그런 걸 왜 하겠어요. 안 그래요?"

무언가를 적던 칭칭 싸맨 손님은 그 말을 듣고 멈칫하며 조용히 펜을 내려놓았다. 그는 손을 멈추고 고개를 숙이고 있었다. 원동웅 씨는 눈을 가늘게 뜨고 그를 바라보았다.

"손님, 불법 배달……을 하는구먼."

원동웅 씨는 버드나무 씨앗 같기도 하고, 민들레 같기도 한 그 꽃을 다시 꾸러미에 싸서 넣다가, 칭칭 싸맨 손님이 대고 있던 수건이 푸른빛으로 물든 것을 보았다.

"나도 평범하진 않지만, 당신네 은하계 사람들은 정말 이상해. 일단 그 외투 좀 벗어봐요. 피가 이렇게 나는데. 이거 피 맞죠, 피?"

원동웅 씨가 구급 상자를 다시 열었다. 칭칭 싸맨 손님은 원동웅 씨가 천을 풀려고 하자 몸을 휙 돌려버렸다. 원동웅 씨가 소리쳤다.

"고집 그만 부리고 빨리 천 풀어봐요! 이놈의 천, 이놈의 천! 맨날 그렇게 수상하게 칭칭 싸매고 다니니까 이런 일이 생기는 거 아녀! 그 차표 손님도, 경찰들도 바로 알아보잖아. 평범하게 좀 입고 다녀. 주변 사람들이랑 똑같이 꾸미고 다니면, 떠돌인지 DP인지 그놈들이 알게 뭐야."

고개를 젓는 칭칭 싸맨 손님을 본 원동웅 씨의 잔소리가 이어졌다.

"그리고 불법 배달 따윈 왜 해? 이미 미운 털 박혔다며? 조용히, 조심하면서 살아야 할 거 아냐?"

손님은 아무 말 않고 천을 더욱 꽁꽁 감쌌다. 몸을 둘러싼 천 때문에 수건이 움직이자 그는 크윽, 하는 소리를 냈다. 그 모습을 본 원동웅 씨가 고개를 홱 돌려버렸다.

"아, 그 천 끌어안고 죽든 말든 맘대로 해. 죽으면 염습도 확 그냥 그 천으로 해줄까 보다!"

뜨내기 손님조차 없는 조용한 오후였다. 터미널 저 안쪽에서 우주선이 오가는 소리가 어렴풋이 들리는 듯했다. 원동웅 씨는 그 우주선 사이에 섞여 이리저리 방황하는 떠돌이들의 모습을 떠올렸다. 모든 땅이 물에 잠겨버린 별을 떠도는 바닷새처럼, 영원히 나타나지 않을 땅 한 조각을 찾아 쉬지 않고 날갯짓 하는 그들.

"손님, 내 소원이 뭔지 알아요?"

정적 끝에 원동웅 씨가 조용히 입을 열었다.

칭칭 싸맨 손님이 원동웅 씨 쪽으로 고개를 돌렸다. 알 수 없는 외계의 얼굴을 감춘 헬멧을 바라보며, 원동웅 씨는 항상 쓰고 다니던 모자를 벗었다. 모자 아래로 언제나 감추고 다니던 원동웅 씨의 머리카락이 드러났다. 나이대에 맞지 않게 묘하게 새카만 머리였다. 그러나 그보다 더 눈에 띄는 것은 그의 머리 뿌리로부터 올라오고 있는 희끗한 적발이었다.

"빨리 늙는 거야. 빨리 늙어서, 이 지긋지긋한 빨간 머리가 흰 머리 되기를 바라고 있다고."

원동웅 씨는 고개를 떨구었다. 눈치 없는 솜털 몇 개가 허공을 떠다니다가, 원동웅 씨의 빨간 머리 위에 앉았다.

"저번에 왜 떠돌이 생활을 시작했냐고 물었죠? 이 머리 때문이었어요. 누가 봐도 한국인이 아니니까. 우리 나라 사람들은 모두 머리가 검은색이거든. 그나마 짙은 갈색이거나."

원동웅 씨가 자신의 머리를 잡아당겼다.

"할아버지, 할머니, 친척들, 이웃들 그리고 친구들, 그 모두에게 나는 한국인은커녕 다른 나라에서 온 사람조차 아니었어. 그들은 내가 어떤 사람인지, 무슨 생각을 하는지, 또...... 어떤 감정을 갖고 있는지 알려고 하지 않았어요. 다른 행성에서 온 외계인이나 다름없었지."

그의 어머니는 염색을 놀이라고 불렀다.

그것은 그들의 월례 행사였다. 어린 동웅을 보고 고개를 돌려버리는 가족들, 수근거리는 이웃들을 더 이상 감당할 수 없어지면 어머니는 어린 동웅을 이끌고 뒷마당 수돗가로 갔다. 그의 어머니는 붓과 빗에 반짝이는 작은 구슬을 달고, 일부러 밝은 목소리를 내며 염색약을 섞었다. 이건 놀이야, 자신을 꼭꼭 감추는 거야, 너 빼고 모두가 술래야, 잘 감추는 사람이 이기는 거야.

그러나 결국 염색을 하지 못할 때가 더 많았다. 어린 동웅은 그 독한 암모니아 냄새가 싫어 한참을 떼쓰고 울었다. 어머니는 울고 있는 그의 옆에서 묵묵히 기다리다가, 결국 약을 치우곤 했다.

"내가 다르다는 걸 몰랐으니까, 그저 싫었던 거야……. 그다지 내 머리에 신경쓰지 않았어. 친구들이 내 머리에 불을 붙여보기 전까진……."

칭칭 싸맨 손님은 조용히 듣고 있었다. 원동웅 씨가 앞머리를 약간 들어올렸다. 이마 한쪽을 덮고 있는 흉터가 보였다. 오래된 상처는 그의 성장과 함께 뒤틀린 듯했다. 그는 씁쓸하게 흉터를 쓸어내렸다.

아이들은 어린 동웅의 큼직한 눈과 또렷한 이목구비만큼이나 그의 빨간 머리를 신기해했다. 어느 날 골목에서 성냥갑을 주운 아이들은 동웅의 머리에 불을 붙였다. 괴롭히고 싶었다든지, 어린 동웅이 미웠다든지 하는 나쁜 뜻은 아니었다. 그저, 그들에게 어린 동웅의 빨간 머리는 머리카락이 아니었던 것이다. 그것은 낯선 무언가였다. 머리카락처럼 어린 동웅 역시 마찬가지였다. 그들에게 어린 동웅은 낯설고 이질적인 무언가였다.

"집에 구두약이 있었어."

원동웅 씨가 조용히 말했다. 어린 동웅이 불에 그슬린 머리카락을 싸매고 돌아왔을 때 어머니는 집에 없었다. 사용인들은 애써 아이를 못 본 척했다. 그들의 고용주인 동웅의 할아버지가 자신의 동정심보다 무서웠기 때문이었다.

어린 동웅은 어머니가 어디선가 가져오곤 하던 양귀비 염색약을 찾지 못했다. 대신 그는 구두약을 찾아냈다. 뭐든 상관 없었다. 검은색이면 충분했다. 그의 머리를, 모습을 뒤덮을 만큼 시커먼 무언가면 됐다. 그는 뒷마당 수돗가에 쪼그려 앉아, 머리에 구두약을 덕지덕지 발랐다. 고개를 숙인 그의 눈에 수돗가 타일 사이사이로 검은 물이 흐르는 것이 보였다. 그 시커먼 물이 네모난 격자를 타고 흘러 시커먼 배수구 안으로 사라졌다.

눈이 따가워 자꾸만 깜빡였다. 그의 눈에서 흐르는 것이, 구두약인지, 물인지, 혹은 눈물인지 알 수가 없었다. 그때 그의 어머니가 뒷마당에 뛰쳐 들어왔다. 어린 동웅을 끌어안았다. 어머니의 새하얀 고급 블라우스에 검은 구두약이 온통 묻었다. 동웅의 울음이 멈출 때까지, 그리고 동웅의 등이 어머니의 눈물로 푹 젖을 때까지, 그들은 오랫동안 그렇게 있었다.

그리고 그들은 집을 떠났다. 새로운 동네로, 어린 동웅의 빨간 머리를 모르는 곳으로, 그의 이국적인 이목구비를 신경 쓰지 않는 곳으로, 그들을 받아줄 곳으로.

"나는 지금도, 매달 5일이면 염색을 해요. 머리가 희어지 기를 기다리면서. 그러니까……."

원동웅 씨는 칭칭 싸맨 손님이 옆구리에 대고 있던 수건 을 치우고, 마른 새 수건을 대주었다.

"나는 그냥 그렇게 생각해요. 평범하게 사는 게 제일이라 고. 튀어나오지 말아요. 그들의 외양을, 말투를, 삶을 따라해 요. 그게 우리가 살아남을 수 있는 길이니까."

아무말 없이 앉아있던 칭칭 싸맨 손님이 천천히 마른 수 건을 떼어냈다. 그가 패드를 다시 집어들어, 무언가를 적어 내려갔다.

─ 말해주어 감사해요. 하지만…….

그는 수건을 내려놓았다. 헬멧을 벗고, 목 언저리의 천을 풀었다. 음료수 수십 병을 건네고도 볼 수 없었던 그의 얼굴 이 드러났다. 블라인드 사이로 이따금 보이던 따뜻한 갈색 눈 위에는 짙은 눈썹이 있었다. 아무렇게나 자른 짧은 갈색 머리가 그 위를 덮고 있었다. 그의 피부는 지구인과 비슷했 지만, 약간 창백한 편이었다.

그러나 그 모든 모습보다 원동웅 씨의 눈을 사로잡은 것은 그의 얼굴과 목, 어쩌면 천에 감춰진 그 아래까지 온통 뒤덮고 있는 기하학적인 푸른색의 문신이었다.

칭칭 싸맨 손님은 자신의 손을 덮고 있던 천을 풀어 손을 보여주었다. 손에도 촘촘하게 문신이 박혀있었다.

— 이건 데이터예요. 제 몸 아무 데나 스캐너에 인식 시, 제 생체 정보를 기록.

"누가 그런 짓을……."

— 제 행성 멸망 후, 우주 연합정부가 R패스 지급. 다만…….

떠돌이들로 골머리를 썩이던 연합정부는, R패스를 지급하는 대신 그들의 몸에 데이터 타투를 새겨 넣었다. 그들이 한곳에 머물지 못하도록. 그들이 다른 누군가의 공간을 점유하고 정착하고 언젠가 빼앗지 못하도록 말이다. 떠돌이들의 위치 정보는 끊임없이 추적되었다. 그 어떤 장소에도 보름 이상 머물 수가 없었다. 자신의 별을 강타한 재앙에서 벗어나기 위해, 그들은 그 조건을 받아들였다. 떼어낼 수 없는 낙인과 함께 떠도는 삶을 택했다.

원동웅 씨는 아무 말도 하지 못한 채, 그를 바라보았다.

— 그 누가 저희를 쓰겠어요? 일에 익숙해지기도 전에 떠나야 하는, 이상한 문신투성이의 사람들이 무슨 일을 할 수 있을까요.

칭칭 싸맨 손님은 고개를 떨구었다.

원동웅 씨는 말없이 그의 얼굴에 난 상처를 소독하고, 연고를 발라주었다. 푸른빛이 은은하게 도는 문신 사이로, 새빨간 소독약과 하얀 연고가 스며들었다. 치료가 끝나자마자 그는 헬멧을 다시 쓰고 천으로 자신의 목과 손을 다시 감쌌다.

"그럼 그 천은 그 뭐야, 정보를 빼앗기지 않으려고 입는 거야?"

— 데이터 타투는 천으로 가릴 수 없음.

여기까지 쓴 칭칭 싸맨 손님은 시간을 들여 패드에 무언가를 적어 내려갔다. 상대방이 필담을 기다리는 시간을 의식해 축약된 표현 위주로 쓰던 이전과 달리 아주 천천히. 원동웅 씨는 조용히 기다렸다. 누구나 생략되지 않은 채 하고 싶은 말이 있는 것이다.

— R패스를 발급받은 후 스쳐간 모든 곳의 사람들이 제게 적대적인 것은 아니었어요. 잠시나마 머물 곳을 기꺼이 내준 사람들도 여럿 있었죠. 몸을 가릴 천을 준 사람들도 있었어요.

원동웅 씨의 눈길이, 어울리지 않는 천들을 꿰매놓은 자국에 머물렀다.

— 이걸 입고 다니면, 제게도 집이 있는 것처럼 느껴져요. 돌아갈 수 있는 곳. 그러니까 저는 언제나, 이 옷에 머물고 있는 거죠.

"……나한테는 이 가게가 그런 곳이야."

— 그런 것 같았어요. 그래서 자주 왔었지만.

칭칭 싸맨 손님이 아수라장이 된 가게를 조용히 바라보았다. 조금 비틀대면서 그는 조용히 일어섰다.

— 지금까지 고마웠어요. 미안해요.

원동웅 씨는 가게를 나서며 말하는 그에게 대답하지 않았다. 그는 칭칭 싸맨 손님이 다시는 이곳에 돌아오지 않을 것임을 알았다. 솜털처럼, 그는 떠나갈 것이다. 끊임없이 이동하는 삶을 살아내면서.

원동웅 씨는 고개를 떨구었다. 자신의 손에 쥐어진 낡은 모자가 보였다. 염색약과 더불어, 지금껏 자신을 숨겨주었던 고마운 물건이었다. 그는 약간은 충동적으로 모자를 가게의 높다란 찬장 위로 던져버렸다. 모자는 그림처럼 날아가 갈고리를 쓰지 않으면 손이 닿지 않는 먼지 쌓인 선반 위에 턱, 하고 안착했다.

그는 오래도록 모자를 바라보았다. 자신의 마음을 알 수 없었다. 쫓겨나듯 떠난 칭칭 싸맨 손님과 그의 몸을 뒤덮은 문신을 생각하니, 자신의 모자를 던져버리고 싶어졌다.

원동웅 씨는 천천히 모자에서 시선을 떼어내고, 칭칭 싸맨 손님이 준 꾸러미를 주머니에 넣었다. 부서진 기념품이 널려 있는 바닥이 보였다. 그는 중얼거렸다.

"어이쿠……. 이걸 언제 다 치워. 정리하는 걸 돕고 가라고
할 걸 그랬나."

　부서진 기념품 위에도 버드나무 씨앗들이 소복이 내려앉
고 있었다.

EP 4

빈자리에 남은 것

원동웅 씨가 야심 차게 준비한 새 코너, 기념품 매대는 그 누구의 관심도 끌지 못한 채 잊혀지고 있었다.

　그것이 원동웅 씨의 딸, 진이가 이 가게에 와있는 이유였다. 진이는 그야말로 오만상을 한 채 가게 앞 평상에 앉아있었다. 검은색 슬랙스와 하늘색 블라우스를 입은 무난한 차림의 진이와 달리, 그 옆에 앉아있는 원동웅 씨의 복장은 기묘하기 짝이 없었다. 목에 얼룩덜룩한 수건을 두르고, 통역기를 귀 옆에 단단히 고정시킨 그는 자기 나름의 미학에 부합하는 '마실용' 등산복을 입고 있었다. 1.2리터짜리 물병이 꽉 잠겼는지 확인한 원동웅 씨는 그것을 자신의 몸통만 한 가방 옆에 끼워 넣었다.

"가게 잘 봐라!"

그렇게 소리친 원동웅 씨는 가게 안을 어슬렁대는 몇몇 손님을 흘끗 바라보더니, 진이에게 속삭였다.

"손님들 동전 특히 잘 확인하고. 꼭 몰래 가짜 동전 섞어서 내는 인간들이 있어."

그를 불만스레 바라보는 진이의 눈길에도 아랑곳 않고 원동웅 씨가 다시 말했다.

"아, 아니다. 그냥 넵둬라. 그깟 푼돈 따위, 이젠 아무렴 어때."

원동웅 씨는 원형으로 된 티켓을 팔락팔락 흔들었다. 진이가 불쑥 말했다.

"그냥 가게나 열심히 하지?"

"이번엔 진짜라니까. 접때 말한 기자 손님 알지? 그 친구가 나한테만 슬쩍 알려준 정보인데 저, 무슨 소행성에서 아무도 모르게 개발이……."

"내가 몇 번을 말해. 아빠가 알 정도면 이미 누구나 알고 있는 정보라니까. 다른 은하계면 더했지. 이미 치고 빠진 사람들 주머니만 불려주는 거라고."

원동웅 씨는 등을 돌리고 신발끈을 고쳐 매었다. 진이가 등 너머에서 다시 구시렁댔다.

"중요한 일이면 말을 안 해. 그 말도 안 되는 소행성 투자인지 뭔지 하러 가는 동안 나보고 가게를 보라고? 기껏 모은 돈 맨날 투기로 날려먹고. 아빠 한탕주의 때문에 내 피 같은 방학이! 내 연차가!"

"어이쿠. 이거 끈이 왜 이리 안 풀려?"

"아니, 요즘 가게도 잘된다며. 왜 자꾸 쓸데없는 욕심을 부려요?"

"가만 보자, 요 끄트머리가……"

"허황된 꿈 좀 버리라니까, 참."

"너 때문에! 너 때문에 그런다!"

여전히 진이를 등지고 앉은 원동웅 씨는 엉킨 신발 끈을 풀다가 빽 소리쳤다.

"니 배 안 곯게 하려고! 내가 언제까지 가게를 하겠어? 내가 너만 할 때는, 밥도 잘 못 챙겨 먹었어!"

"난 전문 영양사가 5대 영양소를 균형있게 섭취하도록 계획한 제철음식 3첩 반상 맨날 챙겨 먹거든요?"

"니는 급식 먹으려고 교사 됐냐!"

그 말을 들은 진이가 발을 쾅 구르며 평상에서 벌떡 일어났다. 아까부터 불안한 듯 평상 쪽을 힐끔거리던 손님들이 우르르 나갔다. 원동웅 씨는 고개를 슬쩍 돌려 진이를 곁눈질했다. 진이가 그의 등 뒤에서 말했다.

"아빠 때문이잖아! 내가 되고 싶어서 교사가 된 줄 알아?

아빠가 자꾸 투자니 뭐니 한눈팔면서 돈만 안 까먹었어도, 나도 공무원 안 했어!"

원동웅 씨가 어깨를 움찔하더니 다시 고개를 아래로 내렸다. 그는 신발 끈을 잡아당기며 꿍얼거렸다.

"염색이나 잘할 것이지, 벌써 얼룩덜룩하구먼."

"아! 그런 것 좀 그만 신경쓰라고요. 이젠 다문화 가정 차별하면 욕 먹어요, 아빠!"

"흥. 어디, 니가 그렇게 이뻐하는 학생들한테 혼혈인 거 들켜봐라. 바로 학교 잘릴걸."

"아빠부터 혼혈이라는 단어나 좀 쓰지 마. 진짜 답답해 죽겠어!"

진이는 빨간빛이 올라오는 자신의 머리를 신경질적으로 마구 헝클었다. 원동웅 씨는 일어나 삿대질을 했다.

"너 지금 아빠 앞에서 성질내는 거야? 왜, 그놈의 머리 아주 밀어버려!"

"어? 안 그래도 잔소리 듣기 싫어서 지금 밀려고 했는데. 아저씨, 여기 면도기 하나 주세요."

"지금 아빠 보고 아저씨라 했어?"

터미널 저쪽까지 소리가 울릴 정도로 커진 그들의 언쟁에 낯선 목소리가 갑자기 끼어들었다.

"와우! 이것이 바로 원시 유인원 고유의 결투 문화입니까?

멋집니다, 멋져요!"

이어서 플래시가 터졌다. 번쩍이는 빛에, 원동웅 씨와 진이는 얼굴을 찡그렸다.

"뭐? 유인원?"

눈을 거의 뜨지도 못한 원동웅 씨가 되묻자, 그 낯설고 가볍기 그지없는 목소리의 주인이 산뜻한 박수를 쳐댔다.

"오, 언어를 사용하는군요. 실로 놀랍습니다! 통역기를 사용할 줄 압니까? 혹은 주인이 채워준 것입니까?"

"뭔 개소리야!"

화내는 원동웅 씨의 목소리를 들으며, 진이는 눈을 깜빡였다. 플래시 잔광이 여전히 눈앞에서 번쩍이는 가운데, 챙이 넓은 모자를 쓴 사람이 그들 곁에서 수첩에 무언가를 적고 있는 것이 보였다. 챙 아래로 푸른빛이 도는 보라색 피부가 언뜻 드러났고, 곧이어 열정으로 반짝이는 눈망울이 진이의 눈에 들어왔다. 눈을 비비고 한숨을 쉰 진이가 말했다.

"이 사람, 대체 뭐라는 건데 그렇게 화를 내? 나도 통역기 좀 줘."

"이 별의 유인원이 가지는 고유의 발성이라니, 참으로 귀한 경험입니다! 잠시 기다리십시오. 바로 녹음기를 준비할 테니."

"웬 미친놈이야!"

넓은 챙모자의 사람은 계속 알 수 없는 외계어를 쏟아냈고, 길길이 날뛰는 원동웅 씨는 통역기를 건네줄 생각이 없는 것 같았다. 진이는 한 번 더 한숨을 내쉬었다.

*

이 미친놈(원동웅 씨의 표현에 따르면)의 이름은 데인, 제38은하계의 주 행성 중 하나로, 지구에서는 XO-5b, 혹은 마크로풀로스라 불리는 별에서 온 사람이었다. 그리고 데인은 지금 가게 안에서 여기저기 손가락질을 하며 요란을 떨고 있었다.

"이것은 무엇입니까? 저것은 무엇인가요? 저 원시적으로 생긴 물건은 수렵 도구입니까?"

"그건 빵이고, 저건 물이고. 저 원시적으로 생긴 물건은…… 내 파리채야!"

"파리채는 무엇입니까?"

"파리채를 파리 잡는 데 쓰지 어디에 써?"

"파리는 무엇입니까?"

"지금 당신처럼 사람을 아주 귀찮게 하는 벌레가 파리야!"

"오오, 역시 제 가설이 맞았습니다. 그러니까 수렵 도구로군요! 수렵 도구라는 단어가 열등한 당신에겐 다소 고급 어휘었나 봅니다. 수렵은 사냥을 말합니다. 벌레가 당신의 주식입니까?"

"아무것도 안 살 거면 나가!"

원동웅 씨가 뒷목을 잡고 소리를 지르는 동안, 진이는 초조하게 카운터를 두드리고 있었다. 그는 예비용 통역기를 충전하는 중이었다. 무슨 대화가 오가는지 통역기를 착용하지 못한 진이로서는 도무지 이해할 수가 없었으나, 아무튼 자신의 아빠가 약 올라 죽으려 하는 것이 너무 재미있어 빨리 예비 통역기를 충전하여 대화에 끼고 싶은 마음뿐이었다.

원동웅 씨는 급기야 왕소금이 든 자루에서 소금을 한 움큼 퍼내더니 데인에게 뿌리기 시작했다. 데인은 좋아서 어쩔 줄 몰라 했다.

"원시 환영 의례를 직접 경험하다니, 정말이지 믿을 수가 없습니다! 아아, 이 모습을 기록으로 남겨야만 하는데!"

"이건, 꺼지라는, 뜻이야!"

원동웅 씨가 말 한 마디마다 소금을 뿌리며 외치자, 흥분한 데인의 말이 점점 빨라졌다.

"땅으로 꺼지는 것인가요? 천상보다 지하로의 하강을 중요시하는 문화권이라니, 벨레스 별의 원주민들과 유사한 특징을 보이는 것이 아주 흥미롭습니다!"

"당신 대체 뭔데 자꾸 괴상한 소리를 해대는 거야?"

진이 앞의 충전기에서 삐비빗, 하는 소리가 났다. 진이는 재빨리 통역기를 착용하고 전원을 켰다. 드디어 데인의 말이 들리기 시작했다.

"아, 아까 소개를 드렸는데, 잘 이해하지 못하신 것 같군요. 천천히 다시 말씀드리겠습니다. 저는 데인입니다. 마크로풀로스 별에서 왔고, 우리 별 제일의 데이터 인류학자입니다."

"데이터 인류학자요?"

진이가 통역기의 위치를 조정하며 물었다.

"오, 통역기를 스스로 사용할 줄 아십니까? 생각보다 제법 문명화되었군요. 어디 봅시다, 악수도 할 줄 아는지. 물지는 않기를 바랍니다. 하하."

데인이 흐뭇한 미소를 지으며 진이에게 손을 내밀었다. 진이는 엉겁결에 그의 손을 잡았다. 데인이 감탄했다.

"오오, 원시 개체와의 교감!"

"아빠, 여기 은하계 사람들 말투는 다 이래요? 손님들 다 이래?"

데인에게 손을 꽉 잡힌 진이가 불안한 표정으로 원동웅 씨에게 물었다. 원동웅 씨는 고개를 젓더니 말했다.

"난 가련다. 가게 잘 봐라. 일당 넉넉히 쳐줄 테니까."

"아니, 잠깐. 나 못 하겠어!"

진이가 황급히 손을 빼고 원동웅 씨에게 속삭였다. 원동웅 씨는 시계를 흘긋 보더니 과장되게 외쳤다.

"어이쿠! 이러다 차를 놓치겠는걸? 진이야, 부탁하마."

원동웅 씨는 가방을 챙겨 가게 밖으로 나가버렸다. 진이는 그 뒷모습을 망연히 바라보았다. 옆에서 반짝이는 시선이 느껴졌다. 진이는 그 모습을 외면하며 천천히 카운터로 걸어갔다. 뒤에서 데인이 따라오는 소리가 들렸다. 그래, 질풍노도의 4학년을 상대하던 나야. 진이는 이렇게 중얼거리고 심호흡을 한 후 친절한 목소리로 물었다.

"네, 손님. 무엇을 찾고 있길래 계속 다른 이야기를 하시는지요?"

"제가 이 가게에서 일할 수는 없겠습니까? 주인에게 전해주세요. 여기 오는 사람들을 관찰해 보고 싶어요. 단 며칠이라도 좋습니다."

기껏해야 '둘러보고 올게요', '일주일 전에 산 빵인데 환불해 주세요' '물물교환도 되나요' 따위의 대답을 기대했던 진이는, 그 말을 듣자마자 관자놀이를 짚었다. 어쩌다 자신이 맡은 첫 손님부터 이런 괴상한 사람이 온 것인지. 아니, 황급히 달아나는 자신의 아빠를 보면, 이건 시작일지도 몰랐다. 이제부터 올 제38 은하계의 손님들은 죄다 이 모양 이 꼴일 것 같은 불길한 예감에, 진이는 벌써부터 울고 싶을 지경이었다. 그러나 이어진 데인의 솔깃한 말은, 진이의 나오려던 눈물을 쏙 들어가게 만들었다.

"제발 일하게 해주세요! 그 어떤 보수도 필요하지 않습니다."

이상한 손님들을 퇴치하는 방법은? 더 이상한 사람을 우리 쪽 선봉에 세운다. 뭐라 하더라, 이이제이? 진이는 생각했다.

✳

그러니까 데인은 인간을 경험하고 싶다고 했다. 정확히는 자신이 무수한 데이터를 검토하며 세운 인간에 대한 가설들을 실제 인간들에 대입하여 최종적으로 입증하고 싶다나.

"어쩌면 시간 낭비일 것입니다. 명백하게 제가 옳을 테니 말입니다. 하지만······."

데인은 가게 물건들에 붙은 형광색의 작은 가격표들을 재빨리 확인하며 말했다.

"선험적 이론만으로는 그 어떤 것도 이해하지 못하는 일반 대중들은, 아보카도-안락의자 인류학자라는 모욕적인 용어를 만들어냈죠."

"아보카도 뭐요?"

진이가 묻자, 데인은 눈을 감고 고개를 저었다.

"고대의 인공지능이 만들어낸, 4분의 1 정도 자른 아보카도와 안락의자가 합성된 이미지 말입니다. 두 물체가 열등한 인공지능에겐 비슷해 보였기 때문에 도출된 결과였죠. 아보카도-안락의자 인류학자란, 현실적으로 연관성이 없는 개념들을 연구 자료만 보고 결합하는 인류학자들을 말합니다. 다시 말해 데이터만 가지고 연구한 학자들은 현실 세계를 이해하지 못한다는 거죠. 그러나 그건 현대 데이터 처리 기술의 발전에 대한 공포가 궤변으로 나타난 것이라고 봅니다. 데이터만으로도 충분히 세상을 이해할 수 있다는 것이 제 입장입니다만, 결국은 제가……."

데인은 세탁 세제 통 표면에 유성펜으로 큼직하게 적힌 '13,000'이라는 글씨를 보고는 한숨을 내쉬었다.

"이런 원시적인 가격 시스템을 사용하는 가게에서 쓸데없는 시간을 보내야 하는 것입니다. 저는 인간의 범위는 어디까지인가에 대한 연구를 진행하고 있습니다. 물론 정교한 계산을 거쳐 그 범위를 정확하게 규정하는 논문을 내놓았지만, 고작 현장 조사 미비라는 이유를 들어 학계에서 거절하더군요. 인간 논리의 결과가 자명함에도 불구하고 굳이 실천적인 증명 작업을 거치는 것이 학자의 숙명이겠지요."

그래서 그는 여러 행성에서 온 다양한 사람들이 드나드는 이 환승터미널을 찾은 것이다. 물론 처음에 그는 가게 주인이 따로 있고, 원동웅 씨와 진이는 가게 주인이 키우는 반려동물이라는 생각을 버리지는 못했다. 진이의 지성에 대한 기나긴 증명(진이는 모욕적인 거울 테스트와, 지구인의 문화와 기술 발전에 대한 기나긴 문답, 약간의 수식 풀이 능력 테스트 등을 거쳐야만 했다)이 있은 후에야, 그는 진이와 원동웅 씨가 그들과 같은 인간이라는 것을 받아들였다.

그리고 그는 아주 빠른 속도로 가게의 시스템에 대해 파악하기 시작했다. 물건들의 이름과 위치, 가격을 모조리 암기했으며, 드론 청소기처럼 보이는 것을 꺼내더니 높다란 진열장 위에 쌓인 몇십 년어치 먼지들을 손쉽게 제거했다. 지성 테스트를 하면서 몇 번이고 데인을 쫓아낼까 말까 고민했던 진이는 유능한 그의 모습을 보고는 내심 자신의 인내력을 칭찬했다. 이제 공짜 인력인 데인에게 일을 맡겨두고, 방에 들어가 늘어지게 낮잠을 자볼 참이었다. 아무튼 자신은 한 학기 내내 연차 하나 없이 고생하지 않았는가?

그러나 안타깝게도, 진이의 소망은 이루어지지 않았다. 문제는 첫 손님부터 일어났다. 불행인지 다행인지, 데인이 카운터에 앉은 후 처음으로 가게에 들어온 사람은 기자 손님이었다. 기자 손님은 데인을 발견하고 쾌활하게 말했다.

"안녕하신가. 아, 그쪽이 동웅의 따님인가? 따님이 며칠

간 가게를 볼 거라는 이야기를 저번에 동웅에게 들었네. 근데 이상하구먼. 동웅과는 별로 닮지 않은 것 같으니. 아마 모친을 닮았나 보지?"

"그 열등한 종족을 얘기하는 거라면, 굉장한 모욕이라고 말하고 싶군요. 그러는 당신은 어디 출신인지 한번 봅시다. 피부색을 보니 일단 하층민 행성에서 온 것은 확실하고. 호오, 입고 계신 그 옷의 재질과 손에 들린 시가……. 당신의 행색과 담배 냄새에서 유추해 보건대, '그 종족'이라는 결론이 도출되었습니다. 아마 당신도…… 그 종족들이 보통 그러하듯이 혈연으로 조직된 폭력배 집단에 종사하는 것이 아닐지? 맞습니까?"

"무슨 소리를 하는 것인가! 나는 기자일세!"

기분이 상한 기자 손님이 소리쳤다. 데인은 눈을 동그랗게 뜨고 말했다.

"오, 언론인! 하층민이 계급의 사다리를 올라갈 수 있는 몇 안 되는 방법 중 하나죠. 책으로만 본 것들을 실제로 눈앞에 마주하고 있다니. 현장 조사도 가치가 있는 것이군요! 예측하건대, 비정한 조직 폭력배였던 집안 어른이 신문사 사장의 약점을 잡은 것은 아닐지? 그런 방식으로 당신이 기자가 되는 것을 도와주었습니까? 그런 일도 많다고 읽었습니다만. 어땠습니까, 유리 천장을 뚫었을 때의 기분이?"

"나는 열다섯 살에 가족들과 절연했네! 그 누구의 도움도 없이 기자가 된 거라고!"

원동웅 씨의 방에서 자고 있던 진이는 잠결에 고성을 듣고는 허둥지둥 방에서 나왔다. 데인은 녹음기 버튼을 누르고 있었고, 기자 손님은 분홍빛이 도는 피부가 파랗게 달아오르도록 화가 나 있었다. 서둘러 부스스한 머리를 정리한 진이가 말했다.

"아, 안녕하세요. 그…… 기자 손님 맞으시죠? 말씀 많이 들었습니다. 원동웅 씨 딸, 진이라고 합니다."

"안녕 못 하네! 내 이 가게를 정녕 편안하게 생각했건만, 이런 대접은 처음일세!"

"죄송합니다, 죄송합니다. 새로 들어온 아르바이트생이 아직 미숙해서……."

진이가 변명과 사과를 늘어놓는 와중에, 데인이 끼어들었다.

"아무래도 로비를 통해 언론사에 들어가게 되면, 기사도 조직이 원하는 방향으로 쓰곤 합니까? 범죄 규모를 축소해서 보도한다든가."

기자 손님은 몸을 홱 돌려서 가게 밖으로 성큼성큼 걸어 나갔다. 그는 문 앞에서 다시 몸을 돌리고 외쳤다.

"거기, 아르바이트생인지 뭔지. 그런 식으로 사람을 모독

하고 다니다간, 내 육촌 형에게 자네에 대해 넌지시 알리겠네! 그럼 자네는 그 잘난 외행성 어딘가에 고이 잠들게 될 걸세. 내겐 아직 연락하고 있는 가족들이 있다고!"

"오오, 그러니까, 진짜로 혈연 기반 폭력 집단의 일원이라는 것입니까?"

가게 문이 쾅 닫혔다. 진이는 데인의 드론 청소기가 미처 털지 못한 먼지가 우수수 떨어지는 것을 멍하니 바라보다가 고개를 옆으로 돌렸다. 데인은 뿌듯한 얼굴로 녹음기 버튼을 끄고 있었다. 다시 재생 버튼을 눌러 녹음이 잘 되었는지 확인한 데인이 빠른 어조로 말했다.

"이론과 현실이 맞아떨어질 때 저는 엄청난 흥분을 느낍니다. 가게에서 일하게 해준 것에 대해 고마움을 표합니다!"

"데인."

"예, 무슨 일입니까?"

"당장 나가요."

진이는 소금을 집어들어 데인에게 뿌렸다. 원동웅 씨가 데인에게 뿌리고 카운터에 놓아둔 것이었다. 데인은 다급하게 기계장치를 꺼내어 플래시를 터뜨렸다.

"방금 당신이 치른 의례가 찍히지 않았습니다! 한 번만 더 뿌리길 요청드립니다!"

"나가라니까, 이 미친 인간아!"

"대체 왜 그러는 것입니까?"

"그쪽이 손님을 내쫓고 있잖아!"

"하지만 저는 틀린 말을 하지 않았습니다. 그는 확연히 혈연 기반 폭력 집단으로 유명한 스메트리오스 행성 원주민의 외양적 특징을 갖고 있었습니다."

"그걸 어떻게 알아요? 내가 보기엔 그쪽이랑 똑같이 생겼는데!"

"당신네 행성 종족의 지성 발전을 위해 제가 친히 설명을 드리겠습니다. 일단, 그의 피부톤은 자줏빛입니다."

"그쪽도 자주색이면서 무슨 소리를 하는 거예요?"

"아닙니다. 제 피부는 R 140, G 95, B 141을 기반으로 한 보랏빛 피부입니다. 컨디션에 따라 각 값별로 플러스마이너스 3 정도의 차이가 나지요. 반면, 그의 피부는 R 178, G 83, B 109의 값을 가지고 있었습니다. 명백하지 않습니까?"

"대체 무슨 소리를 하는 거야?"

데인은 안쓰러운 표정으로 진이를 바라보았다.

"당신 행성 종족은 색을 지각하는 능력이 떨어지는 것 같군요."

더 이상 대화를 이어 갈 필요성을 느끼지 못한 진이가 말 없이 그의 등을 떠밀었다. 가게 밖으로 밀려 나가며 데인이 소리쳤다.

"잠시만요. 저는 이 가게에서 연구를 조금 더 수행하고 싶습니다! 이 귀중한 경험의 기회를 이렇게 놓칠 수는 없습니다! 이제 손님들을 쫓아낼 만한 발언을 하지 않을 테니, 결정을 재고하십시오!"

＊

잠시간의 합의를 거쳐, 데인은 가게에 남아있게 되었다. 다만 진이는 데인을 카운터에서 내쫓고 어수선하기 짝이 없는 뒷마당을 정리하도록 시켰다("그럼 사람들을 만날 수 없지 않습니까!" "조용히 뒷마당이나 치워요. 그다음에는 가게 정리하면서 손님들 관찰할 수 있도록 해줄 테니까.").

진이는 어쩔 수 없이 자신이 카운터에 앉아 손님들을 맞기 시작했다. 그는 자신이 걱정했던 것보다 가게를 방문하는 손님들이 그다지 이상하지 않다고 느꼈다. 바퀴벌레 약을 점심으로 먹겠다며 가져온 손님이나, 괴상하게 번쩍이는 옷을 입은 손님, 귀가 아플 정도로 큰 목소리로 말하는 손님(사실 그는 통역기 볼륨을 잘못 조정한 것이었지만) 등이 왔다 갔지만, 그 정도면 예전에 봉천동 시장에서 가게 일을 도울 때와 그다지 다를 것도 없는 듯했다. 괜히 편해보겠다고 저 인간을 들여서는……. 진이는 이미 카운터에 수북하게 쌓인 주전부리 잔해 위에 사탕 포장지를 하나 더 올려놓으며 투덜거렸다.

그나마 다행인 것은 데인이 청소와 정리, 분류에 매우 능하다는 것이었다. 약 두 시간도 되지 않아 지저분했던 뒷마당을 대형 쇼핑몰 매장처럼 정리한 그는, 열정으로 반짝이는 얼굴로 가게에 들어와 진열대의 물건들을 분류하기 시작했다. 그는 과자 봉지들을 색깔별로 각을 맞춰 착착 쌓아놓는 와중에도 손님들을 꾸준히 관찰하며 자신의 노트에 무언가를 적어넣고 녹음기를 껐다 켰다 하느라 바빴다.

저녁이 되어 손님이 뜸해지자, 진이는 원동웅 씨 방 옆에 붙어있는 작은 부엌에서 찾은 시든 야채와 달걀 몇 개를 가지고 달걀 야채 볶음을 만들었다. 데인은 '원시 부족'의 음식을 맛보게 된 것에 굉장히 기뻐하며, 연신 음식 사진을 찍어댔다. 데인이 남은 음식을 싹싹 긁어먹고 있을 때("프라이팬을 숟가락으로 긁으면 어떡해요!" "오, 그것은 미신에 의거한 사회적 터부입니까?" "코팅 벗겨진다고, 이 인간아!") 짜얀체체가가 가게를 찾아왔다.

아름다운 실루엣의 검은 드레스를 입고 무대 화장도 지우지 않은 채 뛰어온 짜야는 숨을 가쁘게 몰아쉬며 평상 위에 앉은 두 사람을 바라보았다. 진이는 급히 일어나 꾸벅 인사했다.

"안녕하세요, 손님. 어떤 것을 찾으시나요?"

"여기, 그가 있다고 들었어요."

"누구요?"

진이가 물었다. 짜야의 시선이 그 옆에서 프라이팬을 닦고 있는 데인에게 옮겨갔다.

"당신, 데인…… 데인 맞죠?"

낮고 허스키한 목소리로 짜야가 속삭였다. 그의 눈에서 눈물이 또르륵 떨어졌다.

"어, 이거 뭐지. 나 왜 울어?"

진이의 눈에서도 눈물이 흐르고 있었다.

✳

그들은 스크래치가 난 프라이팬을 가운데 두고, 평상에 둘러앉아 있었다. 진이는 초콜릿 하나를 입안에서 굴리며 멀뚱히 두 사람을 바라봤고, 데인은 수첩에 무언가를 적고 있었다. 그리고 짜야는 화가 나있었다. 짜야의 입술이 천천히 열렸다.

"어떻게, 사람이…… 이렇게 변할 수 있죠?"

"와, 언니 진짜 영화 같아요."

휴대용 초콜릿을 먹고 느슨하게 기분이 풀린 진이가 자신도 모르게 말했다가 당황해서 입을 막았다. 데인은 초콜릿을 입에 불룩하게 문 채 수첩에서 눈을 떼지 않고 말했다.

"'주홍 피부'가 이렇게 사회적인 성취를 이룬 것은 학문적으로도 굉장히 흥미로운 접근입니다! 어떤 방식으로, 어떻게 가능했던 거죠? 말해보십시오. 자, 이제부터 이 대화를 채록하겠습니다."

데인이 녹음기 버튼을 딸깍, 하고 눌렀다.

"당신이잖아요. 당신의 향수가, 나를 별에서 꺼내주었잖아요. 왜 그런 식으로 말하는 거예요?"

"몰라요. 기억나지 않습니다. 일단 그게 중요한 게 아니고, 현재 상황부터 체크할게요. 직업이 배우라고 하셨습니까?"

"주홍 피부……. 당신의 입에서 그런 말이 나올 거라곤 상상도 하지 못했어요."

"저…… 주홍 피부가 나쁜 말인가요?"

진이가 통역기를 톡톡 두드리며 조심스레 물었다. 짜야의 답변을 기다리던 데인이 실망한 듯 펜을 달각거리면서 대답했다.

"당신 종족의 열등한 색채 감각은 익히 아는 바, 배려하는 차원에서 말해드리죠. 저 피부색을 보시면……."

데인은 펜으로 짜야를 가리켰다.

"무려 R 값이 233이나 되는데, G와 B의 값은 70을 넘지 못하지 않습니까? 그건 보통, 미개 행성에 사는 사람들의 피부색인 경우가 많습니다. 미개 행성들은 열원이 되는 태양과 너무 가깝기 때문에 빛을 덜 흡수하는 피부색을 가지고 있죠. 환경이 열악하기에 행성의 전반적인 발전이 더딘 것은 물론입니다. 당신네 행성도 마찬가지 아닙니까?"

데인이 펜의 방향을 바꾸어 진이를 가리키자, 진이는 머쓱하게 자신의 뺨을 긁적였다.

"글쎄요, 여기는 딱 좋은 것 같은데. 지옥처럼 덥다가 지옥처럼 춥다가……."

"그만. 이제 됐어요."

짜야가 말했다.

"왜 내게 이런 상처를 주는지는 알고 싶지도 않아요. 그냥 향수나 내놔요. 돈은 얼마든지 드리겠어요."

"무슨 향수요? 가만, 제의에 쓰이는 향유나 향 같은게 아니라 진짜 향수 말입니까? 주홍 피부도 향수를 씁니까? 향수는 문명권에서만 향유되는 개념인 줄 알았는데, 흥미롭군요."

"제발 그만해요!"

짜야는 자리를 박차고 떠났다. 깜짝 놀란 진이가 따라나섰다.

터미널 구석의 기둥에 기대어 울고 있는 짜야를 발견한

진이는 그를 달래어 가게로 다시 데려왔다. 오는 길에 짜야는 손수건으로 눈물을 찍어내며 이야기를 쏟아냈다. 최루성 체성분으로 인해 주변인을 눈물짓게 만드는 그의 종족에 대해. 몇십 년 전 그의 모성을 방문한 데인, 울고 있는 그에게 데인이 손수건을 건넨 것, 서로의 꿈을 공유한 것, 데인이 눈물을 잠재우는 향수를 만들어주어 배우의 꿈을 이룰 수 있었던 것, 정기적으로 향수를 보내주던 데인이 종적을 감춘 것, 아무리 편지를 해도 답이 없었던 것. 남아있던 향수가 줄어가는 것을 애타는 마음으로 바라보았던, 그리고 줄어가는 향수보다 더욱 소식 없는 그를 걱정하느라 심장이 졸아드는 것만 같았던, 이 모든 이야기에서 데인은 지금의 모습과는 사뭇 다른 사람이었다. 이 모든 이야기를 들은 진이는 한 마디로 소감을 표했다.

"미쳤네요."

"어떻게 저렇게 변할 수가 있나요? 그는 정말이지, 따뜻한 사람이었어요. 누구나 경멸하던 저희 행성 사람들을 마음 깊이 이해했던 그런 사람이었다고요."

짜야가 흐느끼며 말했다. 진이가 그를 달래려고 애쓰며 말했다.

"왜 저러는지 다시 한번 가서 찬찬히 얘기해 봐요. 정 안되면 제가 한 대 쥐어박고 향수를 뺏어보기라도 할게요."

둘이 돌아올 때까지 데인은 아직도 평상에 홀로 우두커니 앉아있었다. 성가실 정도로 열정적이던 낮과 달리, 딱히 어디라고 짚을 수 없는 허공을 바라보고 있는 그의 모습은 어딘가 이질적으로 보였다. 짜야의 팔을 살짝 잡고 걸어가던 진이는 데인이 전원 나간 기계처럼 보인다고 느꼈다. 반짝이던 눈은 조명이 꺼진 것처럼 시커맸고, 보랏빛이 도는 피부는 천장 구멍으로 들어오는 달빛을 받아 스테인리스로 만든 껍데기처럼 광택을 발했다. 잠시 멈칫했던 진이는 씩씩하게 다시 걸어가서 말했다.

"데인, 제발 이상한 소리 좀 그만하고 여기 이분의 얘기를 제대로 들어봐요. 그러면 내일은 나랑 같이 카운터에 앉게 해줄 테니까."

반짝, 하고 빛이 돌아왔다. 데인은 다시 높고 빠른 어조로 말했다.

"오, 그러면 손님들과 대화를 나누는 것도 허락하는 것입니까? 아주 좋습니다. 좋아요. 내일부터입니까? 몇 시에 가게를 시작합니까?"

"이분 얘기를 먼저 들으라고요."

"데인……."

진이는 짜야를 데인 앞으로 밀었다. 짜야는 머뭇거리고 있었다. 아무 대화도 오가지 않는 불편한 몇 분이 지났고, 짜야는 간간이 눈물만 찍어냈다. 긴 침묵 끝에, 데인이 불쑥 말했다.

"부디 용서하십시오. 사실, 몇 년 전 사고로 기억을 많이 잃었습니다."

"사고요? 그, 영화에서 나오는 그런 거요? 단기 기억 상실에 걸려서 사랑하는 사람만 잊어버리고……."

진이가 놀라서 묻자, 짜야가 다급하게 말했다.

"사, 사랑이라뇨! 저희는 사랑하는 사이가 아니었어요! 적어도 데인은…… 아닐……. 그보다, 사고라니요?"

"큰 사고였습니다. 꽤 높은 곳에서 떨어졌으니까요. 머리를 크게 다쳤다고 하더군요. 회생할 수 없을 정도로."

쾅, 소리와 함께 끊어졌던 데인의 기억은 머릿속에서 울리는 작은 팬 소리와 함께 다시 시작되었다고 했다. 자신 옆에 앉아있던 수척한 아버지를 바라보며, 그는 불현듯 두통을 느꼈다. 아버지 위로 수십 개 아니, 수천수만 개의 상이 겹쳐 보이는 느낌이었다. 자신의 부모님에 대한 사진과 영상들, 슬픈 표정을 한 사람들의 얼굴들, 괜찮냐고 묻는 목소리들 그리고 자신의 손을 잡은 수많은 손들. 거칠고 보드랍고 따뜻하고 차갑고 마르고 촉촉한 손의 질감들이 느껴졌다. 그렇게 그는 끝없는 데이터의 숲을 헤매기 시작했다.

"저를 너무나 사랑하셨던 부모님은 그렇게라도 저를 다시 만나고 싶었나 봅니다. 제 주변의 데이터를 모으기 시작하셨죠. 고맙게도 제 가족들, 친구들, 직장 동료들도 저와 관련된 자료를 제공하였다고 하더군요. 저와 나누었던 온라인상의 대화들과 사진들, 제가 남긴 글들. 그런 것들이 모였고⋯⋯ 짜잔, 그 데이터를 학습한 인공지능은 제 손상된 뇌와 더불어 저를 재구축하게 되었답니다! 그렇게 저는 천재 학자가 되어버리고 말았죠!"

"아무래도 데이터가 좀 많이 모자랐나 본데⋯⋯."

해맑은 표정으로 자신의 머리를 톡톡 두드리는 데인을 보며 진이가 중얼거렸다. 짜야는 젖은 눈으로 데인을 바라보다가, 입을 열었다.

"향수에 대해서도, 그리고 저에 대해서도 가족들에게 모조리 비밀로 했을 테니⋯⋯ 현재 당신의 기억 속에 제가 없는 것도 당연하겠네요."

그들은 짜야의 모성에서 처음 만났다. 그 당시 데인은 제 38 은하계에서 유명한 클리닝 시스템 프랜차이즈를 운영하는 어머니 밑에서 후계자 수업의 일환으로 이런저런 업무를 경험하고 있었다. 소위 '미개' 행성들을 돌며 청소 인력을 구하러 다니던 데인은 작은 빈민촌에 살던 짜야와 마주쳤다. 그리고 그들은, 서로의 꿈에 매료되었다.

"당신은 가족에게서 벗어나, 조향사가 되고 싶다고 했어요. 그 별을 떠나 배우를 꿈꾸었던 저와 마찬가지로……."

데인은 위로의 눈물에서 모티프를 얻어, 눈물을 줄일 수 있는 향수를 만들었다. 그 향수와 함께 자신의 별을 떠나 주행성에 진출한 짜야는 배우의 길을 걷기 시작했다. 데인은 몇십 년 동안 그를 위해 꾸준히 향수를 만들어 보내주었지만, 그 누구에게도 이에 대해 말하지 않았다.

"어휴, 그럴만도 합니다. 주홍 피부, 그것도 저희 회사 말단 인력인 청소부 종족과 감정을 나누고 있었다는 것을 알게 된다면 저희 부모님은 4초 안으로 졸도할 것이 명백합니다."

"데인, 제발 그 악마의 아가리…… 아니, 입 좀 다물고 있어요!"

진이가 데인에게 속삭였다.

그들은 은유적인 내용이 담긴 편지로 서로의 소식을 전하곤 했다. 그 외엔 어떤 흔적도 남기지 않았다. 데인 주변의 그 누구도 짜야에 대해서 알지 못했다. 그의 주변 사람들로 이루어진 데이터 안에는 짜야도, 향수도 존재하지 않았다.

"됐어요. 전 당신이 죽은 줄만 알았어요. 저를 주홍 피부라 부르든, 행성의 우열을 가리든, 당신이 살아있다면 그걸로 족해요. 향수는…… 없어도 괜찮아요. 부디 행복하길 바랄게요."

짜야가 돌아섰다. 진이가 외쳤다.

"잠깐만요, 그 향수가 없어서 지금 곤란하다면서요! 그리고 당신은 데인을……."

"아니에요. 그의 감정을 혼란스럽게 만들고 싶지 않아요. 제가 알아서 해볼게요. 이미…… 오랫동안 신세를 졌어요."

그때, 떠나려는 짜야의 옷자락을 꽉 붙잡는 손이 있었다.

"저…… 제 방에 출처를 알 수 없는 향수병이 몇 개 있던데요. 가서 보시겠습니까?"

옷자락을 잡은 데인이 해맑게 말했다. 짜야는 천천히 고개를 돌렸다. 그의 뺨 위로 난 눈물 자국이 달빛을 받아 반짝였다.

"대신, 향수를 찾으면 제 연구에 대상자로 참여하셔야 합니다. 성공한 주홍 피부를 만나는 게 어디 쉬운 일인줄 아십니까?"

"한 번만 더 그 주홍 어쩌고 하는 단어 꺼내면 해고예요."

진이가 말했다.

✳

"우와, 우와! 이게 뭐람!"

"정말…… 가게를 닫고 같이 가도 괜찮겠어요?"

짜야가 걱정스러운 듯 말했다. 승강장을 둘러보느라 목이 빠져라 고개를 돌려대던 진이가 으쓱했다.

"괜찮아요. 어차피 밤에는 가게 안 열어요. 아니, 어쩜 저렇게 이파리가 새파랗지?"

"아, 이토록 열등한 행성이여! 저것은 GMO-Constr 버전 11.9로 보입니다만. 다시 말해, 유전자 가위를 통해 건축 자재로써 기능하도록 조작한 브리치라는 수종입니다. 잎이 파란빛을 띠는 것은, 유전자 조작 식물임을 반드시 눈에 보이게 명시해야 하는 유전자변형생물체의 행성 간 이동 등에 대한 법률 조항을 따른 것이고 말입니다."

"……우와, 이파리가 막 반짝거리네요!"

진이는 데인을 무시하고 외쳤다. 어릴 때부터 지겹도록 봐왔던 가게에만 있어서 미처 실감하지 못했지만 어쨌든 이곳은 다른 은하계와 연결되어 있는 장소가 아니었던가. 방사형 구조의 아름다운 승강장을 보니 마음이 설렜다. 유리 조각처럼 반짝이는 파란 잎 사이를 돌아다니는 우주선들이 퍽 이국적이었다.

그런데 거기에 열등 운운하며 찬물을 끼얹는 데인이라니. 진이가 눈을 가늘게 뜨고 데인을 흘겨봤다. 짜야는 그들을 우주선 쪽으로 이끌었다. 무성한 푸른 숲에서 간신히 눈을 떼고, 진이가 물었다.

"표는 안 사도 되나요? 얼만가요?"

"제 개인 우주선을 이용할 거랍니다. 개인 우주선은 출입국 심사가 면제되니까, 큰 문제 없이 당신도 함께 갔다올 수 있어요. 데인, 어디로 가면 될까요?"

"저희 집에 간이 승강장이 있어요. 거기로 가면 되겠습니다. 그나저나 원래 살던 행성의 복식에 대해서 말씀해 주시겠습니까? 녹음기는 이미 켜두었으니 편하게 말씀하시면 됩니다."

짜야는 데인의 요청을 들은 척도 하지 않고 말을 이었다.

"주소 불러주세요. 아, 그리고 약효가 떨어질 때가 되었을 거예요."

짜야는 우주선 앞에서 초콜릿을 하나씩 더 나눠 주었다. 진이는 승강장 구석에 있는 작고 우아한 우주선을 보고는 감탄했다. 반 아이들을 데리고 현장학습을 오면 참 좋을 텐데. 우주를 좋아하는 아이가 누구였지. 준휘였나? 진이는 이런 생각들을 하며 우주선에 올랐다.

*

집에 간이 우주 승강장이 있다더니, 데인이 말한 자신의 '집'은 단순히 집 한 채가 아니었다. 안에 셔틀버스라도 다녀야 할 만큼 광활한 부지 곳곳에 집과 시설들이 자리잡고 있었다. 그들이 흰색 대리석으로 꾸민 승강장에 들어서자 편안해 보이는 유니폼을 착용하고 승강장에 대기하고 있는 사람들이 보였다. 집의 사용인들 같았다. 우주선을 보고 달려 나오던 이들은 데인을 보고 멈칫했다. 서로에게 눈짓하며 미적거리다가 한 사람이 떠밀려 나왔다. 그 사람은 내키지 않는 걸음으로 다가와 그들에게 인사했다. 진이는 그 모습이 이상하다 느꼈지만 데인이 아무 일도 없었다는 듯 짜야와 진이를 가리키며 말했다.

"내 이번 연구 대상자들이야."

"안녕하세…… 잠깐, 저도요?"

진이가 되물었다. 유니폼을 입은 사람 하나가 이를 무시하고 데인에게 물었다.

"그러면 연구실로 모실까요?"

"음, 아니? 일단 내 방으로 갈 거야."

그때, 승강장 저편에서 특이한 말소리가 들렸다. 데인을 닮은 누군가가 승강장으로 들어서며 무어라 말하고 있었다. 그는 통역기를 착용하고 있지 않았다. 쌍방이 통역기를 착용해야 비로소 서로의 말을 알아들을 수 있기에 진이는 그의 말을 알아들을 수가 없었다. 데인은 그에게 반갑게 손을 흔들며 말했다.

"우리 아버지예요. 아버지, 여긴 짜안체체게와 진이라고

합니다. 이번 연구를 위해 데리고 왔어요."

진이와 짜야가 인사하자, 데인의 아버지는 그들이 보이지 않는 듯 자연스럽게 지나쳐 데인에게 다가가 말했다.

"$#&%…! &@?"

"아뇨, 아버지. 방에 같이 간다니까요. 제 개인 동물원에서 키우려고 데려온 게 아니라고요."

"저기요, 제가 잘못 들은 거 아니죠? 동물원이요? 제가 아는 그 동물원이요?"

데인의 말을 들은 진이가 짜야에게 속삭였다. 짜야가 말했다.

"아마 맞을 것 같아요."

"참나, 데인이 왜 저렇게 됐는지 알겠네요."

"예전에는 정말 저렇지 않았어요. 가족들의 저런 모습을 닮을까 봐 두려워서 매일같이 악몽을 꿀 정도였는데……."

"지금은 닮은 것을 넘어 똑같은 사람이 되어버렸으니."

진이의 말에 짜야는 대답하지 않았다. 그저 고개만 떨굴 뿐이었다. 저편에서 시끄러운 소리가 났다. 데인과 그의 아버지가 싸우고 있었다.

"이건 장난이 아니에요! 어디까지가 인간이냐를 알아내는 건 저에게 중요한 일이란 말입니다!"

데인의 아버지는 소리를 지르는 데인을 바라보고 있었다.

진이는 데인 아버지의 표정이 어딘가 묘하다고 느꼈다. 승강장에 도착했을 때 사용인들에게 느꼈던 것 같은…… 어딘가 꺼림직한 듯한? 진이는 그렇게 생각하던 차에, 데인의 아버지가 그에게 한 마디를 툭 내던졌다.

"……."

데인은 그 말을 듣고 아무 대답도 하지 못했다. 데인의 아버지는 승강장을 나가버렸다. 유니폼을 입은 사람들도 그 뒤를 따랐다. 답답했던 진이가 발을 굴렀다.

"대체 뭐라고 했길래……."

"……인공지능을 이식해서 살린 것이 후회스럽다네요."

데인의 행성어를 알고 있었던 짜야가 조용히 대답했다. 진이가 소감을 말했다.

"집안 싸움 한번 살벌하네요."

데인은 아름답고 텅 빈 간이 승강장에 우두커니 서있었다. 그는 자신의 손이 이상한 생명체라도 되는 듯이 꼼꼼히 살펴봤다. 그리고 빛을 잃은 새카만 눈을 서서히 감았다. 숨을 들이마시고, 또 내뱉었다. 그는 한참 동안 숨을 쉬는 것에 집중했다.

그런 데인의 모습을 가만히 지켜보던 짜야가 그에게 다가가 어깨에 조심스레 손을 올렸다. 데인이 불현듯 눈을 번쩍 떴다.

"아, 이 승강장에 제 방까지 이어진 비밀 통로가 있다는 기억이 떠올랐어요!"

데인이 다시 쾌활한 목소리로 말했다. 진이가 물었다.

"그게 부모님이 제공한 데이터에 있었다면, 뭐랄까……비밀이 아니지 않을까요?"

"데이터베이스에 있는 정보가 아니라 뇌에 남아있던 정보입니다만? 저기요, 그건 편견 아닙니까? 제가 뇌 전체를 잃은 건 아닌데 말입니다?"

기가 막힌 진이가 아무 소리도 내지 못하고 있는 동안, 데인이 우주선을 정차한 승강장 바닥으로 성큼성큼 걸어갔다. 기름때가 묻은 기계 장치 몇 개를 익숙하게 조정하고 잡아당기자, 우주선 아래로 작은 문이 나타났다. 데인은 손을 과장스럽게 내저으며 문을 가리켰다.

"완전히 새로운 세계로! 여러분을 안내합니다."

그 말을 들은 짜야가 픽 웃었다. 진이가 어리둥절한 표정으로 그를 바라보았다.

"처음 향수를 주면서 똑같은 말을 했었어요."

짜야가 문으로 들어가며 말했다.

✳

　결과적으로, 그들은 방에 들어가지 못했다.

　방으로 가는 통로가 매몰되어 있었다거나, 분노에 가득
찬 데인의 아버지가 천 명의 하인을 이끌고 그들을 쫓아왔
다거나 한 것은 아니었다. 다만 통로 중간에 작은 문이 하나
있었고, 그 문을 열고 들어가 보니 바로 그의 조향 작업실이
있었기에 더 이상 들어갈 필요가 없었다고 하는 것이 맞을
것이다.

　작은 방이었다. 벽에는 수많은 작은 선반이 빽빽하게 달려
있었고, 그 선반에는 가지각색의 조그만 유리병들이 진열되
어 있었다. 천장에는 (진이로서는) 처음 보는 말린 식물들이
늘어져 있었고, 방의 제일 안쪽에는 환기를 위한 작은 창과
함께 향수 오르간이 있었다. 고대 극장의 관객석처럼 계단식
으로 되어있는 선반엔 관중 대신 수천 개의 향료병들이 자리
잡고 있었다. 진이는 코를 킁킁댔다. 생각보다 향이 강하게
나지는 않았다. 데인은 조용히 앞으로 걸어가 향수 오르간
앞에 앉았다. 짜야가 물었다.

　"무언가 기억나나요?"

　"……아무것도 기억 안 납니다. 그나저나 만들어둔 향수
가 어디엔가 하나쯤 있을지 모릅니다."

데인은 오르간 하단에 있는 서랍들을 마구 열어보았다. 서랍을 열 때마다 오르간 위의 유리병들이 달그락거렸다. 진이가 외쳤다.

"조심 좀 해요! 그러다 다 깨지겠어요!"

"뭐 어떻습니까? 이제 저에게 아무 의미 없는 원시적인 물건들인데."

"아니, 아까는 향수가 문명 어쩌고 했잖아요."

"문명화의 지표 중 하나라는 거지, 미개한 면이 있는 건 마찬가지입니다. 후각은 단세포 유기체가 주변의 화학 물질과 상호작용하던 방식을 그대로 따온, 그야말로 원시적인 감각입니다. 오감 중 후각만이 시상하부를 거치지 않고 뇌로 곧장 연결되죠. 후각에 집착하는 건 다시 말해 진화가 덜 된 열등한 유기체라는 것을 떠벌리고 다니는 것과 마찬가지입니다."

여기까지 재빠르게 말한 데인은 서랍에서 낡고 두툼한 원형 노트 하나를 꺼냈다. 그리고 슬픈 얼굴의 짜야를 흘끗 보고는 서랍을 살살 닫았다.

"작업 노트네요. 기억나요. 당신이 매일 들고 다녔죠."

데인 곁으로 다가온 짜야가 말했다. 데인은 노트를 펴보았다. 진이 역시 그들 옆에서 노트를 훑어보았지만 번역기를 따로 챙겨오지 않아 무슨 말인지 알 수가 없었다. 노트는 빽빽하게 글씨로 차있었고, 드문드문 마른 풀이나 씨앗 같은 것들이 부착되어 있었다.

"역시 멋진 나로군요. 이식 전에도 저는 인간이란 무엇인지에 대해 자주 생각했네요."

데인은 페이지를 넘기며 말했다. 그 옆에서 함께 노트를 보던 짜야가 씁쓸한 목소리로 덧붙였다.

"다만 지금과는 반대로…… 모든 인격체를 포용하려고 했었죠."

데인은 대답하지 않았다. 그저, 페이지를 하나하나 넘겼다. 진이는 말이 없어진 그가 마치 다른 사람처럼 느껴졌다. 무례하지만 쾌활하고 열정적이었던 청년은 사라지고 어딘가 텅 빈 눈빛을 한, 무기체만 남아있었다.

데인이 다시 입을 열었다.

"참 좋은 사람이었나 봐요. 이전의 저는."

짜야는 고개를 끄덕였다.

"이전의 저라면, 지금의 저를 인간으로 받아들여 주었을까요."

그는 잠시 입술을 깨물었다. 그리고 내뱉었다.

"가족들마저 소름 끼쳐 하는…… 인공물인지, 생물인지도 모를 저를 말입니다."

데인이 쥐고 있던 노트의 종이들이 부석거렸다. 짜야가 말없이 그의 손을 잡아, 떨림을 진정시켰다. 데인은 짜야를 외면하고 입술을 꾸욱 깨문 채 바닥을 보고 있었다.

"……그래서 그렇게, 인간의 범위에 대해 알고 싶어 했군요."

진이가 말했다.

＊

인공지능을 이식받고 깨어난 데인은 혼란스러웠다고 했다. 완벽하게 공정하고 치우치지 않은 데이터라는 것은 없었다. 세상이 그러하듯, 모든 데이터는 일그러져 있기 마련이었다. 자신이 받아들였던 데이터상에서 옳았던 것들이 현실 세계에서도 모두 옳지는 않았다. 그는 수많은 데이터를 학습했고 그 데이터가 보여주는 경향의 평균값대로, 그러니까 '일반적인 사람'을 기준으로 하여 행동했다.

그러나 그가 마주하는 얼굴들은 그를 일반인으로 보는 것 같지가 않았다. 그들은 종종 난감함, 안타까움, 분노, 때로는 경멸이 담긴 표정을 그에게 내보였다. 그는 어떤 것이 옳고 어떤 것이 옳지 않은지 알 수 없었다. 그리고 자신의 언행이 옳지 않다면, 데이터 속에서 드러나는 무수히 많은 사람들은 왜 옳지 않게 말하고 행동하는지도 이해할 수가 없었다.

"언뜻언뜻 생각이 났습니다. 그러니까, 당신에게서 나는 향을 맡았을 때 비밀 통로가 생각난 것처럼 말입니다. 그 기억의 조각들 속에서 나는……."

데인은 자신의 가슴께를 눌렀다.

"이렇지 않았던 것 같습니다. 저는 이전의 제가 되고 싶었습니다. 하지만 어떻게 해야 할지 알 수가 없었습니다."

그는 인간이란 무엇인지, 인간다움은 무엇인지 연구하기 시작했다. 그는 더 혼란스러워졌다. 무수한 역사 속에서 사람들은 서로를 미워하고 죽이고 대립하고 선을 그었다. 현대도 마찬가지였다. 세상 곳곳부터 온라인까지 그러한 데이터는 수도 없이 많았고, 따라갈 수 없는 속도로 재생산되었다. 인간에 대해 연구할수록 어쩐지 인간과 멀어지는 것만 같았다.

무수한 데이터가 그를 좀먹었다. 그는 파편처럼 나타나는 과거의 자신을 너무나 쉽게 잃어버렸다. 그는 데이터의 숲을 빠져나왔다. 사람들을 만나고 개개인을 마주하다 보면, 자신이 잃어버린 것이 무엇인지 찾을 수 있을 것 같았다.

"그래서 우리 가게에서 일하게 된 거예요? 어쩐지 사람 안 대해본 티가 나더라니. 아주 재앙이 따로 없었죠. 우리 4학년 학생들도 그쪽만큼 사고를 많이 치고 다니진 않았어요."

진이가 툴툴댔다.

"흥, 저 덕분에 현대적이고 이성적으로 재정비한 가게를 갖게 되지 않았습니까? 어쨌든, 조금 더 사람들을 만나다 보면 무엇이 사람인지 알 수 있을 것이고……. 그럼 저도 그렇게 될 수 있겠죠."

"뭐? 우리 가게에서 더 일하겠다고요? 절대 안 돼!"

진이가 경악해서 말했다. 그 말을 흘려듣고 노트를 확인하던 데인은 마지막 장을 펼쳤다.

"여기 있군요! 필요한 재료. 헬레니움 에센스 0.12밀리그램, 옥시코커스 오일 0.044밀리그램, 그리고 누군가를 위로하며 흘리는 눈물의 성분을 분석해서 그걸 베이스로 합성하라고 하는군요. ……아하! 멀리 갈 필요가 없겠습니다. 아주 적절하게 잘 우셨어요."

데인은 재빨리 짜야의 뺨에 작은 유리병을 갖다 대었다. 진이가 고개를 절레절레 흔들었다. 유리병에 담긴 눈물을 찰랑찰랑 흔들어 확인하느라 정신없던 데인은, 무심결에 짜야에게 손수건을 건넸다.

"그래도 여전히 당신은 당신이군요."

짜야가 눈물 속에서 웃으며 말했다.

＊

한편, 제44 은하계 환승터미널. 가짜 투자 정보로 인해 황량한 소행성 투어만 하고 예정보다 일찍 돌아온 원동웅 씨는 굳게 잠긴 가게 문과 그 앞에 붙어있는 '잠시 외출 중'이라 쓰인 종이를 보고 있었다.

원동웅 씨는 주머니와 가방 안쪽과 가방 안쪽에 붙은 주머니와 가방 옆주머니와 신발 밑창과 바닥 깔개 아래까지 뒤져보았다. 열쇠는 없었다.

"진이 이것을 그냥!"

원동웅 씨가 소리 질렀다.

EP 5

세상에서 제일 먼 만남의 광장

몇 시간째 가게에는 단 한 명의 손님도 오지 않았다.

원동웅 씨는 고양이를 쓰다듬으며 멍하니 앉아있었다. 청소라도 하려 했건만, 2주 전 가게를 봐주었던 진이가 그가 없는 동안 대체 무슨 짓을 해둔 것인지 가게는 먼지 한 톨 없이 깨끗했다. 진이가 맘대로 가게를 닫아버려서 그래, 하고 원동웅 씨는 생각했다. 한두 번 닫혀있는 가게를 본 손님은 다시 오지 않기 마련이다. 그가 자신의 거의 모든 시간을 가게에서 보내는 것도 그런 연유였다. 가게 뒷방에서 자고 일어나 가게를 보고 다시 가게 뒷방으로 돌아가는 삶. 목줄 매인 개처럼. 자신도 모르게 그렇게 생각한 원동웅 씨는 이를 흐트러트리려는 듯 고개를 흔들었다.

어딘가 갑갑하다는 생각이 들었다. 저번 '소행성 나들이'의 영향인지도 몰랐다. 무수히 많은 별들과 자신이 평범해 보일 정도로 너무나 다른 은하계의 사람들. 그들을 보고 있으면, 평생 자신을 괴롭혔던 자신의 붉은 머리나 이국적인 이목구비는 아무것도 아닌 것처럼 느껴졌다.

가게는 평생토록 자신의 껍데기로서 자신을 지켜주었지만 동시에 족쇄이기도 했다. 그는 가게를 떠나지 말라고 당부하던 어머니의 얼굴을 떠올렸다. 그리고 어머니의 품처럼 포근하고 서늘하고 답답한 가게를……

그때 가게 문이 벌컥 열리며, 원동웅 씨의 상념이 깨졌다. 고양이는 어느새 어디론가 숨어버렸다. 해쓱한 얼굴 하나가 가게로 불쑥 들어오더니, 또 하나가 잇따랐다. 그 뒤로도 무수히 많은 피곤해 보이는 얼굴들이 가게로 쏟아졌다.

손님들이 몰려오고 있었다.

＊

원동웅 씨는 터미널에 들어온 첫날을 떠올릴 수밖에 없었다. 손님들이 우르르 몰려와서 제멋대로 가게 물건들을 쓸어가는 모습이 그날과 똑같았다. 한꺼번에 들이닥친 손님들은 저마다 무언가를 집어와서 이런저런 화폐를 꺼내어 흔들었다. 굶주리고 목마른 그들은 가게의 간식과 음료들을 쓸어갔고, 좀약까지 먹으려는 걸 말리느라 원동웅 씨는 진땀을 뺐다. 대체 무슨 영문인지 알 수 없었던 원동웅 씨가 손님들에게 무슨 일이 있었냐는 질문을 계속해서 던졌으나, 그들은 말할 힘조차 남아있지 않다는 듯 고개를 젓고 가게 주변으로 흩어져 먹고 마실 뿐이었다.

배를 채우고 어느 정도 회복된 손님들은 올 때와 마찬가지로 순식간에 빠져나갔다. 조금 쌩쌩해진 손님 하나가 원동웅 씨의 질문에 드디어 대답해 주었다.

"차원 통로 일부에 문제가 생겨서 우주선이 모조리 연착됐대요."

원동웅 씨가 버리려고 따로 빼두었던, 유통기한이 간당간당한 음료수를 마시며 손님이 말했다.

"차원 통로 사용이 허가날 때까지 몇 시간 동안 우주선에 갇혀있었어요. 물도 안 주고. 목말라서 죽을 뻔했다고요. 오, 이거 맛있는데요? 시원해라."

손님은 한층 밝아진 표정으로 소나무 이파리가 그려진 캔을 흔들었다. 솔 음료수를 몇 개 더 산 손님은 목을 축이고 다시 승강장으로 향하는 다른 손님들과 함께 나갔다.

굶주린 메뚜기 떼가 지나간 자리처럼 초토화된 가게에서 원동웅 씨는 한동안 널브러져 있었다. 그는 불을 켤 생각도 못 한 채 가게 앞 천장 구멍 틈으로 비치는 노을빛이 사라지는 것을 바라보고 있었다. 오늘은 이만 장사를 접을지 고민하고 있던 차에(어차피 팔 것도 별로 남아있지 않았다), 가게 밖에서 흘러 들어오는 누군가의 말소리를 들었다.

"애기야, 같이 온 어른 잃어버렸니?"

아무래도 아이 하나가 길을 잃어버린 것 같았다. 사실 가게가 봉천 시장에 위치해 있을 적에도 종종 있던 일이었다. 놀러 나온 아이가 복잡한 봉천동 골목에서 길을 잃는다든지, 형제자매와 싸우고 집을 나온다든지 하는 일들은 언제나 있었다. 길 잃은 아이들은 으레 불이 켜져있고 달달한 간식거리 냄새가 풍겨오는 구멍가게로 쭈뼛대며 들어오기 마련이었다. 그런 아이들을 잘 달래서 집으로 보내주는 것도 구멍가게 주인 원동웅 씨의 부가적인 업무 중 하나였다.

하지만 몰려온 손님들을 응대하느라 너무도 피곤했던 원동웅 씨는 오늘만큼은 밖에서 들려온 목소리가 알아서 아이를 데려가 주기를 바랐다. 그러나 적당히 회칠을 해서 세운 얇은 벽으로 인해, 가게 밖의 목소리가 계속해서 원동웅 씨의 귀에 또렷하게 꽂혔다.

"말을 해봐. 왜 아무 말 없니? 무서워서 그래? 걱정 마, 언니 경찰이야."

히잇, 하고 숨을 들이켜는 소리가 들리더니 급한 발소리와 함께 가게 문이 벌컥 열렸다. 제 어깨에 멘 묵직한 가방보다도 작아 보이는 아이 하나가 원동웅 씨에게 달려와, 그의 다리를 껴안았다. 애들은 꼭 이렇게 나한테 자석처럼 들러붙더라고. 빈 맥주 박스 위에 걸터앉아 쉬고 있던 원동웅 씨가 이렇게 생각하며 한숨을 내쉬었다. 이윽고 가게 밖 목소리의 주인도 문간에 나타났다. 원동웅 씨가 본 적 있는 사람이었다.

곱슬머리를 쓸어넘기며 들어온 그는, 보라색 피부를 한 경찰이었다.

"당신, 그 멍청 경찰 3인방 아녀!"

원동웅 씨가 곱슬머리 경찰에게 삿대질을 하며 말했다. 곱슬머리 경찰이 억울하다는 표정으로 으쓱했다.

"아니, 멍청 경찰이라뇨. 너무하세요. 은하계 최고의 엘리트, 연합경찰 파견팀이라고요."

"다른 둘은 어딨어?"

"오늘은 저 혼자예요. 단독 파견이거든요! 드디어! 처음으로!"

곱슬머리 경찰이 들뜬 목소리로 말하자, 원동웅 씨가 빈정거렸다.

"오늘은 또 누구를 잡으러 온 거야? 당신들 때문에 그 떠돌이라던 단골 손님도 이제 안 온다고! 속이 시원해? 어?"

"그건…… 저라고 마음이 편한 줄 아세요? 오늘은 다른 일로 온 거예요. ……단독 파견으로!"

뭔 얼어죽을 놈의 단독 파견이야, 하고 툴툴대던 원동웅 씨는 다리를 꼬옥 하고 붙잡는 조그만 손을 느꼈다. 아래를 내려다보니, 그의 다리 뒤에 숨은 아이가 불신에 가득 찬 눈으로 곱슬머리 경찰을 바라보고 있었다. 원동웅 씨가 눈을 가늘게 뜨고 경찰을 노려보았다.

"이제 하다못해서 애를 잡아가? 할 일이 그렇게 없어?"

"아니에요! 오늘은 차원 통로 고장 때문에 사람들 통제하러 온 거예요. 그 아이는 가게 앞에 혼자 웅크리고 앉아있길래 말을 걸어본 거란 말이에요! 길 잃은 아이일까 봐."

경찰은 이렇게 말하더니, 아이에게 어색하게 웃어 보였다.

"이것 봐. 언니 하나도 안 위험한 사람이야. 배지도 있어! 우와, 나쁜 사람 때려잡는 경찰이다!"

곱슬머리 경찰이 배지를 마구 휘둘러 가상의 나쁜 사람을 때려잡는 시늉을 했다. 아이는 조심스럽게 맥주 박스 뒤로 돌아가더니 원동웅 씨 등 뒤로 더욱 깊숙이 숨었다. 원동웅 씨는 불량식품 진열대에서 조그만 사탕 하나를 꺼내어 아이에게 내밀었다("언제 이렇게 사탕이 줄어든 거람?" 진이가 사탕을 죄다 까먹은 것을 알아차리지 못한 원동웅 씨가 투덜댔다). 아이가 푸른빛의 손을 펴서 사탕을 쥐었다.

"먹는 거야. 먹어봐. 얌, 얌!"

원동웅 씨가 입에 사탕을 넣는 시늉을 하자, 아이는 따라 하더니 이내 사탕을 입에서 굴렸다. 불안하고 지쳐있던 아이의 표정이 밝아졌다. 아이의 오팔색 눈동자가 반짝이자 원동웅 씨는 저도 모르게 활짝 웃었다.

훈훈한 미소 사이로 보랏빛 손이 그들 사이로 불쑥 들어왔다.

"뭐야?"

원동웅 씨가 미소를 싹 지우고 불만스럽게 묻자, 곱슬머리 경찰이 손을 내밀며 말했다.

"저도 얌 주세요. 배고파요."

"얌은 무슨 얼어죽을 얌이야? 징그럽다, 징그러워!"

"차원 통로 해결될 때까지 저도 같이 우주선에 갇혀있었단 말이에요."

"돈 내."

원동웅 씨가 단호하게 말했다.

✳

원동웅 씨가 곱슬머리 경찰에게 받은 동전을 빈 사탕통에 넣는 동안, 사탕을 입에 문 경찰은 아이 앞에 쪼그리고 앉아

말을 걸고 있었다. 아이는 히잇, 하는 숨소리만 낼 뿐 아무 대답 없이 풀 죽은 듯 앉아있었다. 곱슬머리 경찰이 머리를 긁적거렸다.

"이상하네요. 저 원래 아이들에게 인기 많은데. 제복이 무서워서 그런가?"

"처음부터 겁을 주니까 그렇지. 비켜봐."

원동웅 씨가 경찰을 밀어내고 아이 근처에 박스를 끌어다 앉았다. 약간 질린 표정으로 경찰을 외면하던 아이는 원동웅 씨가 옆에 와서 앉자 눈을 반짝였다. 아이는 바닥에 닿지 않는 발을 박스에 동동 구르며 원동웅 씨를 쳐다보았다. 그 눈빛이 약간 부담스러웠던 원동웅 씨는 헛기침을 하고 말을 시작했다.

"여긴 무슨 일로 온 거니?"

아이가 아무 말 없이 원동웅 씨를 보고 웃었다.

"이 가게엔 애들이 많이 온단다. 그래서 아저씨가 잘 알아요."

원동웅 씨가 친절한 어조로 말하자, 아이는 더욱 환하게 웃었다.

"너…… 가출했지?"

아이의 입가에서 미소가 싹 사라졌다. 아이는 눈치만 슬쩍 살피고는 아무 말도 하지 않았다. 원동웅 씨는 목을 가다듬

196

고는 다시 입을 열었다.

"가출할 수 있어. 할 수 있는데 말이야, 가려면 이웃집이나 집 근처 구멍가게나 옆에 사는 할머니네 집이나 그런 부모 손 닿는 곳으로 가야지! 왜 말도 안 통하는 여기까지 온 거야? 위험한 줄도 모르고. 그러다가 큰일난다. 어? 그리고 남이 주는 사탕도! 어? 아무거나 받아 먹으면 되겠어?"

아이는 슬그머니 입에 든 사탕을 뺐다. 눈에 띄게 시무룩해진 아이는 원망의 눈길로 원동웅 씨를 쳐다보았다.

"나도 다 겪어보고 말하는 건데. 집 나가면 고생이다, 이 말이야. 아저씨가 이놈, 하기 전에 얼른 집으로 돌아가!"

아이가 울먹울먹한 표정으로 고개를 저었다.

"떽! 망태 할아버지한테 잡아가라고 한다. 집이 어디야? 얼른 말해봐!"

원동웅 씨가 짐짓 화가 난 표정을 지어 보이자 아이의 눈이 불안하게 흔들리기 시작했다. 망설이던 아이가 천천히 입을 열었다. 원동웅 씨가 아이에게 귀를 기울였다.

뿍뿍.

아이는 입을 뻐끔거리며 장난스러운 소리를 냈다.

"요놈, 어른한테 장난을 쳐!"

인상을 쓴 원동웅 씨가 아이의 이마를 살짝 튕기는 시늉을 했다. 이미 울상이었던 아이의 눈에 눈물이 차오르기 시작했다. 원동웅 씨가 놀라서 아이 이마와 자신의 손을 번갈아 쳐다보았다. 곱슬머리 경찰이 고개를 저으며 말했다.

"으휴, 겁을 주느니 마느니 잔소리하시더니. 정작 본인은 애 이마를 막⋯⋯."

"진짜 닿지도 않았어, 봐!"

원동웅 씨가 아이의 청금빛 도는 빤빤한 이마를 가리켰다. 자신에게 향한 손가락을 바라보던 아이의 반짝이는 눈동자가 가득 찬 눈물로 흐려졌다. 커다란 눈물방울이 또르르 아이의 뺨으로 떨어졌다. 천천히 아이의 입이 벌어졌다.

"_____"

아이가 울기 시작하자, 기이한 침묵이 방 안을 채웠다. 원동웅 씨는 아이가 입을 연 순간 주변 소리가 어떻게든 달라진 것은 알 수 있었다.

그러나 아무 소리도 들을 수는 없었다. 원동웅 씨는 달랠 생각도 차마 하지 못하고, 어리둥절한 표정으로 아이를 바라보았다.

"아, 아아!"

곱슬머리 경찰이 이마를 한 대 치더니 갑자기 소리쳤다.

"당신까지 왜 그래?"

"아아! 아!"

"왜 그러냐고!"

경찰의 괴상한 행동에 겁이 난 원동웅 씨가 버럭 소리쳤다. 원동웅 씨에게는 참으로 다행스럽게도 경찰은 의미 없는 아아, 소리를 멈추고 말을 이었다.

"애기야, 너 혹시 파그에넥에서 왔니?"

아무 소리 없이 펑펑 울고 있던 아이가 그 와중에 고개를 끄덕였다. 얼마나 울었는지 목에서 색색 소리가 날 지경이었다. 원동웅 씨는 허둥지둥하며 휴지를 갖고 왔다.

"아이고, 애가 참으로 똑똑하네. 어디서 왔는지도 알고. 뚝! 뚝 해! 아저씨가 재밌는 거 보여줄까?"

원동웅 씨가 눈물을 닦아주며 말하자 아이는 한 번 더 끄덕였다.

＊

원동웅 씨는 뚱한 표정으로 달고나를 만들고 있었다.

"10년 넘게 손 놨던 건데. 아이고 내 팔자야. ……너한테 한 소리는 아니니까, 얼른 뽑기나 해봐라. 어이구, 벌써 반이나 했어?"

툴툴대던 원동웅 씨는, 아이가 그를 걱정스러운 눈으로 바라보자 황급히 어조를 바꾸어 아이를 칭찬했다. 아이는 다시 고개를 숙이고 이쑤시개로 달고나의 별 모양 테두리를 콕콕

찌르기 시작했다.

원동웅 씨는 곱슬머리 경찰을 기다리고 있었다. 경찰은 원동웅 씨에게 아무런 설명도 하지 않은 채 애꿎은 이마만 자꾸 쳐대더니, 갑자기 어딘가에 연락을 해보겠다며 승강장 쪽으로 뛰어갔다. 휴대폰을 쓰면 되잖아! 원동웅 씨가 달려가는 그의 등 뒤에 대고 소리쳤으나 이미 그는 사라져 버렸다. 그리고 덩그러니 남은 원동웅 씨는 아직도 눈물을 펑펑 흘리고 있는 아이를 달래기 위해 먼지 쌓인 달고나 국자를 꺼낸 것이었다.

아이는 별 모양을 예쁘게 뽑아내는 데에 집중하고 있었다. 손님 몇이 가게에 들어왔다가 달고나 냄새에 이끌려 이를 사가는 와중에도 아이는 한 번도 돌아보지 않은 채 자신의 달고나 별만 바라보았다. 보석의 단면처럼 여러 색으로 반짝이는 아이의 머리카락 곳곳에 뽑기 부스러기가 묻어있었다.

생각보다 벌이가 쏠쏠하여 원동웅 씨가 달고나를 가게 품목에 넣을까 고민하던 차에, 아이가 고개를 번쩍 들었다. 아이는 묘한 표정으로 자신이 메고 온 가방을 바라보았다. 원동웅 씨는 아이가 울음을 터뜨렸을 때와 같은 이상한 침묵이 가방 속에서 들려온다는 것을 깨달았다. 침묵이 들린다는 생각은 자신이 생각해도 이상했지만, 아무튼 원동웅 씨는 무언가를 느낄 수 있었다. 아이가 머뭇대는 태도로 가방에서 단말기를 꺼냈다. 원동웅 씨가 들을 수 없는 어떠한 톤으로 일종의 전화 벨소리가 울리고 있는 것 같았다. 원동웅 씨는 아이가 전화를 받지 않고 있는 것을 보고 말했다.

"가만 보니, 드디어 집에서 전화가 왔구먼? 세상이 참 좋아졌어. 예전에는 부모들이 직접 쳐들어와서 집 나간 애들을 데려갔는데 말이야⋯⋯."

원동웅 씨가 옆에서 투덜대는데도, 아이는 단말기만 가만히 쳐다보고 있었다.

"혼날까 봐 무섭냐?"

아이는 대답이 없었다. 한숨을 내쉰 원동웅 씨가 손을 내밀었다.

"줘봐라. 내가 대신 얘기해 줄 테니까."

아이는 냉큼 원동웅 씨에게 단말기를 건넸다. 애 목소리처럼 아무 소리도 안 들리면 어떡하지, 하는 걱정이 불현듯 머릿속을 스쳤다. 원동웅 씨는 달고나가 묻어 약간은 끈적해진 단말기를 귀에 살짝 갖다댔다. 다행히 정상적인 목소리가 들려왔다.

"왜 전화한 거냐. 지금 어딘지 모르겠지만 당장 네 별로 돌아가거라."

예상했던 것보다 더 나이가 있는 목소리였다. 원동웅 씨 또래거나 그보다 좀 더 위인 것 같았다. 원동웅 씨가 대답했다.

"여기, 그…… 터미널에 있는 가게입니다. 저는 가게 주인
이고……."

상대방은 대답이 없었다. 원동웅 씨가 말을 이었다.

"거, 애 부모입니까?"

"……할머니요."

"와서 좀 데려가쇼."

아이는 달고나가 제 손에서 녹는 것도 모르고 숨죽여 통
화 내용을 듣고 있었다. 전화가 끊어졌나 싶어 원동웅 씨가
되물어볼 만큼, 아이의 할머니는 계속해서 말이 없었다.

"여보세요? 끊어진 줄 알았네. 어딘지 아시죠? 모르겠으
면 매표소에 가서 물어봐요."

"저랑 상관없습니다. 아이에게 자기 별로 돌아가라고 말
해주십시오."

그의 목소리는 아주 낮았다. 목소리가 큰 편이었음에도
불구하고 너무 낮아서 잘 들리지 않을 정도였다. 수많은 별
들을 넘으며 미세한 정보들을 손실했을 그 목소리는 어딘가
공허하고 결여된 것처럼 느껴졌다. 원동웅 씨가 발끈해서
말했다.

"뭔 말을 그렇게 합니까? 애가 걱정되지도 않아? 그러지
말고 데려가요. 지금까지야 운이 좋았지, 흉흉한 일이라도

당하면 어쩌려고?"

"그 애가 처음 나온 줄 아십니까? 그냥 그렇게만 말을 전해주십시오. 저는 못 갑니다. 이만 끊습니다."

전화가 끊어졌다. 원동웅 씨는 입을 딱 벌리고 끊어진 단말기를 들여다보았다. 그의 눈이 단말기를 바라보고 있는 아이의 슬픈 눈과 마주쳤다. 아이는 마치 이렇게 될 것을 알고 있었던 것 같았다. 원동웅 씨가 약간 망설이다가 조심스럽게 말했다.

"할머니가 너무 바쁘다고 하시네. 혹시 혼자 돌아갈 수 있겠니?"

아이는 눈을 슥슥 비비더니, 고개를 살래살래 흔들었다.

"혼자 가기 무서워서 그러냐? 데려다줄까?"

다시 한번 고개를 저은 아이는 완강하게 단말기와 원동웅 씨를 외면하고 있었다. 답답해진 원동웅 씨가 언성을 높였다.

"고집 그만 부리고! 너 여기 살 거야?"

아이의 눈에서 다시 눈물이 툭툭 떨어졌다.

"오늘 아주 평생 흘릴 눈물 다 쓴다. 그만 울어! 그러다 나처럼 나중엔 울고 싶어도 못 울게 되려고. 별 뽑기 마저 만들어야지? 아이고, 다 뭉그러졌네. 울음을 뚝 하고 그치면, 새 걸로 아주 크게 다시 만들어줘야겠네."

원동웅 씨는 별 모양 틀을 흔들며 아이를 달래려고 애를 썼다. 그때 가게로 돌아온 곱슬머리 경찰이 원동웅 씨 옆에 놓인 단말기를 보고 외쳤다.

"엑, 통신기 있었으면서! 왜 말씀 안 하셨어요. 괜히 왔다 갔다 했잖아!"

"내 거 아냐."

원동웅 씨가 말했다. 그제야 소리 없이 울고 있는 아이를 본 경찰이 놀라서 아이에게 달려갔다.

"왜 울어? 여기 아저씨가 또 딱밤 때렸니? 이 못난이 아저씨, 언니가 수갑 채워서 연행할까?"

"괴상한 소리 할 거면 나가!"

"이 아저씨는 틈만 나면 나가래. 애기야, 왜 울어? 이런 이상한 가게에서 나가서 언니랑 경찰서 가자."

그 소리를 들은 아이가 놀라서 딸꾹질을 하자 원동웅 씨가 아이를 제 몸 뒤에 숨기고 소리쳤다.

"애한테 경찰서 가자는 소릴 왜 해! 하여간 도움이 안 돼 저번부터!"

"도움되거든요? 저희 은하계까지 가서 대사관에 연락 넣고 온 거라고요."

"나는 애 할머니한테 전화 받았어!"

이렇게 말한 원동웅 씨는 아이를 흘깃 쳐다보았다. 아이가 울음을 참고 있는 것이 느껴졌다. 아이의 태도에선 일종의 체념 같은 것이 느껴졌다. 이게 처음인 줄 아십니까. 아이 할머니의 낮은 목소리가 다시 귓가에 들리는 듯 했다. 아이의 머리를 슥슥 헝클어트린 원동웅 씨는 경찰에게 살짝 속삭였다.

"아무래도 애 가족들 사정이 어지간한가 봐. 와서 데려가라고 했더니, 애보고 알아서 집에 가라고 하라네? 불쌍한 녀석……."

그 말을 들은 경찰은 한숨을 내쉬고는 조용히 말했다.

"아마 저 별의 가족들 모두가 그럴 거예요."

*

아이를 달래어 재워두고 경찰은 이야기를 이어나갔다.

그의 말인즉 아이의 목소리는 원동웅 씨 같은 중년 아저씨는 들을 수 없는 가청 주파수 음역대 너머에 있었다. 아이의 종족은 성장과 노화의 단계에 따라 성대와 청각 기관의 구조가 조금씩 변화하는 신체를 가졌다고 했다. 중년은 청년의 목소리를 들을 수 없었고, 청년은 아이들의 목소리를 들을 수 없었다. 들을 수는 없지만 어렴풋이 감지할 수 있는 아래 세대의 음성은 그 위 세대에게 일종의 불쾌감을 조성했다. 아이들이 떠들기 시작하면 청년들은 귀를 막았고, 청년들이 이야기를 시작하면 중년이, 중년이 입을 열면 노년층이 귀를 막았다. 반대로 아래 세대는 자신들의 말을 듣지 못하는 위 세대를 답답하게 여겼다. 그들은 '귀가 막힌' 세대를 경멸했다. 그들은 점차 음역대에 따라 세대를 나누었다.

"놀랍지도 않네. 여기라고 서로 선을 안 긋는 줄 알아? 아무리 그래도 그렇지, 어른이 되갖고 옹졸하게 말야. 저 조그만 애를 혼자 돌아다니게 놔둔다고? 난 용납 못 해."

원동웅 씨가 완고하게 말했다. 경찰은 어깨를 으쓱했다.

"글쎄요. 만약 서로의 목소리가 불쾌한 피로감을 가져온다면…… 서로를 절대로, 아예, 영원히 이해할 수 없다면 어떻겠어요?"

"나도 요즘 젊은 애들 뭔 소리 하는지 통 모르겠거든?"

서로 말이 통하지 않는 자들은 멀어질 수밖에 없었다. 아이는 부모를 이해할 수 없었고, 늙은이는 젊은이를 이해할 수 없었다. 아이는 나이를 먹어 겨우 부모의 음역대에 도달했지만, 부모는 이미 그 다음 음역대로 넘어간 후였다. 그들은 영원히 소통할 수가 없었다.

갑자기 어디선가 새액 새액, 하는 소리가 나는 것 같았다. 무심코 옆을 내려다본 원동웅 씨는 아이의 얼굴을 보고 깜짝 놀랐다. 아이는 이상할 정도로 얼굴이 푸르게 질린 채 식은 땀을 흘리고 있었다.

"애, 애가 왜 이래?"

"어? 어어…… 저도 몰라요! 어떡하죠?"

원동웅 씨는 벌떡 일어나 아이의 이마에 손을 대보자, 관자놀이 부근의 맥이 빠르게 뛰고 있는 것이 느껴졌다. 아이의 목에서 목이 졸리는 것 같은 소리가 나고 있었다. 당장이라도 숨이 넘어갈 것만 같았다. 마음이 급해진 원동웅 씨는 주변을 이리저리 둘러보았다.

"병원, 병원!"

"여기 병원으로 가야 하나요? 아……! 전 왜 혼자 파견된 거죠? 사수, 사수한테 물어봐야 하는데!"

"당신들 이 정류장 밖으로 못 나가잖아! 일단 창구 직원한테 물어보든, 애 고향으로 가든 하자고!"

원동웅 씨는 아이를 안아들었다. 매표소 방향으로 달리기 시작했다. 아이의 목에서 으으, 하는 소리가 새어 나왔다. 달리는 와중에도, 아이에게서 들은 유일한 소리가 그것이라는 것이 원동웅 씨의 마음을 아프게 했다. 곱슬머리 경찰은 그보다 먼저 달려 매표소 쪽으로 사라졌다.

원동웅 씨가 매표소에 도착했을 때, 경찰은 불 꺼진 매표소 앞에 서있었다. 그 주변엔 승객 몇몇만이 환승 시간을 기다리며 시간을 죽이고 있었다. 곱슬머리 경찰이 떨리는 목소리로 말했다.

"아직 안 열었대요. 그리고 방금 전에 통로에 또 문제가 생겨서 우주선이 못 뜬다고……."

"애가 죽어가는데!"

원동웅 씨가 소리 질렀다. 그 소리를 들은 승객들이 원동웅 씨 주변으로 모여들었다. 어떤 이는 통역기를 끼고 있었고, 어떤 이는 끼고 있지 않았다. 알 수 없는 말들과 알아들을 수 있는 말들이 한데 섞였다.

"에고, 얘가 왜 이래요?"

"!@^&&?"

"병원 가야 하는 거 아니에요?"

"&&! &&!"

"그 병원을 지금 못 가니까 그런 거 아냐!"

원동웅 씨가 거의 의식을 잃은 듯한 아이를 벤치에 뉘이며 외쳤다. 아이를 안았던 손에 달고나 부스러기가 묻어난 걸 본 원동웅 씨의 눈에서 왈칵 눈물이 터졌다. 그의 어깨 너머로 낯익은 목소리가 들렸다.

"동웅 씨, 가게에 필수 구비 품목 있죠. 그게 필요해요."

원동웅 씨가 고개를 돌렸다. 정장 입은 손님이 그의 뒤에서 몸을 숙이고 아이를 들여다보고 있었다.

*

가게로 급히 돌아온 원동웅 씨는 정장 손님의 지시에 따라 필수 구비 품목을 뒤져 비상용 호흡기를 찾았다. 아이에게 비상용 호흡기를 씌우자 아이의 상태가 급격히 호전되었다. 정장 입은 손님은 착잡한 표정으로 아이 곁에 앉아있었다.

"대사관에 잘 연락하셨습니다. 덕분에 바로 왔어요. 위험할 수도 있는 상황이었는데."

"저요, 제가 연락했습니다!"

곱슬머리 경찰이 열성적인 목소리로 외쳤다. 정장 손님은 원동웅 씨에게 말했다.

"무아가 사는 별, 파그에넥의 대기는 여기와 조금 다릅니다. 그곳의 이산화탄소 수치가 훨씬 높죠. 어린아이라 더 힘들었을 거예요."

"애 이름이 무아인가? 아는 애요?"

원동웅 씨가 묻자, 정장 손님이 조용히 대답했다.

"무아무아는…… 제 할아버지 친구의 손주예요. 파그에넥 출신 아이라는 이야기를 들었을 때, 무아일 것 같다는 생각이 들었죠."

"그럼 이 애의 할머니를 안다는 거지? 가만, 그럼 가족한테 연락을 해야지! 애가 쓰러졌는데."

"……안 하시는 게 나을지도 모릅니다. 호흡기를 착용하고 조금 쉬면 거의 정상으로 돌아올 거예요. 제가 데려다주도록 하겠습니다. 잠시만요. 대사관에 연락 좀 하고, 차원 통로가 재개되었는지 확인하고 오겠습니다."

정장 손님이 아이의 것과 비슷한 단말기를 품속에서 꺼내들더니 가게 밖으로 나갔다. 원동웅 씨는 비상용 호흡기를 찬 채 가느다란 숨소리를 이어가고 있는 아이를 바라보고는 아이의 이마를 쓸어주었다. 그리고 화가 난 목소리로 말했다.

"그게 무슨 말도 안 되는 소리야! 가족들도 알 건 알아야지. 그리고 애가 깨어나 봐. 아플 때 가족이 없으면 얼마나 서러운데. 자, 보자. 이게 통화목록인가?"

원동웅 씨는 아이의 가방에서 단말기를 꺼내어 버튼을 마구 눌렀다. 옆에서 경찰이 헉, 하고 숨을 들이켜는 소리가 났다.

"조심하세요……. 그거 진짜 비싼 건데……."

"흥, 애들이 들고 다니는 장난감 전화기가 비싸봤자지."

"저 연합경찰 소속인데도 그게 없어서 본부 다녀왔잖아요……."

원동웅 씨는 범죄자에 맞서기엔 영 간이 작은 듯한 곱슬머리 경찰의 걱정을 무시하고 버튼을 눌렀다. 조심성 없는 원동웅 씨의 손톱이 버튼을 하나씩 누를 때마다 으윽, 하는 소리를 내던 경찰이 보다 못해 조심스레 통화 버튼을 눌러주었다.

원동웅 씨는 (경찰의 설명에 따르면) 자신이 들을 수 없는 고주파 음역대의 신호음을 들으며 기다렸다. 잠시 후 익숙한 목소리가 들렸다.

"또 뭐냐? 어차피 안 들리니까 전화하지 말라고 했잖냐."

"저요, 가게 주인. 당신 애 말인데, 지금 아주 큰일 났어."

전화기 너머로 한숨 소리가 들려왔다.

"아주 애 숨이 넘어가게 생겼으니 지금 당장……."

아이 할머니가 말을 이었다.

"당신, 가게 주인 맞아? 솔직히 말해. 어느 당에서 보냈지?"

"엥? 갑자기 뭔 소리야?"

원동웅 씨는 혹시 잘못 들었나 싶어 전화기를 귀에서 떼고 흔들었다.

"나한텐 안 통해. 나는 애가 어떻게 되든 상관없으니 그런 걸로 거래할 생각 말게나."

"헛소리 그만하고. 지금 애가 쓰러졌다고! 그러니까……."

"당신…… 사주받았으면 내가 누군지 들었을 텐데. 내가 그 모든 가족들을 떼어놓은 장본인이야. 가족이고 뭐고, 나에게는 어차피 다시는 못 볼 사람들이라고!"

"뭔 사주를 받아? 무슨 소리를 하는 거야! 당신 애가 큰일 났다니까!"

원동웅 씨가 전화기에 대고 소리를 질렀다. 전화가 끊어 졌다.

"뭐가 문제야, 이 인간은?"

원동웅 씨는 단말기를 쾅 내려놓자, 경찰이 기겁했다.

"아이고, 아저씨. 제발…… 이거 제 연봉보다 비싼 거예 요……."

그 말을 들은 원동웅 씨는 단말기를 조심스럽게 들어 흠 집이 났는지 확인했다. 그리고 아이에게 덮어준 얇은 담요 위에 슬쩍 올려놓았다. 그와 경찰은 아이를 멍하니 바라보았 다. 후텁지근한 가게의 열기를 몰아내기 위해 틀어둔 선풍기 소리만이 가게를 맴돌았다.

"아저씨, 애기가 불쌍하긴 한데, 그냥 놔두는 게 낫지 않을 까요?"

"애가 할머니 보고 싶어 하는 눈치던데, 그걸 그냥 두라고?"

경찰이 조심스레 말하자 원동웅 씨가 툴툴댔다.

"파그에넥 말이죠, 아저씨가 생각하는 것보다 훨씬 심각 해요. 전쟁 나기 직전에 겨우 흩어진 거라니까요. 거기 별들 다 폭파될 뻔했어요, 진짜로."

"당최 무슨 소린지 모르겠지만, 아무튼 난 그냥 못 둬."

원동웅 씨의 완고한 태도에 경찰은 한숨을 쉬었다.

원동웅 씨는 그 소리를 들었지만 경찰을 보지 않았다. 그는 자신의 어머니를 생각하고 있었다.

가장 아끼던 막내딸이 '혼혈' 아이를 낳았을 때, 원동웅 씨의 할아버지는 다신 딸의 얼굴을 보지 않겠다 했고 평생 그말을 지켰다. 가출했던 딸이 아비 모를 아이를 배 속에 품고 왔을 때도 따뜻하게 맞아주었던 그였건만, 누가 봐도 가족 같지 않은 괴상한 이목구비의 손주는 그에게 감당할 수 없는 수치였다.

주변의 시선을 견디다 못한 딸이 제 아이와 함께 동네를 떠났을 때도 원동웅 씨의 할아버지는 그들을 찾지 않았다. 딸 걱정에 가슴앓이하던 동웅의 할머니가 구멍가게를 하나 마련해 주었을 때도 할아버지는 그들을 외면했다. 그러나 멀쩡하게 살아있는 딸 하나를 잃은 상실감은 컸는지, 할아버지는 머지 않아 세상을 떠났다.

할아버지의 부고 소식이 들려온 날, 어머니는 본가에 가지 못했다. 대신 그는 가게 카운터 뒤에 우두커니 앉아있었다. 그즈음 부쩍 가게를 답답하게 여기던 어린 동웅은 어머니에게 밖에 나가자고 칭얼댔다. 그는 어머니의 눈이 충혈되는 것을 알아차리지 못했다. 어머니는 그를 밀쳤다. 나도 싫어,

이 가게가 지긋지긋해. 그리고 아버지를 부르며 울었다.

어린 동웅은 두려웠다. 가게가 지긋지긋하다고 말하는 어머니의 말이 왜인지 그가 지긋지긋하다는 말로 들렸다. 그는 자신도 모르게 자기 머리를 쥐어뜯었다…….

"나는 그냥, 이 애가 가족들 곁으로 돌아갔으면 하는 거야. 더 돌이킬 수 없어지기 전에."

가만히 듣고 있던 곱슬머리 경찰이 갑자기 입을 떡 벌렸다. 원동웅 씨가 경찰의 시선이 멈춘, 가게 문 너머로 고개를 돌렸다. 좁은 문 사이로 가게 바깥이 보였다. 그리고 그곳은 제복을 입은 수많은 사람들로 둘러싸여 있었다. 그들은 총을 겨누고 있는 것 같았다. 가게 밖에서 소리가 들려왔다.

"당신들은 포위됐다! 1.2초 내로 투항하라! 0.4초! 0.8초! 1.2초!"

✳

"저는 연합경찰 소속이라고요!"

주전부리 진열대에 얼굴이 짓눌린 곱슬머리 경찰이 소리쳤다. 경찰에게 수갑을 채우고 있던 검은색 이어마이크를 낀 남자가 이를 악물고 말했다.

"더러운 놈들, 이제 경찰까지 매수하다니……."

"아니, 뭘 매수해요? 파견된 경찰이라니까!"

"닥쳐라, 역겨운 부패 경찰!"

"제발 사람 말 좀 들으라고, 미친 인간들아!"

"하! 저번에 내가 어떤 심정이었는지 드디어 알겠지?"

역시나 카운터에 얼굴이 짓눌린 채 결박된 원동웅 씨가 가까스로 곱슬머리 경찰에게 고개를 돌리고 말했다.

"지금 그게 문제예요? 잠깐 수갑 좀 풀어줘요! 경찰 배지를 보여줄 테니까."

"그런 것 따위는 보여주지 않아도 돼요. 그래서 내가 경찰이 아닌 경호 팀을 데리고 다니는 겁니다. 적어도 매수자들이 내가 주는 돈보다 많이 주진 못할 테니까."

어딘가 낯익은 목소리가 원동웅 씨의 귀에 들려왔다. 고개를 돌려 확인하고 싶었으나 사람들이 그의 어깨를 꽉 누르고 있어 더 이상 고개를 움직일 수 없었다. 그의 귓가에 숨이 훅, 스쳤다. 아주 낮은, 동굴처럼 서늘한 목소리가 원동웅 씨의 귓가에 속삭였다.

"……좋은 말로 할 때 멈췄어야지."

원동웅 씨가 잘 움직이지 않는 고개를 어렵게 틀었다. 오팔색의 머리카락이 그의 고개 옆으로 쏟아졌다. 청금석처럼 반짝이는 푸른 피부에 우아한 주름이 져있었다. 아이와 꼭 닮은 노인이 원동웅 씨를 차가운 눈으로 내려다보고 있었다.

그때, 문 쪽에서 정장 손님의 목소리가 들렸다.

"이게 다 뭡니까? 뭐 하시는 거예요?"

노인은 고개를 들고 표정을 환하게 펴더니 정장 손님에게 말했다.

"엘레, 오랜만이구나. 여긴 어쩐 일이니?"

"동웅 씨가 무슨 잘못이라도……."

정장 손님의 목소리에서 당황한 기색이 느껴졌다. 여전히 결박되어 카운터의 나뭇결만 바라보던 원동웅 씨는 끙, 하는 소리를 냈다. 그의 위에서 낮은 목소리의 노인이 말했다.

"이 더러운 납치범 말이냐?"

"가게 주인이라고 몇 번을 말해!"

원동웅 씨가 버럭 소리를 지르자 그를 누르고 있던 손에 힘이 더해졌다.

"그 사람은 그냥 평범한 가게 주인 맞아요. 무아가 길을 잃어서 잠시 데리고 있던 건데……."

정장 손님이 말을 덧붙이자 원동웅 씨 어깨를 누르던 손이 갑자기 힘을 싹 풀었다. 어쩌죠. ……풀어줘. 풀어, 야, 풀어, 풀어. 그의 위로 소곤대는 소리가 들리더니, 원동웅 씨는 갑자기 자유의 몸이 되었다. 옆에서 끄으, 하면서 곱슬머리 경찰이 일어나는 소리도 들렸다.

"저……."

노인이 입을 열었다.

영원히 펴지지 않을 것처럼 잔뜩 미간을 찌푸린 원동웅 씨는 단호하게 손가락을 들어 그의 말을 막았다. 그 손가락으로 자신의 얼얼한 어깨를, 벌써 부풀기 시작한 멍을, 엉망이 된 가게를 가리켰다. 그리고 맥주 박스와 남는 담요로 만든 간이 침상에서 잠든 아이를 가리켰다.

억울하게 피해 입은 모든 곳을 하나하나 가리키고 있는 험악한 표정의 원동웅 씨를 보고 낮은 목소리의 노인이 말했다.

"……죄송합니다."

＊

"최근 들어 협박이 심해지고 있었습니다. 분리 정책을 반대하는 세력들이…… 그러니까 과격파가 많았거든요."

아이의 할머니가 낮은 목소리로 말했다.

"뭔 또 분리 정책에 과격파에 협박이야? 당신들은 뭐 그렇게 복잡하게 살아. 그리고 이건 뭔데 이렇게 냄새가 독해?"

원동웅 씨가 킁킁대며 말했다. 그의 어깨를 제일 세게 눌렀던 경호 팀장이 붙여준 약 냄새가 너무 이상하여, 그로서는 어쩔 수 없었다.

"근육 통증을 완화하는 경피 패치입니다. 관절염에 아주 잘 들어서, 주기적으로 대량구매를 하곤 하죠."

경호 팀장이 진지한 목소리로 말하자, 경호 팀원들이 끄덕거렸다. 정말 이상하기 짝이 없는 사람들이었다. 원동웅 씨는 결박에서 풀려나서야 경호 팀 사람들을 제대로 살펴볼 수 있었는데, 그가 놀란 부분은 경호 팀 모두가 아이 할머니와 비슷한 연배의 노인들이었다는 것이었다. 나이를 어림짐작해 보면 그렇게 쉽게 제압된 것이 억울할 지경이었다.

또 한 가지 원동웅 씨가 이질적이라고 느꼈던 점이 있었다. 아이를 구하자고 그 요란을 떨었던 아이 할머니와 경호 팀이 막상 급박스러운 상황이 지나간 지금은 아이가 이 자리가 없는 것처럼 행동하고 있다는 것이었다. 아이 할머니는 호흡기를 낀 아이가 보이지도 않는 것처럼 아예 아이를 등지고 앉아있었으며, 경호 팀 사람들도 공연히 가게 여기저기에 시선을 두며 멀뚱히 서있었다. 원동웅 씨가 입을 열었다.

"당신들 참 이상해. 애 구하러 왔으면 애 데리고 얼른 가. 뭐 하는 거야?"

관절염에 잘 든다는 패치에 대해 한창 설명하던 경호 팀장이 입을 다물었다. 호흡기를 통해 들려오는 아이의 쌕쌕,

하는 숨소리만이 가게를 채웠다. 아이 할머니가 침묵을 깨고 말했다.

"아이가 무사한 거라면 됐습니다. 저희는 이만 돌아가 볼 테니 아이가 깨어나면 집에 돌아가라고 해주십시오. 가게에 끼친 피해에 대해선 따로 청구하시길 바랍니다."

"아니, 여기까지 와놓고 어딜 먼저 간다는 거야? 기다렸다 가 애 데리고 가!"

황당해진 원동웅 씨가 소리를 질렀다. 아이 할머니의 눈동 자가 흔들렸다. 입술을 깨문 그가 나직하게 말했다.

"저는…… 그렇게 할 수 없습니다."

"가만 보니 사람이 왜 그렇게 매정해? 애 호흡기 낀 거 안 보여?"

원동웅 씨가 아이 옆에 서서 화를 냈다. 정장 손님이 끼어 들었다.

"동웅 씨, 잠시만…… 나와보세요. 설명해 드릴게요."

정장 손님은 원동웅 씨를 붙잡고 가게 문을 나섰다. 그의 곁에 뻘쭘하게 서있던 경찰 역시 슬그머니 가게 밖으로 따라 나왔다.

여름임에도 불구하고 가게 밖은 약간 서늘했다. 천장 구멍 으로 별이 간간이 떠있는 밤하늘이 보였다. 세 사람은 평상 에 걸터앉았다. 아이 할머니와 경호 팀이 들이닥치기 전, 원동웅 씨가 피워두었던 모기향이 약간 남아 맵싸한 연기를 피워내고 있었다. 곱슬머리 경찰이 속삭이듯 말했다.

"너무 놀라서 아무 말도 못했어요. 저 사람, 엄청 유명한 정치인이잖아요!"

"우리나라 대통령 얼굴도 가물가물한데 내가 그런 걸 어떻게 알아."

원동웅 씨가 퉁명스럽게 말했다.

"저 분이 파그에넥에서 분리 정책을 펼친 장본인이에요."

"아까부터 뭔 분리 정책이야?"

곱슬머리 경찰의 말에 따르면, 아이의 고향인 파그에넥은 단일 행성이 아니었다. 소행성들이 비슷한 궤도를 따라 도는 소행성체군이었다. 소행성은 무수히 많지는 않으나 반목하고 있던 각 세대가 따로 살아갈 정도의 개수는 되었다.

"뭐? 그러면 세대별로 다른 행성에 산단 말야? 그런 바보 같은 일이 어딨어?"

"갈등이 상상을 초월했거든요. 이미 국지전이 벌어지고 있는 상태였죠."

정장 손님이 어두운 목소리로 말했다.

서로의 목소리를 들을 수 없었던 이들은 결코 서로를 이해할 수 없었다. 헤르츠로 된 무형의 벽이 그들을 갈라놓았다. 그 틈은 점점 깊어졌다. 가벼운 반목은 조롱과 시비가 되었고 다툼, 폭행 그리고 살인으로까지 이어졌다. 특히 경제가 흔들리고 모두가 힘든 시기에는 그러한 갈등이 더 심했다. 누구든 탓할 사람이 필요했다. 전쟁의 그림자가 드리웠다.

"그래요. 제가 그렇게 했습니다. 저희 사이에 유형의 벽을 세운 거죠. 더 이상 서로가 죽고 죽이는 꼴을 볼 수 없었습니다."

낮은 목소리가 들려왔다. 경호 팀장과 함께 가게를 나온 아이의 할머니가 평상 옆 나무에 기댔다. 그는 눈을 내리깐 채, 자신이 '저지른' 정책에 대해 설명했다.

지구 시간으로 약 6년 전, 그렇게 그들은 세대별로 다른 행성에 살게 되었다. 새로 태어난 세대는 최소한의 보육을 마친 후, 다음 세대를 위해 준비해 둔 빈 소행성에 보내졌다. 모두가 만족했다. 그들은 말이 통하지 않던 시대를 곧 잊었다. 물론 그 안에서 또 새로운 갈등이 생겨나긴 했다. 하지만 최소한 각 행성의 주민끼리 서로의 말을 들을 수는 있었다.

"아무리 말이 안 통해도 당신들은 어른이잖아. 어른이 애들을 다독여야 할 거 아냐?"

원동웅 씨가 열내며 툴툴대는 것을 바라보던 경호 팀장이 그에게 다가섰다.

"이걸 보십시오."

경호 팀장은 검은 제복의 소매를 걷었다. 그의 금속성 팔이 별빛을 받아 반짝였다. 이를 본 원동웅 씨가 말했다.

"어이쿠, 그래서 그렇게 정정하고…… 팔 힘이 좋으셨구먼."

경호 팀장이 자신의 의수를 바라보며 중얼거렸다.

"……모르는 청년들이었어요. 갑자기 저를 덮쳤죠. 이 불공평한 사회에 본때를 보여주고 싶었다더군요. 가까스로 목숨은 건졌지만, 제 팔은 이미……. 그들이 제 코앞에서 폭행을 모의했다는 걸, 나중에야 들었습니다. 전 그들의 목소리가 들리지 않았으니까요."

"그런 일이 비일비재했어요. 그렇다고 청년들만 노인을 공격한 것도 아니었죠. 그냥 서로가 서로를 너무나 미워하고 또 증오했어요. 서로를 죽이고 싶을 정도로. 그게 유일한 해결책이었어요."

"그러는 당신은, 저 애를 미워하나?"

원동웅 씨가 가게 안을 고갯짓하며 물었다. 아이의 할머니는 대답을 하지 않았다.

"그렇게 미워하는데, 왜 슈퍼 노인 부대를 이끌고 찾으러 왔어?"

아이의 할머니는 입술을 깨물고 이를 악물며 말했다.

"무아는 아마……. 저를 만나러 집을 나온 걸 겁니다. 그렇게…… 저를 찾지 말라고 했는데도. 그런 애가 납치되었다고 생각하니……."

원동웅 씨는 어머니를 생각했다.

머리를 쥐어뜯던 어린 동웅의 손을 어머니가 잡아 내렸다. 차가운 표정에 어린 동웅은 섬찟했다. 그는 저도 모르게 엄마, 미안해, 미안해…… 하고 웅얼거렸다.

동웅의 어머니가 어두운 표정으로 손을 갈퀴처럼 세우는 걸 보고 어린 동웅은 눈을 꾹 감았다.

그리고 어머니는 그를 간질이기 시작했다. 어린 동웅은 웃었다. 너무 웃어서 눈물이 흐를 지경이었다. 아이는 웃다가 웃다가 지쳐 울었다. 어린 동웅이 웃고 울면서 엄마를 안았다. 어린 동웅의 빨긋한 정수리로 눈물이 후두둑 떨어졌다. 엄마는 여기가 참 좋아. 네 할아버지를 떠나도 괜찮을 만큼.

어린 동웅은 그 말을 이해하지 못했다. 그에게 어머니는 너무 혼란스러운 사람이었다. 그러나 미움과 눈물과 웃음과 사랑이 섞인 무언가가 지금껏 그를 지탱했다. 가게에 남아 그럭저럭 행복하게 살게 만들어 주었다.

"잔말 말고 애 데려가. 당신 바보야? 나중에 후회한다."

원동웅 씨가 말했다.

"모르면서 그렇게 말하지 마십시오. 제가 그 정책을 추진한 인간이에요. 제가 모두를 갈라놓았단 말입니다."

아이 할머니는 이렇게 대꾸하고는 가만히 서있었다. 한참 후에 그는 나지막히 중얼거렸다.

"제가 잘못한 걸까요……."

"아, 서로 다 죽고 죽이고 있었다며. 떼놔야지 어떡해? 잘
했어, 잘했지."

원동웅 씨가 퉁명스럽게 소리치며 말을 이었다.

"그렇게 보고 싶으면 여기서 보면 될 거 아냐. 다들 여기서
만나라고 해. 여긴 당신들 별이랑 상관없잖아."

가게에 남았던 어린 동웅은 청년이 되었고, 장년이 되었
고, 노년을 바라보는 나이가 되었다. 긴 시간을 거쳐야만 비
로소 이해가 되는 말들이 있었다. 어머니의 말이 이제야 원
동웅 씨에게 닿은 것 같았다.

가게 안에서 시끌시끌한 소리가 나더니 아이와 함께 경호
팀이 우르르 나왔다. 아이는 곧바로 뛰어와 자신의 할머니에
게 안겼다.

"——! —!"

아이 할머니는 흠칫 놀랐지만 가만히 서있었다. 경호 팀
노인들이 애틋한 눈빛으로 아이를 힐끔힐끔 바라보고 있었
다. 자신의 아이를, 손주를 떠올리듯. 정장 손님이 그들을 인
도했다. 그들은 가게를 떠나갔다.

"저…… 아저씨."

그들의 뒷모습을 보던 곱슬머리 경찰이 원동웅 씨에게 말
을 걸었다.

"아까 애기가 먹던 거 말이에요. 저도 하나만 만들어 주시면 안 돼요? 그 별 모양 과자."

"돈 내."

다시 한번, 원동웅 씨가 단호하게 말했다.

EP 6

아주 오래된 미움

원동웅 씨는 구멍가게의 간판을 올려다보고 있었다.

그 낡은 간판은 무려 40년 전 원동웅 씨의 어머니가 가게를 시작할 때 달았던 것이다. 세월이 지나며 동네가 바뀌고 주변에 다른 가게들이 점차 들어서면서, 원동웅 씨는 몇 번이고 간판을 바꿀 생각을 했었다. 딱히 이렇다 할 이름도 없이 '수-퍼'라고 적힌 가게는 '글로리 마켙'이니 '사장이 미쳤어요 초대박 할인 마트'니 하는 휘황찬란한 간판을 단 가게들에 비해 경쟁력이 떨어지는 것은 사실이었다. 그러나 간판을 바꾸려고 할 때마다, 그는 여러 번 주저하다가 결국 원래의 간판을 떼지 못했다. 그의 어머니가 어디선가 얻어온 붉은 페인트로, 역시 어디선가 얻어온 나무판에 또박또박 글자를 적어넣던 모습을 떨쳐낼 수 없기 때문이었다.

하지만 지금 원동웅 씨는, 진정으로 때가 되었다고 생각하고 있었다. 이미 여러 번 고민했던 일이었다. 터미널이 들어서고 제38 은하계 사람들을 아니, 제38 은하계 사람들'만' 손님으로 받게 된 원동웅 씨로서는 반드시 넘어야 하는 관문이었다. 당연한 얘기지만 지금의 낡은 간판은 한글로 쓰여있었고, 제38 은하계 사람들 입장에서 한글은 생전 처음 보는 언어에 불과했기 때문이다. 어떤 승객들은 원동웅 씨의 가게가 무엇을 하는 장소인지 파악하지 못하는 듯했다. 가게를 매표소로 착각하는 사람들, 관광 안내소로 생각하는 사람들, 심지어 라운지로 생각하고 음식을 마음대로 꺼내먹는 사람들이 가게를 들락거리곤 했다. 그런 사람들을 상대하면서도 간판을 바꾸지 않고 근 1년을 버텨온 원동웅 씨지만, 이제는 마침내 제38 은하계의 공용어로 된 간판을 달자는 결심을 한 것이다.

그 결단의 바탕에는 최근 그의 가게를 쑥대밭으로 만든 파그에넥 경호 팀이 있었다. 경호 팀장은 떠나기 전 간판을 새로 다는 게 어떠냐는 조언을 해주었다. 낡은 가게 외관에 더불어 붉은 손글씨로 낯선 언어가 적힌 간판을 보고, 건실한 구멍가게가 아니라 각종 범죄가 벌어지는 낡은 창고인 줄 알았다는 것이다. 옆에 서있던 곱슬머리 경찰도 이에 동의했다. 그들 역시 누가 봐도 수상한 장소처럼 보여서 한 치의 의심도 없이 들이닥쳤던 거라나. 원동웅 씨는 이 허름하기 짝이 없는 환승터미널이 더 음산하다고 맞받아쳤으나, 그들은 어깨를 으쓱하고 떠나가 버렸다.

간판을 바꾸면 손님이 더 늘어날지도 모르는 일이지. 원동웅 씨는 약간 착잡한 마음을 억누르며 이렇게 생각했다. 결심을 마친 원동웅 씨는 가게 안으로 들어가 자신의 딸에게 전화를 걸었다. 신호음이 몇 번이나 울린 후에야 진이가 전화기 너머로 말했다.

"왜?"

"넌 아빠한테 왜가 뭐냐."

"내 모든 건 아빠한테 배운 거야. 그래서, 왜 전화했어?"

"너 아직 개학 안 했지? 내일 와서 일 좀 도와라."

전화기 너머로 한숨 쉬는 소리가 들리더니 진이가 볼멘소리를 했다.

"교사가 방학에 펑펑 노는 줄 알아? 나도 바쁘단 말야."

"용돈 챙겨 줄게. 간판 새로 달아야 해."

"또 무슨 외계 구슬 같은 거 주려고? 혼자 달아."

매정한 딸의 대답에 기분이 상한 원동웅 씨가 소리를 빽 질렀다.

"니 애비 혼자 달다가, 어? 허리가 부러지면, 어? 마음이 편하겠냐!"

"잠깐, 잠깐만."

진이가 수화기 너머로 누군가와 이야기를 하는 소리가 웅얼웅얼 들렸다.

"아빠, 내 친구……가 가고 싶대."

"뭐? 친구가 온다고? 그냥 니가 오면 안 되냐?"

"아, 난 바빠. 참, 일한 거 꼭 한국 돈으로 챙겨줘야 돼. 그이상한 동전들 말고! 알았지?"

"친구……."

원동웅 씨는 머리를 긁적였다. 그가 약간 주저하는 투로 말했다.

"됐어. 그냥 혼자 하련다."

"간판 새로 한다며. 혼자 어떻게 해. 친구가 공구 이런 거 잘 다룬대. 재료도 다 사간대."

"그래도……."

"그럼 내일 간판 잘해!"

전화가 끊어졌다. 원동웅 씨는 심란한 표정으로 자신의 머리카락을 만지작거렸다. 언젠가부터 달마다 하던 염색을 멈췄던 그였다. 염색을 마지막으로 했던 것이…… 벌써 세 달 전이었다.

이 터미널 안에선 원동웅 씨가 시뻘건 머리를 하든 드레이드로 땋든 변발을 하든 간에 그 어떤 손님도 이상하게 보지 않았다. 그도 그럴 것이, 그들이 보는 제44 은하계 사람은 원동웅 씨 하나였으니 저쪽 사람들은 저런가 보다, 하고 다들 넘어갔던 탓이었다.

사실 끊임없이 오가는 온갖 행성 출신의 이계인들 틈에서 조금 울긋불긋한 머리카락 정도는 특이함의 축에도 끼지 못했다. 원동웅 씨는 평생을 숨겨왔던 자신의 원래 머리를 보이는 것에 점차 둔감해졌다.

그러나 딸의 친구가 가게를 방문한다는 이야기를 들은 순간, 그는 반사적으로 염색을 떠올렸다.

자신의 머리를 감추기 전, 어린 시절의 그가 들었던 말들이 하나둘 썰물처럼 밀려와 그의 마음속에 쌓였다. 이상한 애, 빨갱이, 양키, 튀기…… 불이 붙었던 이마의 흉이 욱신거렸고, 그 말들은 날카로운 파도가 되어 그를 찔렀다.

그는 왜 불편한 기분이 드는지 이해할 수 없었다. 그냥 평소처럼 염색을 하는 것뿐인데, 왜 갑자기 예전의 상처가 더 선명해지는지. 원동웅 씨는 가게 뒷방 찬장에 남아있는 염색약 상자들을 떠올렸다. 평소랑 똑같은 거야. 작게 중얼거린 그의 목소리가 가게를 맴돌았다.

꽃

오전 10시까지 도착하기로 얘기가 되었던 진이의 친구는 해가 중천을 넘어설 때까지도 도통 소식이 없었다. 딸의 친구에게서도, 딸에게서도 아무런 연락이 오지 않았다. 오라는 사람은 안 오고 아무것도 살 생각이 없어 보이는 기자 손님만 가게에 들렀다.

기자 손님은 원동웅 씨가 간판에 쓰려고 적어둔 말을 신중히 훑어보더니, 혀를 차며 말했다.

"이보게, 동웅. 대체 이 말은 어디서 가져왔는가?"

"내가 뭘 알겠어? 번역기를 썼지."

"이거…… 가게가 진짜 이런 이름이 맞나? 어휴, 입 밖에 내기도 남사스러운 단어인걸. 아무래도 의역이 잘못된 듯허이."

기자 손님은 원동웅 씨가 원래 쓰고 싶어 했던 단어에 대해 설명을 들은 후, 화려한 장식체로 글씨를 다시 써주었다(번역기에 원동웅 씨가 입력했던 단어는 '구멍가게'였다).

"자, 이대로만 따라 쓰게."

"이거 하나만 쓰면 되나?"

"이게 제38 은하계에서 제일 통상적으로 쓰이는 언어긴 한데, 흠."

기자 손님은 자신이 적어둔 단어들을 보며 고민했다.

"이걸 같이 쓰면 어떻겠습니까?"

기자 손님의 뒤에서 누군가 말했다. 여느 때와 마찬가지로 커피 땅콩을 사러 온 정장 손님이었다. 정장 손님은 놓여있던 연필을 집어 들고는 종이에 무언가를 적어넣었다. 화려하기 짝이 없는 기자 손님의 것과는 달리, 정갈한 글씨체였다. 기자 손님이 글씨를 유심히 들여다보고는 말했다.

"오, 이넵스어를 할 줄 아시는가?"

"네. 대사 일을 하다 보니, 몇 가지는 대강이라도 알게 되더군요."

원동웅 씨는 구불구불한 글씨들을 들여다보았다.

"그러니까 이게 다, '구멍가게'라고 적힌 거라는 거지?"

"동웅…… 제발 다른 사람들 앞에선 그렇게 말하지 말게. 우리한테는 뭔가 다른 단어로 전달되는 것 같은데……. 뭐랄까, 매우 이상하게 들리네."

"다 외행성 쪽 언어라는 것이 좀 걸리는군요. 내행성 쪽은 필요 없을까요?"

정장 손님이 신중한 어조로 말하자 기자 손님이 대답했다.

"음, 그래도 대강 이 두 가지면 공용어로 충분하지 않겠나? 더 아는 단어 있나?"

"내행성 쪽은 잘 모릅니다."

"난 하나 아는데, 공용어라기에 좀 애매하네. 그래도 한번 써보자면……."

기자 손님은 종이의 여백에 작게 글자를 적어 넣었다. 먼 젓번에 쓴 것처럼 화려하지 않은, 투박하고 네모난 글자였다. 정장 손님이 말했다.

"스메트리오스어 아닙니까?"

"맞네. 잘 알아보는군?"

죽이 맞은 그들은 이야기를 나누며 몇 가지 글자들을 더 써보다가 차 시간에 늦었다며 부랴부랴 가게를 나섰다.

천장 구멍으로 들어오던 햇빛이 잦아들고 손님 네댓 명이 다녀간 후에도 진이의 친구는 오지 않았다. 원동웅 씨는 시계를 흘끗 쳐다보았다. 3시가 훌쩍 지나있었다. 딸에게 몇 번 전화를 해보았지만 일하는 중인지 받지 않았다. 원동웅 씨는 반투명한 재질의 외투를 입은 손님 하나가 또 가게 쪽으로 다가오는 것을 보았다.

처음 보는 손님은 가게 근처에서 머뭇대다가 물었다.

"긴가민가했는데…… 여기가 그 유명한 가게 맞죠? 신기한 간식거리 같은 거 팔고, 그렇죠?"

"맞아요."

원동웅 씨가 전화기를 만지작대며 말했다. 외투를 입은 손님은 '구멍가게'가 각종 언어로 써있는 종이를 들여다보았다.

"이건 방명록 같은 건가. 이렇게 적으면 되죠? 가, 게."

외투를 입은 손님이 연필을 들어 삐침이 많은 글자를 적고는 가게 안으로 들어갔다. 손님은 한동안 이건 뭐냐, 저건 뭐냐, 물으며 원동웅 씨의 진을 빼놓더니(원동웅 씨는 빠른 시일 내에 상품 설명 번역본도 붙여두기로 결심했다), 사탕 두 알을 집어 들었다.

"여기 터미널, 소문이 자자해요. 이 가게도 유명하고 아저씨도 유명하고……. 그리고 그 유명한 붉은 벽도 봤어요. 으으, 으스스해. 여기 행성인들 피는 붉다던데…… 피로 반죽한 벽이라던데 사실인가요? 그리고 저쪽에 있는 문 있잖아요? 이용하지 않는 문 같던데…… 거기서 소름 끼치는 소리도 계속 나더라고요. 계속 문을 쾅쾅 두드리는 소리요."

외투를 입은 손님이 계산을 하며 말하자 원동웅 씨가 물었다.

"바깥 쪽 문 말하는 거예요?"

"글쎄요. 승강장에서 여기로 오는 길 좌측에 있는 문이요. 그 문 밖에서 누가 계속 고함치는 것 같은 소리가 들리더라니까요."

원동웅 씨는 미간을 좁혔다. 아무래도 바깥 문에 가봐야 할 것 같았다.

＊

굳게 잠겨있던 터미널 문이 열렸다. 빛이 쏟아지며 황량한 터미널을 채웠다.

그리고 끌어안고 있는 온갖 자재들 때문에 제대로 보이지도 않던 키 큰 청년 하나가 터미널 안쪽으로 쓰러지듯 넘어졌다. 원동웅 씨는 자신에게 쏟아지는 청년을 슬쩍 피하며, 들고 있던 열쇠로 다시 문을 닫아 잠갔다. 바닥에 넘어진 청년이 바닥에 널브러진 자재들을 주섬주섬 모으더니 고개를 들어 원동웅 씨에게 꾸벅 인사를 했다.

"안녕하십니까!"

원동웅 씨는 순간 문을 닫지 않았던가 하고 생각했다. 어두침침한 터미널 조명에도 불구하고 청년의 얼굴에서 빛이 뿜어져 나오는 것 같았기 때문이었다. 투명한 피부 위로 보이는 살짝 처진 커다란 눈이 원동웅 씨를 보고 활짝 웃었다. 원동웅 씨는 골치가 아파졌다. 딱 봐도 진이가 좋아할 외모의 청년이었다. 친구라는 게 남자친구였어? 이렇게 생각한 원동웅 씨가 공연히 화를 내며 소리쳤다.

"왜 이리 늦었어!"

"저 오전 9시에 도착했습니다! 계속 문을 두드렸습니다. 절대 늦은 것이 아닙니다! 중간에 문 안쪽에서 누군가 말하는 소리가 들려서 열어달라고 했는데, 그냥 가버렸어요."

"여기 터미널 얘기 못 들었어? 다른 은하계 사람들이 한국말을 어떻게 알아들어?"

청년은 눈을 동그랗게 뜨더니 이마를 탁 쳤다.

"참, 그렇군요! 한국말을 모르죠!"

그가 헤헤 하고 웃자 한쪽 뺨에 보조개가 파였다. 진이 이녀석, 얼굴에 홀리다니! 원동웅 씨는 속으로 분노했다. 원동웅 씨가 애써 침착하게 말했다.

"아니, 여기가 지구인들 출입을 막아두긴 하지만, 열쇠 있는 사람은 그냥 문 따고 들어오면 되는데. 진이가 열쇠 안 줬나?"

"아, 받았는데 깜빡하고 집에 두고 왔습니다!

"그럼 전화를 하지 그랬어? 내 번호도 줬다 하던데."

청년은 이미 동그래진 눈을 더 동그랗게 뜨더니, 다시 이마를 쳤다.

"왜 그 생각을 못 했을까요!"

원동웅 씨가 스멀스멀 올라오는 불길한 기분을 애써 무시하며 물었다.

"그나저나, 자네…… 대체 진이랑 무슨 사이인가?"

원동웅 씨가 묻자, 청년은 깜짝 놀라더니 자신이 들고 있던 공구함을 떨어뜨렸다. 공구함이 열리며 공구들이 복도 사방팔방에 떨어졌다. 청년이 황급히 공구를 주워담으며 소리쳤다.

"아직…… 아직 아무 사이도 아닙니다!"

"이상하네, 진이는 친구가 거의 없는데. 게다가 남자라니."

눈을 가늘게 뜬 원동웅 씨가 청년이 들고 온 자재를 나눠 들기 위해 손을 뻗었다.

"앗, 이리 주십쇼. 제가 들겠습니다!"

청년은 원동웅 씨가 들고 있던 자재를 빼앗다가 와르르 쏟았다.

"그냥 같이 들고 가지?"

"아닙니다! 제가 다 들겠습니다!"

청년이 허둥대다가 자재를 한 번 더 쏟자, 원동웅 씨가 버럭 성질을 냈다.

"아, 늦었어! 대충 들고 빨리 와!"

"네, 알겠습니다!"

그들은 자재를 들고, 가게를 향해 걸어갔다.

자신을 진이의 직장 동료, 민구라고 소개한 청년은 세상 요란이란 요란은 다 떨며 간판 제작에 착수했다. 그리고 청년의 의욕 넘치는 몸짓을 직관하고 있는 원동웅 씨는, 그야 말로 실시간으로 늙는 기분이었다.

무거우니까 도와준다고 해도 이것도 저것도 자신이 들겠다며 빼앗다가 장비를 쏟아먹질 않나, 평상에 나무판을 대고 못을 박다가 평상까지 뚫어버리질 않나, 그 못을 빼다가 나무판을 쪼개질 않나, 아주 말도 아니었다. 그 모습들을 견디던 원동웅 씨는 속이 터질 것 같아, 모든 것을 청년에게 맡기고 아예 가게 안으로 들어가 버렸다.

원동웅 씨가 카운터에 앉은 후에도 가게 밖으로 툭, 빡, 기이잉, 뽀작, 하는 불길한 소리들이 들려왔다. 손님마저 한 명도 오지 않았다. 아무래도 이상했다. 두 시간 정도를 무료하게 앉아있던 원동웅 씨가 슬쩍 가게 밖을 내다보았다.

그는 왜 하루 종일 손님이 오지 않았는지 그 이유를 알 수 있었다. 어둑어둑해진 가게 마당에서 이상한 마스크를 쓴 채 전기톱을 들고 설치는 청년과 그 모습을 보고 황급히 멀어지는 손님 서넛이 보였던 것이다.

"당장 그만둬!"

원동웅 씨가 소리쳤다.

"예? 하지만 거의 다 했는데……."

전기톱을 끄지 않아 윙윙대는 소음이 가득한 가운데, 청년이 마스크를 벗고 시무룩하게 말했다. 평상에는 이리저리 쪼개진 작은 나무 판자들이 엄청난 수의 못으로 가까스로 연결되어 있는 소름 끼치는 무언가가 놓여있었다.

"대체 뭘 만든 거야! 그리고 제발 그 전기톱 좀 꺼!"

원동웅 씨가 머리를 싸매고 외쳤다. 위잉, 하는 소리와 함께 전기톱이 꺼졌다. 청년이 슬쩍 원동웅 씨의 눈치를 봤다.

"이걸 어떻게 써! 어찌 된 게, 40년 된 간판보다 더 음산하잖아!"

"나무판을 너무 얇은 걸 샀나 봅니다. 자꾸 쪼개지더라고요……."

기어가는 목소리로 변명하던 청년이 흐흠, 하고 헛기침했다. 그리고 그는 다시 우렁차게 외쳤다.

"걱정 마십쇼! 페인트를 칠하면 괜찮을 겁니다!"

"이게 페인트로 괜찮아진다고?"

원동웅 씨가 나무판 위로 불쑥 튀어나온 찌그러진 못을 가리켰다. 청년은 슬그머니 니퍼를 집어 들어 찌그러진 못에 갖다댔다.

"아이고, 그게 잘리겠어?"

"죄송합니다……."

청년이 니퍼를 제자리에 돌려놓더니, 어깨를 축 늘어뜨렸다. 그 모습을 본 원동웅 씨는 저도 모르게 누그러진 목소리로 말했다.

"됐어. 들어와서 밥 먹고, 오늘 일당이나 받아 가. 배고프겠네."

"한 것도 없는데 어떻게 밥을 얻어먹겠습니까……."

"그럼 딸 친구가 일 도와주러 왔는데, 나보고 쫄쫄 굶겨 보내라는 거야?"

원동웅 씨의 말에, 청년이 재차 고개를 저었다.

"그럼 돈이라도 받아 가. 식비를 따로 챙겨줄 테니. 자재비는 얼마 나왔어?"

"제가 다 부숴버린걸요……."

청년은 슬픈 눈으로 나무판을 바라보았다. 청년의 긴 속눈썹 끝에 눈물이 방울졌다. 원동웅 씨는 청년의 등을 밀어 가게 안으로 들여보냈다. 청년에게 수건 하나와 이온 음료 하나를 건네자, 그는 더 이상 사양하지 않고 받아들었다. 말없이 수건으로 땀을 닦던 그는 침울한 목소리로 말했다.

"오늘 잘 도와드리고 싶었거든요. 저, 원래 이런 거 잘합니다. 오늘은 진짜 자재를 잘못 사와서……."

"괜찮다니까. 어떻게 사람이 매번 잘하겠어."

원동웅 씨는 카운터로 가서 준비해 둔 돈봉투를 꺼냈다. 이온 음료를 홀짝홀짝 마시던 청년이 그걸 보고는 벌떡 일어나 손사래를 쳤다.

"진짜 괜찮습니다! 그걸 받으면 제가 진이 씨를 볼 낯이 없어요!"

"돈도 안 주고 고생만 시켰다가 진이한테 내가 무슨 소리를 들으라고!"

청년의 고집에 질린 원동웅 씨의 언성이 다시 높아졌다. 청년은 손을 마구 내저으며 말했다.

"받으면 제가 오히려 너무 불편해져요. 정말 괜찮습니다!"

"내가 더 불편해! 그냥 어른이 주면 좀 받으라고!"

원동웅 씨가 돈봉투를 청년의 주머니에 욱여넣었다. 청년이 기겁을 하고 다시 뺐다. 그들 사이를 몇 번 오간 돈봉투가 순식간에 구깃구깃해졌다. 원동웅 씨가 구겨진 돈봉투를 펴며 속상한 어조로 말했다.

"에이, 기껏 새 돈으로 준비했더니만……."

당황한 청년이 황급히 가게를 둘러보며 말했다.

"아, 아버님! 그러면 저 그냥 가게 물건으로 주시면 어떠세요? 잘 안 팔리는 걸로 몇 개만 주세요."

"아버님은 무슨 얼어죽을 아버님이야!"

원동웅 씨가 소리를 빽 질렀다. 청년은 헤죽 웃으며 상처투성이가 된 손가락을 긁적였다. 원동웅 씨가 한숨을 쉬고는 말했다.

"그래서, 뭐가 필요한데? 잘 안 팔리는 거 말고, 갖고 싶은 걸로 가져가, 그럼."

"음, 그러면……."

청년이 선반들을 이리저리 돌아보았다.

"이온 음료랑⋯⋯."

"그 정도는 말할 필요도 없이 그냥 갖다 먹어도 된다고. 좀 제대로 된 걸로 고르란 말야."

청년의 눈이 한 선반에 닿았다.

"아, 저 마침 USB 하나 사야 했는데, 그럼 이걸 주세요."

청년은 먼지 쌓인 잡동사니 상자 속에서 반짝이는 보라색 USB 하나를 꺼내들었다. 몇 개 없는 USB 중에서도 유독 낡아 보이는 물건이었다. 원동웅 씨가 탐탁치 않은 듯 말했다.

"그거 좀 오래되어 보이는데? 좀 더 새걸로 가져가지."

"아뇨, 이게 마음이 편합니다! 그럼 가보겠습니다!"

다시 밝아진 얼굴로 인사를 꾸벅 한 청년은, 원동웅 씨가 또 말릴세라 후다닥 짐을 챙겨 가게를 나섰다.

"내일 다시 와서, 제대로 도와드리겠습니다!"

"아니, 제발, 제발 오지 마⋯⋯."

간판 완성은커녕, 하루 장사를 공친 원동웅 씨가 힘없는 목소리로 외쳤지만, 청년은 해맑은 미소의 여운만을 남기고 이미 사라진 후였다.

＊

진이는 봉천동의 한 카페에 앉아 어둑한 창가를 멍하니 바라보고 있었다. 창 밖으로 투박하고 거대한 환승터미널의 외벽이 보였다. 정말이지, 그것을 매일 바라봐야 할 봉천동 주민들의 미적 즐거움 따위는 눈곱만큼도 고려하지 않은 디자인이었다. 그 흉물스러운 외벽을 바라보며 진이는 그 안에 있는 허름한 가게와 자신의 아버지와 그리고 자신의 친구……를 떠올렸다. 커피를 한 모금 마신 진이가 중얼거렸다.

"잘하고 있으려나, 민구 씨……."

"잘……하진 못했고, 열심히는 하고 왔습니다."

청년이 진이 곁에 앉으며 말했다.

"아버지는 만났어요? 간판은 다 만들었어요?"

"네. 아주 귀여운 분이시던걸요. 간판은, 음…… 내일 가서 마저 완성하려고 합니다."

"예? 귀여운 분이요? 설마 다른 데로 간 거 아니죠?"

"네, 터미널 안에 버드렁나무가 서있는 가게, 맞나요?"

"버드렁이 아니라 버드나무……. 맞긴 하네요. 하여튼 우리 아버지 도와줘서 고마워요."

청년이 저지른 만행들을 미처 전해듣지 못한 진이가 따뜻한 미소를 지었다.

"다른 은하계 사람들은 좀 봤어요? 생각보다 비슷하죠?"

"오늘은 가게에 손님이 없더라고요. 사실, 한 명도 제대로 못 만났습니다."

손님들을 도망치게 한 장본인인 청년이 해맑게 대답하자, 진이가 아쉬운 듯 말했다.

"이상하네요. 거기 손님이 없는 편이 아닌데. 손님들도 착하고 재밌는 분들이 많아요. 민구 씨처럼."

"진이 씨도 착하고 재미있습니다!"

청년이 배시시 웃었다. 진이는 청년을 바라보고 있었고 청년 역시 반짝이는 눈으로 진이를 바라보고 있었다. 그들의 대화 사이에 작은 공백이 생겼다. 진이의 눈동자가 살짝 떨렸다. 진이는 커피 컵을 쥐고 있던 손을 내려 놓으며 천천히 입을 열었다.

"저, 민구 씨. 혹시 우리 한번 진지하게 만나볼……."

"아, 맞다! 아버님 도와드리고 이걸 받았습니다! 진이 씨, 잠시 노트북 빌려주실 수 있습니까?"

진이의 말을 제대로 듣지 못한 청년이 부산스러운 몸짓으로 보라색 USB를 꺼내어 보여주었다. 한숨을 쉰 진이가 눈을 가늘게 뜨고 USB를 바라보았다.

"민구 씨는 인간인 걸 다행으로 여겨요. 동물로 태어났으면 그놈의 눈치 때문에 벌써 잡아먹혔을 테니. 아무튼 도와드리고 그걸 받았다고요? 설마 아빠가 일당을 안 줬어요?"

"아니에요. 계속 주려고 하셨는데 제가 이걸로 받고 싶다고 했습니다! 최근에 USB를 잃어버려서요."

"민구 씨, 그렇게 하시면 안 돼요."

진이는 쓰고 있던 노트북을 청년에게 밀어주며 비장하게 말했다.

"제가 오늘 못 받은 돈, 두 배로 받아 드릴게요."

"전 이게 더 좋습니다! 진이 씨 아버님이랑 추억도 되고."

청년이 밝은 목소리로 대답하고는, 진이 노트북에 USB를 꽂았다. USB가 잘 연결되지 않자 청년이 고개를 숙여 포트를 들여다봤다.

"어, 이게 왜 이러지."

"제가 해볼까요? 제 노트북이 좀 오래되어서, 포트가 약간 어그러진 것 같더라고요."

진이는 USB를 건네받았다. USB를 손에 쥐었을 때 진이는 무언가 이상한 기분을 느꼈다. USB에서, 미약한 맥이 느껴진다고 해야 할까. 진이는 USB를 들여다보았다. 단자 모양이 그가 알고 있는 모양과 약간 다른 것 같았다.

"불량인가……?"

진이가 중얼거렸다. 노트북 포트에 살짝 갖다 대자 USB에서 둥, 하는 진동이 느껴졌다. 다시 보니 단자 모양은 별 문제가 없었다. 진이는 USB를 꾹 힘을 쥐어서 꽂았다.

그리고 삐삐거리는 요란한 소리와 함께 노트북 화면이 지직거리기 시작했다. 청년은 하얗게 질렸다. 진이가 노트북을 이것저것 눌러보는 와중에 그가 외쳤다.

"어떡해요! 트로이의 목마가 틀림없습니다! 제 USB 때문에…… 진이 씨의 노트북이!"

"민구 씨, 저보다 나이도 좀 어리지 않았어요? 그런 바이러스를 알아요?"

"13일의 금요일일지도 몰라요!"

노트북 화면에 노이즈가 가득 차더니, 갑자기 흑백으로 된 방 풍경이 떠올랐다. 그리고 픽셀의 수가 적어 도트로 구성된 여인이 나타났다. 진이와 청년은 눈을 멀뚱히 뜨고 화면을 쳐다보았다. 90년대 오락실 게임 화면 같은 그래픽에도 불구하고 진이는 여인이 아주 아름답다고 느꼈다. 도트 그래픽으로도 알 수 있는 풍성한 속눈썹이, 커다란 눈을 깜박일 때마다 여인의 우아한 뺨을 덮었고, 도톰한 턱과 위로 살짝 올라간 코가 사랑스러웠다. 흑백영화 속의 고전적인 미인이라 해야 할까.

그런 생각을 하며 진이는 여인을 멍하니 바라보았다. 여인은 불안한 표정으로 고개를 이리저리 돌리고 있었다. 길다랗고 나긋한 손을 뻗어 마치 화면에 갇힌 것처럼 화면을 두드려댔다. 그가 무어라 외치자 소리는 나지 않고 대신 말풍선 같은 것이 화면 하단에 출력되었다. 알 수 없는 글자들이 말풍선을 채워 나갔다.

당황한 진이가 물었다.

"이게 뭐죠……? 이걸 아버지한테 받았다고요?"

"네……."

"이게 대체 뭐죠?"

진이가 다시 한번 묻자, 청년은 눈썹을 찌푸리고 곰곰이 생각했다. 청년이 중얼거렸다.

"아버님의 은밀한 사생활……."

"네?"

"그…… 게임 같은 것이 아닐까요? 연애 시뮬레이터 게임 같은 거 있잖아요. 아름다운 중년 여인과 연애하는?"

"으엑. 그러고 보니 아빠가 좋아할 스타일이긴 하네요."

질색을 한 진이가 자신의 몸을 화면으로부터 멀리 떼어 놓고는 못 만질 것을 만졌다는 듯 손을 털었다. 청년은 고개를 젓더니 마구 털고 있는 진이의 손을 잡았다.

"그러지 마세요. 어떤 형태로든 사랑은 소중한 겁니다."

"사랑……."

청년의 커다란 손은 따뜻했다. 순간 숨을 멈추었던 진이가 청년의 말을 멍하니 되풀이했다. 진이 귓가로 다가온 청년의 입술이 열렸다. 진이는 그에게서 나무 향이 난다고 생각했다.

"아버님의 취향, 그리고 비밀……."

"예? 아니, 그건 좀 아닌 것 같은데⋯⋯."

진이의 입술을 손가락으로 막은 청년이 신중한 목소리로 속삭였다.

"쉿, 존중해 드립시다."

✳

원동웅 씨는 늦은 저녁을 먹고, 평상에 멍하니 앉아있었다. 그는 흡사 악마들이 씹다 뱉은 것 같은 비주얼의 '새 간판'과 가게 외벽에 걸려있는 낡은 간판에 번갈아 눈길을 주었다. 뭐 하나 쉽게 되는 게 없네, 하고 투덜거린 그는 하루 종일 쓰고 있었던 모자를 벗어 평상 뒤로 던져버렸다. 간판을 바꾸면서 과거를 훌훌 털어버리고 제38 은하계 전문 구멍가게 주인으로 거듭날 것이라 생각했는데 사람 일이 마음처럼 되지 않았다.

천장 구멍에서 불어온 바람이, 땀이 송글송글 맺힌 원동웅 씨의 목덜미를 식혔다. 그의 옆으로도 무언가 바람결에 부스럭거리는 소리가 났다. 원동웅 씨가 종이 쪽으로 고개를 돌렸다. 기자 손님과 정장 손님 이후로도 몇몇 손님들이 자신들의 언어로 '구멍가게'라고 적어두고 간 종이였다. 원동웅 씨는 그 낯설기 짝이 없는 글자들을 물끄러미 바라보았다.

번역기 없이는 영원히 이해하지 못할 글들. 통역기 없이는 영영 대화할 수 없을 사람들. 낯선 제38 은하계 이방인들이 드나드는 이 터미널 속에서 그의 가게는, 다시 말해 그의 삶은 어느새 자리를 잡아가고 있었다. 평생을 이방인으로 살아왔던 그에게 있어, 우주 저 너머에서 온 진정한 이방인들의 틈은 차라리 고향 같았다. 서로 완전히 이해할 수 없다는 것을 알고 있었기에 오히려 그는 마음을 놓을 수 있었다. 원동웅 씨는 이곳이 좋았다. 영원히 머무르고 싶을 만큼. 그럼에도 곧 떼어내기로 마음먹은 오래된 한글 간판을 보고 있노라면 마음이 찌릿하게 아파왔다.

어쩌면 그는 결국 또다시 환승터미널 안으로 숨어든 게 아닐까. 마치 그가 평생을 모자나 염색이나 가게 뒤로 숨었듯 말이다.

어딘가, 마음 편히 머물 수 있는 더 나은 곳이 있지 않을까. 원동웅 씨는 생각했다. 자꾸만 어디선가 자신을 부르는 것만 같았다. 저 멀리서, 가게 밖에서……

그리고 뒷문에서 실제로 누군가가 애타게 문을 두드리고 있었다. 원동웅 씨가 황급히 뒷문을 열자 오랫동안 보지 못했던 사람의 얼굴이 보였다. 정확히 말하면 얼굴이 보인 것은 아니었다. 그가 온몸을 칭칭 싸매고 있었기 때문이었다.

칭칭 싸맨 손님이 뒤뜰을 뒤로 하고 서서 초조하게 발을 구르고 있었다. 원동웅 씨는 그의 손을 덥석 잡았다.

"그동안 왜 안 왔어? 사람들 수군거리는거 신경쓰지 말고 그냥 오라 했잖아!"

칭칭 싸맨 손님이 무언가를 미리 적어둔 패드를 내밀었다.

— 죄송. 급한 일이에요. 혹시 가게에서 보라색 플래시 드라이브 보신 적 있나요?

"USB? 하나 필요해서 그래? 오늘따라 찾는 사람이 많네. 여태 하나도 안 나가더니. 그걸 어디다 뒀지? 저녁 먹고 어디로 치웠는데……."

원동웅 씨는 잡동사니를 모아둔 상자를 찾아 가져왔다. 평소 차분했던 그답지 않게, 칭칭 싸맨 손님은 다급한 손길로 잡동사니를 뒤졌다. 원동웅 씨는 칭칭 싸맨 손님이 묘하게 반짝이는 보라색을 띤 USB들을 하나하나 집어 들어 유심히 보는 것을 알아차렸다. 원동웅 씨가 한마디했다.

"아무거나 집어 가. 다 똑같은데."

칭칭 싸맨 손님은 패드에 무언가 적어 보여줄 틈도 없이 한데 모은 보라색 USB들을 뒷마당에 쌓인 종이 박스 위에 쏟아서 펼쳤다. 그의 칭칭 싸맨 손가락이 USB들을 하나하나 짚었다. 그가 천으로 둘둘 감은 머리를 쥐어뜯으며 으으, 하는 소리를 내더니, 패드에 무언가를 적었다. 어찌나 급하게 적었던지 혹은 손이 떨렸던지, 패드 속 글씨가 쭈글쭈글한 것처럼 보일 정도였다.

— 조금 낡은 건 없었는지? 새것 아님!

원동웅 씨가 자신의 머리카락을 만지작거리며 생각에 잠겼다. 그가 천천히 말했다.

"낡은 거? 하나 있었지……. 한 시간 전 쯤까지는. 근데 누구 줬어."

칭칭 싸맨 손님이 얼굴 부근을 감싸더니 무너지듯 주저앉았다. 그의 격한 반응에 깜짝 놀란 원동웅 씨가 그를 부축하여 빈 맥주 상자 위에 앉혔다. 원동웅 씨가 손부채를 부쳐주며 말했다.

"왜 그래? 더워서 현기증 난 거 아냐? 인간적으로 너무 칭칭 싸맸어. 모시 천을 좀 구해다 줘? 모시 알아? 모.시."

칭칭 싸맨 손님이 덜덜대는 손으로 패드에 글씨를 썼다.

— 누가? 되찾아 와야! 제발!

"응? 갑자기 무슨 소리야. 거기에 뭐 중요한 거 들었어?"

— 제발. 더 늦기 전에!

"진정 좀 하고 가만있어 봐."

원동웅 씨는 전화 버튼을 눌렀다. 신호음이 가기 시작했다.

"뭐가 들었는데 그래? 말을 해줘야 다시 달라고 하지."

— 제 친구.

"친구 거라고?"

손님은 격하게 고개를 흔들더니 다시 패드에 적었다.

— 그 USB = 제 친구

"이젠 하다못해 USB랑 친구를 해?"

원동웅 씨가 황당하다는 듯 말했다. 칭칭 싸맨 손님이 우으, 하는 소리를 헬멧 밖으로 뱉으며 패드에 다급하게 글을 적어 내려갔다.

— 절대, 절대로 USB를 통신망에 연결하면 안 돼요!! 친구가 죽을 수도!

칭칭 싸맨 손님이 패드에 적은 글씨는 곧바로 번역되어 한글 손글씨로 떠올랐다. 번역기는 그의 덜덜 떠는 손으로 쓴 필체까지 번역하는 듯 했다. 패드에 떠오른 한글은 찌글찌글하기 짝이 없었으며, 특히 '죽을 수도!'라고 적힌 부분은 무어라 적힌 것인지 알아보는 것조차 힘들었다.

"뭐? 죽을 수도 있다고!"

그 글씨를 가까스로 알아본 원동웅 씨가 소리쳤다. 마침 연결된 전화기에서 진이의 퉁명스러운 목소리가 들렸다.

"누가 죽었다고?"

"아직 안 죽었어! 됐고, 그…… 오늘 온 친구 누구냐, 민규? 그 친구 혹시 지금 연락되냐?"

"누가 죽었냐고? 그리고 민구 씨라고."

"그래, 민규! 오늘 가져간 USB가 우리 손님 거라고 하네. 중요한 거라 빨리 돌려받아야 한대."

"그…… '그' USB?"

"그래, 가게 손님의 친구……라니까. 빨리. 어디 연결하면 큰일 난다고 하네."

"하, 그래? 손님의 친구라고?"

진이가 묘하게 냉랭한 목소리로 말했다.

"……아빠의 은밀한 친구 아니고?"

"아버님, 저는 이해합니다!"

갑자기 전화기 너머로 우렁찬 목소리가 들려왔다. 진이가 당황한 목소리로 속삭였다.

"민구 씨, 조용히 하시라니까요!"

"뭐야, 이 시간에 왜 둘이 같이 있어! 어디야! 그놈은 안 된다, 그놈만은 안 돼!"

원동웅 씨가 버럭 소리를 질렀다.

"아버님네 가게 근처 카페입니다! 여기 초코라테 맛이 일품입니다! 오셔서 같이 드시죠."

"뭐? 진이 너, 바빠서 못 온다면서 이 근처 카페에서 노닥거리고 있었어?"

"아, 일 끝나고 겨우 온 거야!"

칭칭 싸맨 손님이 원동웅 씨의 소매를 잡더니 아까 적어둔 글이 여전히 떠있는 패드를 가리켰다.

"참, USB, 컴퓨터에 연결한 거 아니지? 큰일난대. 죽는다는데?"

"응, 걱정 마. 내 노트북, 이미 죽은 것 같아."

"아니, 이 손님의 친구가 말이야!"

"아, 아빠의 그…… 사이버 친구?"

"아까부터 자꾸 무슨 허튼소리를 하는 거야!"

"딸에게 은밀한 취미를 들키기 싫어서 노력하는 건 알겠는데, 이미 늦었어. 다 보고 말았으니까. 아빠의 그, 뭐랄까…… 2D를 향한 정열."

"아버님, 저는 모든 형태의 취향을 지지합니다!"

"아니, 진짜 장난이 아니라니까!"

원동웅 씨가 자리에서 펄펄 뛰며 말했다.

"아버님, 아버님만 진심이라면 저는 괜찮다 생각합니다."

"괴상한 소리 그만 하고 USB 당장 빼지 못해! 사람 죽는다고!"

"아, 아빠. 창피하다고 안 죽어. 괜찮다니까. 이해해, 이해해. 딱 아빠 이상형이더라. 그럼 난 이만. 지금 바빠."

"너, 너! 니가 뭘 알아! 내 이상형을 니가 뭘 알아!"

전화가 끊어졌다. 원동웅 씨가 전화를 다시 걸어도 받지 않았다. 칭칭 싸맨 손님이 원동웅 씨를 물끄러미 바라보았다.

"일 났네. 이것들이 장난인 줄 알아."

원동웅 씨가 머리를 벅벅 긁으며 말했다. 여전히 원동웅 씨의 소매를 잡고 있던 칭칭 싸맨 손님이 손을 떼고는 다급하게 헬멧을 벗었다. 마지막으로 봤을 때보다 조금 길어진 머리가 찰랑였고, 그 아래로 따뜻한 갈색 눈이 드러났다. 눈물 한 줄기가, 뺨에 새겨진 푸른 문신을 따라 흘러 내렸다. 눈물을 슥슥 닦고는 그가 무어라 말했다. 원동웅 씨로서는 알수 없는 외계의 언어로. 소리도 없이. 입 모양이 이리저리 변했다. 원동웅 씨는 그 말을 이해할 수 없었지만 어쩐지 알 수 있었다. 이방인으로서 이 땅에서 살아가며 그가 수도 없이 하고 싶었던 말. 도와줘요. 칭칭 싸맨 손님은 그렇게 말하고 있었다…… 아마도.

원동웅 씨가 벌떡 일어서며 말했다.

"데리러 갔다 올게. 당신 친구."

✳

원동웅 씨는 막 닫힌 외부 문을 굳게 잠갔다. 그의 도톰한 비니 모자 위로 후덥지근한 바람이 불어왔다. 어느 정도 온도 조절이 되는 터미널 안에서 큰 계절감 없이 생활하던 그로서는 여름을 한데 응축시킨 물풍선을 얼굴에 직격으로 맞은 느낌이었다. 그는 벌써 솟아나기 시작한 땀을 훔치면서 주변을 재빨리 둘러보았다. 봉천 시장 골목은 반쯤은 낯익었고, 또 반쯤은 낯설었다. 보상금을 받아서 떠난다더니 여전히 시장 구석을 꿰차고 있는 야채 가게도 보였고, 언제나 손님이 없어 보이지만 10년 넘게 자리를 지킨 정 의상실도 그대로였다. 풍년 떡집과 미미 기름집은 어딜 갔는지 보이지 않았다. 불 꺼진 시장엔 아무도 없었다. 밤 10시가 넘었으니 다들 다음 날 장사를 위해 집에 돌아간 것이 분명했다.

원동웅 씨는 긴장하고 있던 어깨를 비로소 풀었다. 몇십 년을 알고 지낸 이웃 상인들임에도, 원동웅 씨는 그들을 무방비 상태로 마주치는 것이 두려웠다. 원동웅 씨가 쓰고 있는 모자 아래에 끝내 염색하지 않았던 붉은 머리가 감추어져 있었기 때문이었다. 원동웅 씨는 오랜만에 써서 답답하게 느껴지는 모자를 끌어 내려 잘 눌러쓰고는 아직 불빛이 환한 큰길가로 몸을 돌렸다.

카페들이 모여있는 대로변으로 향하는 원동웅 씨의 발걸음이 점점 빨라졌다. 원동웅 씨와 함께 터미널 복도를 뛰다시피 하며 칭칭 싸맨 손님이 전해준 이야기에 따르면 그의 USB 친구는 지금 위험에 처해있었다.

그의 친구는 데이터로 이루어진 일종의 가상 존재였다. 데이터-존재 이전은, 몇 가지 신체적 특징들에 의해 끊임없이 차별하고 차별당하며 서로를 경멸하는 제38 은하계의 사회에 지칠대로 지친 자들이 택하는, 가장 극단적인 방법 중 하나였다. 그렇게 실제 몸을 버리고 자아를 형성할 수 있는 데이터만을 남긴 채 존속되기로 결심한 자들을 '아타드족'이라 불렀다.

― 저도 한때 그쪽을 고민. 그곳에선 이걸 다 지워버릴 수 있으니…….

패드에 그렇게 적은 칭칭 싸맨 손님은 자신의 푸른 낙인을 세게 문질렀다.

아타드족은 자신이 원하는 외모와 바라는 신체 조건을 마음대로 정할 수 있었다. 외양적 조건을 마음대로 정할 수 있는 세계에서는 피부색, 체형, 외모, 심지어 흉터나 데이터 타투까지도 개성을 표현하는 수단에 불과했다. 그야말로 차별에 지친 자들을 위한 낙원이나 다름없었다.

그리고 USB에 들어있는 것은 칭칭 싸맨 손님의 아타드족 친구였다.

― 정확히는, 친구의 백업 데이터.

칭칭 싸맨 손님이 잡동사니 상자에서 찾던 보라색 USB는 아타드족이 급하게 자신의 존재를 백업해야 할 일이 있을 때 사용하는 물건으로, 필수 구비 품목에 포함되어 있는 제품이었다("근데 그게 왜 잡동사니 상자에 들어있는지, 귀신이 곡할 노릇이네." 그가 자리를 비운 동안 데인이 가게를 자신만의 방식으로 정리했던 것을 모르는 원동웅 씨가 투덜댔다).

칭칭 싸맨 손님은 언젠가부터 친구의 백업 데이터를 죽이려는 사람들이 찾아오기 시작했다고 설명했다. 일단 그 백업 데이터가 통신망에 연결되면, 어김없이 백업 데이터를 소멸시키려는 다른 아타드족들이 찾아왔다는 것이다.

그래서 칭칭 싸맨 손님은 닫힌 회로인 USB 안에 여태껏 친구의 백업-존재를 보관하며 품고 다녔다. 그러다 지난번 경찰과의 몸싸움에서 친구가 담긴 USB를 가게에 떨어뜨린 것이었다. 가게를 떠난 후에도 수많은 곳을 떠돌며 살아가던 그는, 한 달 전에야 그 USB를 잃어버린 것을 발견했다고 했다.

"그러니까…… 나보고 지금, 그 킬러들을 막으라는 거야? 내가? ……이 나이 든 구멍가게 아저씨가?"

기가 찬 원동웅 씨가 되묻자, 칭칭 싸맨 손님이 조금 망설이다가 고개를 저었다.

— 그들이 친구 찾아내기 전에 통신 연결 끊어주길. 만약 이미 찾아냈다면…… 일단 제 얘기를 해주세요.

칭칭 싸맨 손님은 누가 그들을 보냈는지, 짚이는 데가 있다고 했다.

그는 터미널 밖으로 같이 나가지 않았다. 정확히 말하면,

나갈 수 없었다. 데이터 타투로 인해 그의 출입 기록이 남아 몰래 나갔다간 정말 큰 문제가 생길 수도 있기 때문이었다.

초조한 몸짓을 애써 감춘 채, 칭칭 싸맨 손님은 원동웅 씨를 배웅했다. 이제 친구의 목숨은 원동웅 씨에게 달려있었다.

"참, 어째……. 데이터인지 뭔지 몰라도 지 친구 목숨이 나한테 달려있다는데……."

그리하여 원동웅 씨는 어두운 봉천동 밤거리를 걸음을 재촉하여 걸어가고 있는 것이다. 큰길가가 점차 가까워졌다.

원동웅 씨는 저 멀리 카페의 창가 자리에 앉아서 이야기를 나누고 있는 진이와 청년을 발견했다.

"참나, 아주 살판이 났구먼!"

청년이 빤빤한 얼굴에 느물거리는 몸짓(원동웅 씨가 보기엔 그랬다)으로 진이에게 바싹 달라붙어 있는 모습을 본 원동웅 씨는, 무서운 기세로 걸어갔다. 하지만 카페에 가까이 갈수록 무언가 이상한 점이 느껴졌다. 그들은 분명 서로 붙어있긴 했다. 하지만 서로 애정을 과시한다거나 하는 그런 이유가 아닌, 단순히 노트북 화면을 더 잘 보기 위해서인 것 같았다. 진이와 청년의 시선은 화면에 고정된 채였다.

원동웅 씨가 급히 카페로 들어가 진이의 어깨를 두드리자 진이는 소스라치게 놀랐다.

"어떻게 알고 왔어?"

"근처 카페라며? 이 동네 카페들은 죄다 이쪽에 모여있어! 그게 중요한 게 아니야. 손님 친구는 어때? 설마……."

주문은커녕 의자에도 채 앉지 않은 원동웅 씨가 말했다. 카페 조명을 등지고 선 그의 얼굴에 그림자가 드리웠다. 그가 청년 쪽으로 허리를 굽히며 음산하게 물었다.

"……벌써 킬러가 도착했나?"

이어폰까지 낀 채 화면에 집중하고 있던 청년이 놀라서 펄쩍 뛰었다.

"아버님! 아닙니다! 그런 게 아니라구요!"

"뭐가 아냐?"

"전 분명히 아버님의 사생활을 지키자고 주장했습니다. 아버님의 취향, 아니, 애인 분……을 들여다보지 말자고 했어요! 근데 이 캐릭터가 자꾸 말을 걸어와서……!"

원동웅 씨는 노트북 가까이로 다가가 화면을 들여다보았다. 어딘가 낯익은 얼굴의 아름다운 여인이 무어라 말하고 있었다. 화면 하단에는 말풍선 같은 것이 떠있었는데, 손님들이 적어준 제38 은하계 언어처럼 보이는 글자와 한글이 뒤섞여 있었다. 청년이 이어폰 한쪽을 내밀었고, 원동웅 씨는 이를 받아 착용했다.

— ……가 #%곳에…! &@도움! 도움!

"이 친구, 대체 뭐라는 거야?"

원동웅 씨가 청년에게 이어폰을 돌려주며 말했다.

"계속 알 수 없는 말만 하더니, 아까 전부터 조금씩 한국어가 섞이기 시작했습니다!"

청년이 소리치더니, 잠시 생각하고 목소리를 낮추어 원동웅 씨에게 속삭였다.

"플레이 타임은 얼마나 됐나요? 이건 혹시…… 히든 엔딩인가요?"

"무슨! 손님의 친구라니까. 그냥 사람이야, 사람!"

"아까부터 자꾸 뭔 사람이래?"

진이가 중얼거리자 원동웅 씨는 벌컥 화를 냈다.

"너도 가게에서 일해봤으면 온갖 손님들 다 오는거 알잖아! 그 뭐냐, 데이터 이주인지 뭔지, 그걸 한 사람이래! 그 USB 속에 산댄다!"

"진짜 사람이라고? 왜 거기 갇혀있대? 그게 가능해?"

"그게 중요한 게 아냐. 이보쇼, 지금 그쪽이 위험하다는데. 일단 연결 끊어요? 알겠죠?"

"아빠, 내 노트북에 마이크 없어."

"뭐? 그럼 어떡해?"

"글쎄……. 채팅을 쳐봐?"

여인이 다시 필사적으로 무어라 외쳤다. 한글이 뒤섞인, 도통 의미를 알 수 없는 말풍선이 쭉 이어졌다. 이어폰으로 주의깊게 듣고 있던 청년이 말했다.

"완전한 한국어가 아니라 확실하진 않은데요. 지금 끊으면 안 된다 하는 것 같아요! 이미 뭐가 들어왔다는데요? 도와달래요."

"저 친구…… 지금 아무렇게나 지어내는 거 아니냐? 오늘 보니 영 미덥지 않던데."

원동웅 씨가 진이에게 속삭이자 진이가 고개를 흔들었다.

"진짜일걸. 잔뜩 신난 애들이 횡설수설 말하는 것들도 다 알아듣던데. 쌤들 사이에서 유명해."

"참나."

"아빠, 근데 민구 씨…… 약간 엄마 닮았지? 사람이 어쩜 저리 예쁘담? 솔직히 그래서 아빠도 화 더 못 내는 거 아냐."

"갑자기 네 엄마 얘기를 왜 해!"

부녀가 수군대는 것을 알아차리지 못할 만큼 화면에 집중하고 있던 청년은 다시 한번 놀라서 펄쩍 뛰었다. 화면 속에 갑자기 다른 여자가 나타났기 때문이었다. 검은 코트를 입은 이 여자는 원래 있었던 여인의 도트 그래픽과 달리 3D 캐릭터를 넘어 현실처럼 보였다. 마치 오락실 게임기 화면에 갑자기 고화질 영상이 합성된 것 같았다. 이질적인 두 여자가 서로 마주 서있었다. 원동웅 씨는 다른 해상도에도 불구하고 그들이 어딘가 닮아있다고 느꼈다.

검은 코트를 입은 여자가 자신의 검은 코트 안쪽에 손을 넣더니 총을 꺼내 들었다.

"저게 손님이 말한 킬러구먼!"

원동웅 씨가 외쳤다. 아직 상황을 파악하지 못한 진이가 혼란스러워하며 물었다.

"그러니까 이게…… 게임인 거야?"

"아이고, 이걸 어째! 채팅? 채팅을 하라고?"

원동웅 씨가 다급하게 키보드에 손을 올렸다.

"멈추세요. 머, 머……. 망할 놈의 미음이 대체 어딨냐……."

원동웅 씨가 필사적으로 'ㅁ'을 찾는 동안, 검은 코트를 입은 여자는 무어라 말하며 총을 장전했다. 그의 말 역시 말풍선으로 떠올랐지만 한국어가 섞여있지 않았다. 원래 있었던 여인은 체념한 듯 눈을 감았다. 마음이 급해진 진이가 원동웅 씨를 밀치고 자판을 치기 시작했다.

"멈추라고 해? 일단 그렇게 쓴다? 보낸다?"

수년간의 문서 작업으로 단련된 진이가 빛의 속도로 타자를 쳤다. 말풍선이 떠올랐다. 코트를 입은 여자가 주춤했다. 원래 있었던 여인이 무어라 외쳤고, 이를 듣고 있던 청년이 말을 전했다.

"정확히는 모르겠는데, 채팅 내용을 자신들 언어로 새로 들어온 여자한테 전달하고 있는 것 같아요."

그때 코트를 입은 여자가 아랑곳 않고 총을 쐈다. 총소리가 어찌나 컸던지 진이와 원동웅 씨마저도 청년이 끼고 있는 이어폰 밖으로 새어나온 소리를 들을 수 있을 정도였다.

"귀가 터질 뻔했어요!"

청년이 얼얼한 귀를 두드리며 이어폰을 뺐다. 그러자 노트북 스피커로 철컥, 하고 총을 장전하는 소리가 났다.

실사처럼 보이는 연기 사이로 코트를 입은 여자가 다시 총을 겨누는 것이 보였다. 원래 있었던 여인은 쓰러져 있었다. 총을 맞은 팔 한쪽의 이미지가 부서지고 있었다. 여인은 덜덜 떨고 있었다. 원동웅 씨가 재빨리 말했다.

"거 뭐야……. 아, 그 손님 이름을 못 들었는데. 떠돌이! 떠돌이 친구가 보낸 사람이라고 해라! 칭칭 싸맨 떠돌이!"

"뭐야, 쏘면 죽는 거야? 그냥 그래픽이잖아……. 저거 맞으면 죽어? 진짜 죽어?"

당황한 진이가 질문을 쏟아내면서도 부지런히 타자를 쳐서 원동웅 씨의 말을 적어 넣었다. 부서지고 있는 팔을 붙잡은 채로 원래 있었던 여인이 말을 옮겼다. 이를 전해들은 코트 입은 여자는 혼란스러운 표정으로 총을 천천히 내렸다.

"이제 어떡해? 갑자기 왜 죽여? 저 이상한 총 쏜 여자는 내 노트북에 갑자기 어떻게 들어왔어? 손님이 거짓말한 거 아냐? 잠깐, 이거 바이러스 같은 거야?"

"진짜 사람이라니까! 거짓말할 손님이 아니야."

— 당신을 누아가 보냈는지 어떻게 알죠? 여긴 어디고요? 처음 보는 이상한 언어를 사용하고 있잖아요.

노트북 스피커를 통해 아주 서늘하고 날카로운 목소리가 흘러나왔다. 코트를 입은 여자가 완벽한 한국어로 말하고 있었다. 깜짝 놀란 진이와 청년이 덜컥 서로의 손을 잡았다. 그 모습을 미처 보지 못한 원동웅 씨가 말했다.

"그러는 당신도 한국말을 하고 있잖아! 참, 마이크 없다 했지. 진아, 빨리 적어 넣어라."

진이는 마지못해 잡은 손을 놓고 다시 타자를 치기 시작했다. 채팅을 본 여자가 코웃음을 쳤다.

— 이깟 원시적인 언어, 당신들 통신망에서 긁어온 언어 데이터 몇 테라면, 분석은 몇 분 걸리지도 않아요. 처음 보는 언어라 시간이 걸렸을 뿐이에요. 저 인간은 멍청하니까 그마저도 제대로 못 한 거고. 그래서 당신은 누구냐고요! 저도 더 이상 기다릴 이유가 없는 것 같군요.

여자의 손에 들린 총이 덜걱거리자 원동웅 씨가 황급히 말했다.

"거, 환승터미널에 있는 구멍가게 주인이요! 그 손님이 부탁해서 기껏 나왔더니만! 빨리! 쏘기 전에 빨리 써!"

진이가 입을 삐죽대며 자판을 눌렀다.

"알았어. 안녕하세요, 제44 은하계 환승터미널 구멍가게 사장입니다……. 손님에게 부탁받아서 왔습니다. 한국말을 할 줄 아시는군요……."

"왜 '기껏 나왔다'는 말은 안 써! 쓸데없는 말이나 붙이고 말이야."

"생색을 뭐하러 내!"

― 전 믿지 못하겠어요. ……떠돌이라는 단어를 함부로 쓰는 것도 그렇고요. 그리고…….

여자는 총을 다시 들어올렸다.

― 전 이 인간을 너무 오랫동안 찾아 헤맸어요.

"어이쿠, 이 인간 대체 왜 그래? 살벌하기 그지없네! 한 5분만 기다리라고 좀 해봐라! 안 되겠어. 가게로 가자. 거기 그 손님이 있다고 해!"

"아, 알았어. 쓰고 있어. 5분만 기다리면……. 그 떠돌이 손님을…… 만나게…… 해줄게요……."

"또 왜 '이 인간 대체 왜 그래? 살벌하기 그지없네!'는 빼먹어!"

"자극하는 말을 뭐하러 해!"

"죄송하지만 손님, 더 필요한 것이 있으실까요?"

뒤에서 친절한 목소리가 들려왔다. 따뜻한 미소를 띤 카페 아르바이트생이 핏발이 선 눈을 반짝이며 물었다.

"마감…… 시간이 조금 지나버려서요."

"나가기 전에 '살벌하기 그지없네' 써서 보내."

포기하지 않은 원동웅 씨가 진이에게 속삭였다.

＊

가게로 돌아가는 길은 상당히 불편했다. 노트북을 꺼지면 코트 입은 여자가 생각을 바꿔 무슨 짓을 저지를지 몰랐기에, 열려있는 노트북을 든 채로 터미널까지 걸어갔다. 심지어 그 짧은 시간동안 몇 번이고 여자가 총을 쏘려는 걸 보고 중간중간 채팅까지 쳐서 그를 말려야 했다. 진이가 길 위에서 자판을 치는 동안, 청년은 제 덩치를 살려 노트북을 올려 놓을 너른 등을 제공했고, 원동웅 씨는 그 옆에 멀뚱히 서서 써야 할 말들을 소리쳤다. 셋 다 고생이 이만저만이 아니었다.

그러나 터미널 문 앞에 서있던 칭칭 싸맨 손님이 자신의 친구를 보았을 때의 모습은 그들의 수고를 보상하고도 남았다. 칭칭 싸맨 손님은 천천히 헬멧을 벗었다. 그는 노트북 화면을 하염없이 바라보다가 원동웅 씨를 껴안았다.

한편 노트북에 내장된 카메라를 통해 칭칭 싸맨 손님을 본 도트 여인은 환하게 웃었지만, 코트를 입은 여자는 어쩔 줄을 모르는 것 같았다. 그는 그저 입술을 깨물고 총을 늘어뜨려 자신의 뒤로 감췄을 뿐이었다.

칭칭 싸맨 손님은 USB를 자신의 패드로 옮겨 꽂았다(노트북이 정상 화면으로 돌아오자 진이가 안도의 한숨을 내쉬었다). 패드에 두 여자가 있는 공간이 다시 떠올랐고, 그는 패드에 말을 적어 넣었다.

— 제이시, 괜찮아?

원래 있었던 도트 여인은 끄덕 하더니 자신의 팔에 무언가를 하기 시작했다. 망가진 데이터를 복구하는 것 같았다.

— 많이 다치지 않아 다행. 그리고, 너…….

칭칭 싸맨 손님은 손을 잠시 멈췄다가 다시 써 내려갔다.

— 너일지도 모른다고 생각했어. 제이시를 죽이려는 사람들을 보낸 게.

칭칭 싸맨 손님의 글을 본 코트 입은 여자는 아무 말도 하지 못했다. 원동웅 씨가 진저리를 치며 말했다.

"말도 마. 총을 빵빵 쏘는데, 어찌나 살벌했는지 몰라."

"총소리 때문에 여기도 상해를 입었답니다……."

청년이 이어폰을 착용한 자신의 귀를 가리켰다.

— 대체 왜?

펜을 움직이던 칭칭 싸맨 손님은, 잠시 망설이다가 말을 이어 적었다.

— 너의 백업-존재를…….

— 저건 내가 아냐.

차가운 목소리로, 코트 입은 여자가 툭 내뱉었다. 칭칭 싸맨 손님은 글을 적어 대답했다.

— 제이시…… 네 일부야.

"어쩐지, 닮았다 했어."

원동웅 씨가 말했다. 노트북 받침대 역할을 하느라 아타드족에 대해 제대로 듣지 못한 청년이 물었다.

"같은 게임인데 한쪽이 구버전인 그런 상황인가요?"

"아니요. 저 여자분들은 자아를 이루는 핵심 데이터를 가상 공간으로 이전한 존재들이고, 아까 그 USB에 종종 백업을 한대요. 사람이에요. 백업이라 하니…… 쉽게 말하면, 과거의 자신이 아닐까요?"

가게로 오는 동안 원동웅 씨가 조리 없이 늘어놓은 아타드족에 대한 설명을, 원동웅 씨보다도 완벽히 이해한 진이가 말했다. 코트 입은 여자가 외쳤다.

— 너도 네 데이터 문신이 보기 싫어서 둘둘 싸매고 다니잖아. 나도 저게 꼴보기 싫어. 저딴 게 아직도 존재하는 게 너무 치욕스러워. 저게, 내 과거가, 아예 사라졌으면 좋겠어!

그 말을 들은 원래의 여인이 움찔했다. 여인은 고개를 아래로 떨구었다. 도트로 된 머리카락이 우아하게 그의 어깨로 흘러내렸다. 진이가 말했다.

"와, 말이 심하네. 당사자 앞에서."

— 당신은 뭔데 함부로 말하는 거야?

얼음 결정처럼 날카로운 목소리가 말했다. 진이는 흠칫 놀라며 눈을 크게 뜨더니, 청년에게 소곤거렸다.

"저 패드에는 마이크 기능이 있나 봐요."

"그러게요. 아까 제가 구버전이라고 말한 것도 들었으면 어쩌죠? 기분 상했을 텐데……."

청년과 진이가 수군대는 것에 아랑곳않고, 여자는 매섭게 소리쳤다.

— 죽도록 노력해서 여기까지 올라왔어. 온갖 더러운 일도 참으면서. 그런데 저 인간, 내 과거가 아직도 생생하게 남아있잖아……. 낙인처럼! 나를 영원히 따라다니고 있다고.

낙인이라는 단어에, 칭칭 싸맨 손님의 어깨가 살짝 떨렸다. 그는 천천히 글을 쓰기 시작했다.

— 널 따라다니지 않아. 제이시는…… 자신이 들어있는 USB를 아무 데도 연결하지 말아 달라고 말했어. 이 세계에 아무 영향도 주지 않는 닫힌 서버에서 살기로 결심한 거야. 그런데 넌…….

— 그럼, 넌 왜 내가 아닌 이걸…….

코트를 입은 여인이 현실처럼 생생하게 아름다운 팔을 들어, 투박한 도트 그래픽의 여인을 가리켰다.

— 제이시라고 부르지? 이런 멍청한, 저용량 백업본을 말이야.

— 제발 그렇게 말하지 마. 너의 과거잖아.

온갖 차별과 박해를 피해 가상 공간에 정착한 아타드족은 현실 세계와 단절된 그들만의 유토피아에서 살아갔다. 그러나 단 한 가지 지점에서 그들은 여전히 현실 세계와 맞닿아 있었다. 그들의 데이터는 완전한 가상의 것이 아니었다. 데이터는 결국 세계 어딘가에 위치한 물리적인 서버에 저장되기 마련이었다. 그리고, 한 존재를 이루는 데이터의 크기는 정말이지 상상을 초월할 정도로 컸다. 가상 공간으로 넘어간 이후에도 그들은 자신의 데이터를 저장하는 서버 비용을 현실 세계에 지불해야 했다.

— 그래. 그깟 서버 비용이 부족해서, 8비트 그래픽으로 떨구고 기억 용량도 대폭 줄인 그 '과거' 말이지?

코트 입은 여자가 빈정거렸다.

— 난 이제 저렇지 않아. 지금의 난 거기 존재하는 사람들만큼이나 실재해. 거기 계신 분들, 솔직히 말해보세요.

여자는 화면을 똑바로 쳐다보며 원동웅 씨, 진이 그리고 청년이 앉아있는 곳을 정확히 가리켰다.

— 아까 제가 저걸 총으로 쐈을 때, 진짜 눈앞에서 살인이 벌어지는 것이라 생각했나요?

원동웅 씨는 아무 말도 하지 못하고 머뭇거렸다. 계속해서 이게 진짜냐고 물은 진이 역시 마찬가지였다. 청년이 불쑥 말했다.

"전 처음부터 저 도트로 된 여자 분이 아버님의 진정한 사랑이라 생각했어요! 그래서 눈앞에서 돌아가시는 줄 알고 깜짝 놀랐죠."

"아까부터 자꾸 무슨 착각을 하는 거야!"

원동웅 씨가 소리질렀다. 여자가 조용히 말했다.

— 난 저게 나라는 걸 용납할 수 없어. 지금의 내 직원들이 저 모습을 보면, 나를 여전히 존경하는 대표로 여길까? 투자자들이 투자를 할 것 같아? 이웃들, 내가 지금 살고 있는 곳의 이웃들이 나를 내쫓지 않고 배길 것 같냐고!

외투 입은 여자는 자신의 생생한 손가락을 들여다보았다. 얻어내기 위해 이를 악물고 노력했던 데이터-몸이었다. 8비트로 이루어진 자신의 과거에 비해 무려 1024의 3제곱이 넘는 용량의, 존재하는 것만으로도 넘쳐흐르는 부와 지위를 보여주는 그런 몸. 그 뒤로 초라한 자신의 과거가 보였다. 그 누구에게도, 심지어 자기 자신에게도 인정받지 못하는 그런 존재였다. 여자는 이를 악물었다.

그리고 원동웅 씨는 여자의 이야기를 들으며, 자신의 마음속에서 무언가 아주 무거운 것이 가라앉는 것을 느꼈다. 여자는 자신을 닮아있었다. 한평생 숨기고 미워하고 종내는 죽이고 싶었던 과거를 갖고 있다는 점에서, 원동웅 씨는 자신이 외투를 입은 여자와 다를 바가 없다고 느꼈다. 여자의 목소리는 누군가를 찌를 것처럼 아주 매서웠지만, 동시에 떨리고 있기도 했다.

— 외면당하고 공격당하고 저지르지도 않은 일을 뒤집어쓰기도 하고. 너도 알잖아. 떠돌이들이 무슨 일을 당하는지. 우리, 같이 그런 일들을 당했잖아. 그리고 넌 지금도 여전하겠지.

칭칭 싸맨 손님은 순간 자신의 문신이 불타오르기라도 한 듯, 고통스러운 몸짓으로 제 뺨을 쓸었다. 원동웅 씨는 두꺼운 천으로 문신을 가렸음에도 불구하고, 그가 경찰들에게 순식간에 발각되어 무력하게 제압당하던 순간을 떠올렸다. 그리고 여전히 보이지 못하는 자신의 붉은 머리도. 벗지 못한 그의 모자 속, 정수리 부근에 흥건하게 고인 땀이 모자 골을 타고 흐르는 것을 것을 느꼈다. 여자가 말을 이었다.

— 그게 싫어서 난 내 몸을 버렸어. 가상 세계에서 영원한 행복을 찾을 것 같았지.

여자는 밋밋한 회색 톤의 배경을 둘러보았다.

— 그런데 여기서도 차별은 지겹게 나에게 따라붙었어. 너무 적은 메모리 때문에 난 간단한 것도 쉬이 기억하지 못하는 바보가 되었고, 저 멍청한 8비트의 몸을 보면 다들 킥킥대면서 비웃었어.

그러지 않아도 형편이 어려운 떠돌이에게 막대한 서버 비용을 감당할 돈이 있을 리가 없었다. 여자는 데이터로 이루어진 세상 속에서 비로소 지옥 같은 데이터 타투를 지울 수 있었으나, 최소한의 데이터밖에 남길 수 없었다.

어디에도 천국은 없었다.

신체적 특성에 따른 차별이 없어졌지만, 각 데이터-존재가 가지는 용량은 또 다른 차등을 가져왔다. 그 차이는 너무나 극명했다. 기억 용량이 부족했던 여자는 말조차 제대로 할 수 없었다. 그가 할 수 있는 일도, 머물 수 있는 곳도 없었다. 여자는 차라리 원래의 세상으로 돌아가고 싶었으나 더이상 그곳에 그의 몸은 없었다. 이곳이 그의 마지막 세상이었다.

여자는 수단과 방법을 가리지 않고 서버 사용 비용을 모았다. 조금씩 그는 본래의 자신을 바꿔나갔다. 그는 다른 아타드족들이 그러듯 백업-존재를 자신의 원데이터에 병합하지 않았다. 업그레이드가 끝나면 백업-존재들을 지워버렸다. 서버에서 아예 흔적도 없이 사라지게 만들었다.

원동웅 씨는 자신의 머리 끄트머리를 불안하게 만지작거렸다. 구두약으로 머리를 염색하던 날이 떠올랐다. 자신의 이질성을 의식하기 시작한 날. 자신을 지우기로 결심한 날. 어머니가 가족들을 버리고 그와 함께 떠돌기 시작했던 날.

머무를 곳을 찾아서.

— 제발…… 그냥 내가 저걸 죽이게 놔둬. 저건…… 내가 아니야. 저것을 죽여야, 진짜 내가 완성된다고.

그러나 진정한 의미의 안식처는 없다. 애원하는 여자의 합성 목소리를 들으며 원동웅 씨는 그렇게 생각했다. 그는 어디서든 불안함을 느꼈다. 고작 진이 친구의 방문 때문에 머리를 다시 염색하는 것을 고민하고, 아무도 없는 친숙한 시장 골목에서 강박적으로 모자를 끌어내리며 온 신경을 곤두세울 정도로.

"그런 식으로는 영원히 완성될 수 없어."

원동웅 씨가 불쑥 말했다. 여자는 패드 카메라에 잡힌 원동웅 씨를 찾아 시선을 돌렸다.

— 뭐라고 하셨죠?

여자가 날카로운 목소리로 물었다.

"나도, 당신과 마찬가지야."

원동웅 씨가 심호흡을 하고 모자를 끌어내렸다. 땀에 젖은, 붉은기가 완연한 머리가 흘러내렸다.

"이게, 내 과거야. 그리고 나도…… 끊임없이 이걸 지우려고 했어. 평생 동안."

"아빠, 염색을 안 했어……?"

진이가 속삭였다. 흔들리는 눈동자로 진이와 원동웅 씨를

278

번갈아 쳐다보는 청년에게 원동웅 씨가 말했다.

"미안해. 자네가 진이와 어떤 사이인지 모르겠지만, 영원히 숨길 수는 없겠지. 난 혼혈이야. 아버지가 누군지도 몰라. 어머니가 날 혼자 키웠지."

"아버님, 전……."

"나는…… 나 자신을 미워했어. 어머니의 인생은 그야말로 나 때문에 완전히 망가졌으니까. 그리고 나를 본 수많은 사람들은 나를 그들과 같은 선상에 놓지 않았어. 나는 그야말로 괴물, 외계……인이었어. 존재하는 것조차 이상한, 영원히 이해받을 수 없는 그런 존재. 나는 눈에 보이지 않아야 했고, 그들의 세상에서 사라져야 했어."

칭칭 싸맨 손님은 원동웅 씨의 떨리는 손에 타투로 뒤덮인 자신의 손을 살짝 포갰다. 원동웅 씨의 말을 듣고 있던 여자가 매섭게 외쳤다.

— 어쩌라는 거야? 그래서 당신은 행복하게 잘 살고 있어? 그 잘난 정체를 다 오픈하면서 행복하게 살고 있냐고!

"아니, 나는……."

원동웅 씨가 잠시 숨을 고르고 말했다.

"……당신과 같다고 했잖아. 난 나를 죽였어. 당신과 마찬가지로. 주변 사람들, 그러니까 지구인들을 상대할 때는 머리를 염색하고 모자를 썼지. 그들과 완전하게 같은 사람인 것처럼 쭉 그렇게 살았어."

그리고 그는 고개를 돌려 컴컴한 터미널을 응시했다. 그에게 새로운 안식처를 주었던 공간. 제38 은하계의 괴상한 외계인들이 돌아다니는, 또 다른 외계인인 원동웅 씨가 마음껏 존재할 수 있는 공간인 그곳을.

"그리고 여기에 와서야 비로소…… 모든 압박을 벗어나고 있다고 생각했어."

"아버님, 저는 진이가 말해줘서 원래 알고 있……!"

진이가 청년의 등을 쳤다. 원동웅 씨는 청년의 말에 아랑곳하지 않고 말을 이었다.

"나 말고도 모두가 제각기 다르니까, 나도 그중 하나가 된 것 같았지. 그런데 말야……."

원동웅 씨가 낡아빠진 간판을 돌아보았다. 어머니가 글자를 적어 넣었던 간판, 40년 동안 그는 그 간판을 봐왔다. 그가 시선을 내리자, 청년이 판자 조각을 얼기설기 붙여놓은 어설픈 새 간판이 보였다. 그는 제38 은하계 언어들로 '구멍가게'가 적힌 종이를 들어올렸다. 그 낯선 글자들을 바라보며 그가 말했다.

"자꾸만 이전 과거가 자꾸 떠오르는 거야. 지워버리고 싶었던 그 시간들이."

철컥, 여자는 총을 다시 장전했다.

— 그러니까, 이렇게 지워버리겠다고 말하잖아.

여자가 원래 있었던 여인을 겨누었다. 그러나 그의 총은 떨리고 있었다. 원동웅 씨가 조용히 말했다.

"다른 방법이 있을 거야. 과거를 지우지 않고도, 당신이 살아갈 수 있는 방법이. 그리고 나도……."

그 말을 들은 도트 그래픽의 여인이 고개를 끄덕였다. 그는 아직도 약간 부서지는 팔을 부여잡은 채 총을 향해, 다시 말해 여자를 향해 천천히 걸어갔다. 여인이 입을 열었다. 어눌하고, 어딘가 끊긴 말투로.

— 나, 네가 자랑스러워.

총을 들고 있던 여자는 고개를 획 돌렸다. 도트 그래픽으로 된 여인이 말을 이었다.

— 미래에 이렇게 되다니, 멋진 모습이…….

— 닥쳐! 이런 멍청한 모습에서 빠져나오려고 그 노력을 한 건데! 그걸 네가, 네가…….

— 난…….

칭칭 싸맨 손님이 조금 망설이며 패드에 적었다.

— 제이시와 너 모두, 이 세상에 존재했으면 좋겠어.

코트를 입은 여자가 하얗게 질린 얼굴로 그 말을 읽었다.

— 너희 둘은 결국 같은 사람이잖아. 불타버린 우리 별의 마지막 순간을 함께 눈에 담았던, 유일하게 살아남은 내 고향

친구…… 제이시 말이야.

코트 입은 여자는 말이 없었다. 그는 총을 자신의 코트 안 주머니에 다시 집어 넣었다. 그리고 그는 몸을 돌려 회색 화면 저 너머로 사라져 버렸다. 그러는 동안 아무 말도 없었던 원래의 여인이 조용히 입을 열었다.

— 누아.

칭칭 싸맨 손님이 카메라를 향해 고개를 약간 끄덕였다.

— 이전에 했던 말…… 기억해?

여인의 말은 여전히 어딘가 단편적이고 뚝뚝 끊어졌다. 마치 말을 배우다 만 아이 같았다.

— 이제 다시 연결하지 마. 그냥 어디 던져 버려도 돼. 나 이 안에서 쉬고 싶어.

— 이전에 그랬듯이 내가 데리고 다니면 안 될까. 연결하지 않을게.

여인의 픽셀로 된 입이 머뭇거렸다.

— 그러다가 이런 일 또 생기면…….

— 다시는 잃어버리지 않을게. 약속할게.

입을 꾹 다물고 잠시 생각하던 여인이 고개를 끄덕였다. 여인은 카메라에 비친 세 지구인에게도 꾸벅 인사했다. 칭칭 싸맨 손님은 아주 천천히 USB를 분리했다. 그리고 그것을 천천히 자신의 품속 깊숙이 넣었다. 그는 한없이 가라앉은 표정으로 멍하니 앉아있었다. 원동웅 씨가 칭칭 싸맨 손님의 등을 툭툭 쳤다.

"좀 편하게 놀러 와."

"아!"

청년이 자신의 손을 탁 치더니 평상 한쪽에서 종이를 찾아 가져왔다.

"이거 손님도 적으세요. 내일 간판 만들 거예요!"

"아니, 난 이 많은 언어를 간판에 다 넣으려고 한 게 아닌데……."

원동웅 씨가 웅얼대며 말끝을 흐렸다. 그 말을 미처 듣지 못한 칭칭 싸맨 손님은 연필을 받아 들어 빈자리가 거의 남지 않은 종이 귀퉁이에 글자를 적어 넣었다. 꼭 그림처럼 오밀조밀하게 생긴 글자였다. 그는 희미하게 웃고 있었다.

— 이건 제 모성의 언어. 다시는 쓸 일이 없다고 생각했는데…….

청년이 글자를 들여다보더니 외쳤다.

"글씨가 아주 예쁜데요?"

"어쩔 수 없네. 다 넣어, 간판에."

진이가 원동웅 씨에게 말했다. 어깨를 으쓱하던 원동웅 씨는 갑자기 실눈을 뜨고 진이를 바라보았다.

"근데 너희…… 진짜 무슨 사이냐?"

EP 7

파랗고 반짝이는 마음

제44 은하계 어딘가에는 허름한 환승터미널이 있다. 정확히 말해 제44 은하계, 태양계, 지구, 아시아 대륙, 대한민국, 서울시 봉천동 시장 변두리에 있는 이 터미널은 자세히 보면 꽤 매력적인 장소다. 지구의 붉은 벽돌 사이로 제38 은하계의 나무가 뒤얽혀 자라는 복도에 다른 행성으로, 그리고 다른 행성계로 가기 위해 터미널을 찾은 제38 은하계 손님들이 바삐 오간다.

그리고 당연한 얘기지만 이곳에는 변함없이 구멍가게 하나가 우뚝 서있다. 단골 손님을 여럿 두고 있고 최근에는 제38 은하계의 유명 잡지에도 실린 곳이다. 따라서 우리는 이 가게의 주인인 원동웅 씨가 제38 은하계에서 꽤나 유명 인사가 되었다고 조심스럽게 말해볼 수도 있을 것이다.

그러나 그의 생활은 그다지 변하지 않았다. 매일 가게를 쓸고 닦고 손님들을 상대하고, 저녁이 되면 카운터 뒤쪽에 있는 방에 들어가 잔다. 새벽에 손님이 올 수도 있으므로 가게 문을 잠그지는 않는다.

가게를 시작한 지 1년 하고도 일주일 되는 날도 마찬가지였다. 원동웅 씨는 단조롭고 또 순조롭게 하루를 시작했다. 그러나 틀에 박힌 일상에도 언제나 변주가 있는 법이니, 원동웅 씨도 예외는 아니었다. 그는 여느 때처럼 손님을 상대하는 대신 가게 앞마당에서 소리를 지르고 있었다.

"이 사람아, 망치질을 하려면 아래에 무언가를 대고 해야지. 아니, 손을 갖다 대면 어떡해! 손까지 뚫어버리게? 일단 망치질을 멈추라고!"

원동웅 씨는 머리를 싸맨 채, 청년이 간판을 망치로 내려치며 자신의 손만 싹 치우는 광경을 지켜보았다.

이미 못으로 얼기설기 붙어있던 간판에서 빠직, 하는 소리가 났다. 원동웅 씨가 새벽부터 페인트칠을 해서 튀어나온 못들을 겨우 가렸던 그 간판, 손님들이 적어준 난해한 외계 글씨들을 겨우겨우 따라 그려서 완성했던 바로 그 간판이 그의 눈앞에서 산산조각 나는 순간이었다.

"안 돼!"

원동웅 씨가 외쳤다.

"아버님, 괜찮습니다! 다시 이어 붙이면……."

청년이 조각들을 긁어모았다. 원동웅 씨는 허망하게 조각들을 내려다보았다.

아무래도 다시 이어 붙일만한 상태로 보이지 않았다. 조각난 자재들을 못으로 대강 이어 붙여둔 간판이 망치질 한 번에 다시 이음새를 잃고 산산이 부서진 것이다.

"아니, 이게 뭔가? 가게 기념품을 만들고 있는 것인가?"

조각들 위로 그림자가 드리우며 쾌활한 목소리가 들려왔다. 원동웅 씨가 고개를 들자 어느새 다가온 기자 손님이 조각들을 구경하고 있는 것이 보였다. 그 옆엔 정장을 입은 손님이 몸을 굽히고 조각 하나를 집어들었다.

"이건 제가 사고 싶군요. 제 모국어가 들어간 조각이라."

정장 손님이 조각을 이리저리 돌려보며 말했다. 원동웅 씨는 눈을 가늘게 뜨고 청년을 노려보았다. 청년은 또 불쌍하게 어깨를 늘어뜨렸다.

"이젠 그런 불쌍한 척에 안 속아."

원동웅 씨가 말했다.

＊

  아침 일찍부터 기자 손님이 정장 손님을 데리고 온 이유
는 다름이 아니라 미숫가루였다. 전날 한껏 친해진 그들은
승강장에 오르기 전까지 대화를 나누다가, 기자 손님이 예전
에 원동웅 씨에게 얻어 먹었던 미숫가루 이야기를 꺼낸 것이
다. 그래서 기자 손님, 정장 손님, 청년 그리고 원동웅 씨, 그
렇게 네 사람은 가게 뒤뜰에 옹기종기 둘러앉아 미숫가루를
마시게 되었다.

  "그러니까, 이 청년이 자네의 사위란 말인가?"

  "아직 사위 아니라고!"

  원동웅 씨가 버럭 소리쳤다. 청년은 윗입술에 미숫가루를
반달 모양으로 묻힌 채 마냥 좋다는 듯 헤헤, 하고 웃었다. 정
장 손님이 이해했다는 듯 손을 탁 치고 말했다.

  "아, 이제 곧 결혼식을 올리신다는 거죠? 저희도 초대해
주세요."

  "아직 아니라니까!"

  영 말귀를 못 알아듣는 손님들 사이에서 원동웅 씨가 핏
대를 세우고 있을 때, 누군가 가게 안으로 들어오는 소리가
들렸다. 원동웅 씨는 미숫가루를 먹으며 시시덕거리고 있는
세 사람을 뒤뜰에 놔두고 가게로 들어섰다. 막 들어온 손님

은 그가 아는 사람이었다.

손님의 머리와 목에 걸친 스카프는 여전히 낡고 초라했다. 그러나 그는 지난번과 다르게 떨고 있지 않았고 얼굴도 환히 빛나고 있었다.

"손님, 아주 신수가 훤해졌네."

원동웅 씨가 1년만에 방문한 구두닦이 손님을 보며 말했다. 손님은 쑥스럽게 웃으며 난로를 가리켰다.

"여기가 무슨 사우나인 줄 알아?"

원동웅 씨는 툴툴댔지만 곧 난로 옆으로 의자를 끌어다 놓고 손님을 앉혔다. 원동웅 씨가 조개탄 서너 개를 난로에 던져 넣었다. 침묵과 따뜻함이 가게를 채웠다.

구두닦이 손님은 얌전히 앉아있었다. 안절부절못하던 전번과 다르게 꽤 편안해 보였다. 낯선 장소에 많이 머물러 본 여행자의 여유라고 할까. 그는 편안히 난로를 쪼고 있다가 원동웅 씨와 눈이 마주치자 생긋 웃었다.

뒤뜰에서 어렴풋이 사람들이 웃는 소리가 들려왔다. 민규인지 민둥인지 하는 친구가 또 뭔가 실수를 한 것은 아닐까. 원동웅 씨는 생각했다.

원동웅 씨가 갑자기 생각난 듯 카운터 뒤로 돌아가 무언가를 만들었다. 그리고 미숫가루 한 잔을 손님에게 건넸다.

"손님도 먹어봐요. 제38 은하계 사람들 입맛에 그럭저럭 맞는 것 같던데."

"감사합니다. 매우 감사합니다. 이번에도 미안하다."

"뭐, 별것도 아닌데. 이번엔 구두 안 닦아줘도 돼요."

원동웅 씨는 자신이 신고 있는 슬리퍼를 가리키며 말했다.
구두닦이 손님은 고개를 저었다.

"친구여, 오늘은 구두 닦는 것 대신에 다른 것을 드리겠
어요."

"뭘 자꾸 주려고 해."

"저를 위해서 받아주세요. 저는 이것을 드리기 위해 왔다."

손님이 스카프 안쪽으로 손을 집어 넣더니 무언가를 꺼냈
다. 어지러운 문양이 안에서 반짝이는 작은 돌이었다. 이를
받아든 원동웅 씨는 불에 돌을 비춰 보았다. 불투명한 돌 안
쪽으로 보이는 파란 문양 같은 것이 천천히 소용돌이 치고
있었다.

"이 문양, 손님 스카프랑 비슷하네."

"오, 맞아요. 그러나 이 돌이 먼저. 이 돌의 문양을 따라서
만든 스카프입니다."

아주 비싸보이지는 않아 부담이 덜한 데다 손님이 하도
간절한 표정을 짓고 있었기에 원동웅 씨는 고맙다고 말하며
돌을 카운터 위에 올려 두었다.

"부담스럽게 이런 건 왜 사왔어요. 기념품인가?"

손님이 환하게 웃으며 말했다.

"어렵게 생각하지 말아요. 저희의 전통이다. 받아주세요. 순례……."

"……니까, 간판을 그냥 놔두는 게 낫다니까요."

"역시 그렇지? 한번 얘기해 보자고."

뒷문이 열리며 사람들의 대화 소리가 들려왔다. 동시에 둘의 고개가 돌아갔다. 뒤뜰에 있던 세 사람이 가게 안으로 들어오고 있었다. 정장 입은 손님은 구두닦이 손님을 보고 약간 굳어졌다. 원동웅 씨가 물었다.

"미숫가루 더 줘?"

"아버님, 저는 더 주시면 감사하겠습니다!"

"나도 좀 더 주게!"

그들이 진열대를 따라 걸어왔다. 구두닦이 손님은 구석으로 물러났다. 원동웅 씨는 정장 손님이 그 옆을 지나며 숨을 참는 것을 씁쓸하게 지켜보았다. 그는 원동웅 씨를 도와 아이를 구한 사람이었다. 완전히 다른 '외계'인인 원동웅 씨에게 언제나 친절하게 대하는 사람이었다. 간판에 내행성의 다양한 언어를 추가해야 한다고 말하는 사람이었다. 그러나 그는 동시에, 어떤 이들을 경멸하는 사람이기도 했다. 마치 자신이 그랬듯이, 다른 손님들이 그랬듯이, 그리고 모든 사람이 그러하듯이.

정장 손님은 자신은 됐다고 말하며 곁눈질 한 번 없이 발길을 돌렸다. 그때, 구두닦이 손님이 모래가 흘러내리는 듯한 목소리로 그를 불렀다. 정장 손님이 멈칫하고는 나가려던 몸을 돌려세웠다. 구두닦이 손님이 무언가를 앞으로 쭉 내밀고 있었다. 원동웅 씨에게 준 것과 거의 비슷한 돌이었다.

정장 손님이 약간 머뭇거리자 구두닦이 손님은 돌을 카운터 위에 조심스럽게 올려 놓고 다시 뒤로 물러났다. 그리고 아주 작은 목소리로 원동웅 씨에게 했던 말을 약간 더듬거리며 반복했다.

"이, 이건 저희의 전통이다. 받아주세요. 순례길을 시작하며 처…… 처음으로 만난……."

정장 손님이 무표정으로 가만히 서있었다. 그 말을 들은 원동웅 씨가 끼어들었다.

"나도 받았어. 참 반짝반짝하니 예뻐. 난 이거 카운터에 달아두려고."

원동웅 씨가 공연히 수선을 떨며 자신이 받은 돌을 흔들었다. 돌 안의 소용돌이가 반짝였다.

"와, 너무 멋진데요? 저도 받고 싶어요!"

"오, 이걸 실제로 보는 건 나도 처음이네! 저기, 사진 한 장만 찍어도 되겠습니까?"

청년과 기자 손님이 수선을 떠는 와중에도 구두닦이 손님은 꿋꿋이 말을 이었다.

"처, 처음으로 만난 친구에게 꼭 줘야 하는 거예요. 그때다, 당신도 만났으니까……. 그래서……."

정장 입은 손님은 다시 카운터를 향해 걸어왔다. 아직 카운터 앞에 있던 구두닦이 손님은 황급히 그를 피해 가게를 빙 돌았다. 정장 손님은 카운터에 놓여있던 자신의 선물을 집어 들었다. 그는 원동웅 씨가 했듯이 돌을 빛에 비춰 보았다. 파랗고 반짝이는 무언가가 돌 안에서 너울대고 있었다. 정장 손님은 돌을 손에 꼭 쥐었다.

구두닦이 손님이 문가에 서서 손을 흔들었다.

"받아줘서 고마워요. 고마워요. 모두 행복해."

구두닦이 손님이 나가고 원동웅 씨와 뒤뜰 삼총사만 남았다. 정장 손님은 손에서 공연히 돌만 굴리다가 불쑥 말했다.

"저희가 이야기를 좀 해봤는데 말이죠. 간판을 새로 하지 마시고 이미 달려있는 간판을 활용하시면 어떨까, 하는 이야기가 나왔습니다."

정장 손님은 만지작거리던 돌을 손수건으로 곱게 싸더니 안주머니에 넣었다. 청년이 끼어들었다.

"네, 아버님! 지금 간판도 아버님네 어머님이 쓰신 거라면서요. 버리기 아깝습니다. 진이에게 다 들었습니다!"

"진이 갠, 내가 혼혈인 것도 죄다 말하고, 그것도 말하고.

대체 안 말한 게 뭐야?"

원동웅 씨가 눈썹을 찌푸리고 말했다.

"제가 진이 씨 어머님 닮았다는 얘기도 들었습니다. 헤헤."

머쓱하게 웃는 청년 옆에서 기자 손님도 말을 보탰다.

"그래서 저 원래 간판에 그냥 우리 은하계 언어들도 같이 써넣자는 거지. 어떤가? 내가 맨 처음 낸 아이디어였네!"

"제가 먼저 얘기한 것 같은데……."

청년이 중얼거렸다.

*

그들은 사다리 위로 올라가 간판에 글자들을 적어넣기 시작했다. 원동웅 씨의 어머니가 만든 간판에 청년과 손님들의 글자들이 더해졌다.

그들은 뿌듯한 표정으로 간판을 올려다보았다. 누군가는 간판을 보고 무엇이 쓰여있는지 이해할 수 있을 것이고, 또 어떤 이들은 그중 어떤 언어도 읽을 수 없을 것이다. 그러나 그래도 괜찮았다. 아직 그 커다란 간판엔 공백이 아주 많았고, 자신의 언어를 적어 넣고 싶은 손님이 있다면 언제든 새 언어를 추가할 수 있기 때문이다.

"아주 잘 썼는데요?"

"저기, 저 글자가 제일 잘 쓴 것 같네."

"본인이 쓴 거잖아요."

한글과 '외계'의 언어들이 뒤섞인 간판을 단 가게를 보며 원동웅 씨는 불현듯, 자신이 더 이상 투자도, 성공도 바라지 않는다는 사실을 깨달았다. 그 간판은 꼭 자신 같았다. 외계인이고, 한국인이고, 지구인이고, 또 그냥 사람인 자신. 그리고 그런 간판을 달고 있는 가게에서 그는 계속 살아갈 것이다.

제44 은하계 환승터미널 안, 단 하나밖에 없는 구멍가게에서 말이다.

　몇 년 전 어느 날, 저는 이스탄불의 밤거리를 거닐고 있었습니다.

　셔터가 내려진 텅 빈 시장은 낮의 그것과는 다르게 적막하고 음산합니다. 쌓인 물건들, 가게 뒤편에서 마감 중인 몇몇 상인들, 바람에 나부끼는 가게 차양……. 그 모든 것이 그늘 속에 웅크린 채 저를 지켜보고 있는 것만 같았습니다. 무언가 쫓아오는 것 같아 자꾸만 뒤를 돌아보며 걷던 저는 제 앞쪽에서 걸어가던 구두닦이가 시장 바닥에 구둣솔을 떨어뜨린 것을 보았습니다. 마치 신데렐라처럼, 그는 자신의 구둣솔이 떨어진 줄도 모르고 앞으로 쭉쭉 걸어가고 있었습니다.

　저는 망설이다가 그를 불렀습니다. 구둣솔을 가리키자, 그는 우스꽝스러운 표정으로 이마를 탁, 치고는 자신의 유리 구두를 주웠습니다. 그리고 제 지저분한 워커를 보고는, 혹시 닦아주어도 되겠냐고 물었습니다. 그 순간 저도 모르게 뒷걸음질을 쳤습니다. 아마 무서웠던 것 같습니다. 인적 드문 거리에서 무슨 일이 벌어질지는 모르는 일이었습니다.

구두닦이는 시장 한가운데 우두커니 서서, 빠른 걸음으로 멀어지려는 저를 바라보았습니다. 그의 뒤로 미처 꺼지지 않은 몇몇 가게의 빛이 비치고 있었습니다. 그가 서툰 영어로 외쳤습니다.

"오, 친구여. 제발 제 마음을 아프게 하지 마세요."

글쎄요, 그는 그저 고마워서 제 신발을 닦아주겠다고 했을 수도 있을 것입니다. 혹은 어리바리한 여행자를 등쳐먹으려는 사기꾼이나, 무시무시한 강도였는지도 모릅니다. 별생각 없이 그리했을 수도 있습니다. 그러나 어쩐지 그 이미지는 제 마음속에 각인되고 말았습니다. 구둣솔을 쥔 채, 가만히 서서 자신의 마음이 아프다고 외치는 그의 모습이요.

두려움과 공포, 폭력, 혐오, 그리고 편견으로 가득한 이 세계에서 어떤 호의들은 누군가에게 가닿기도 전에 스러지고 맙니다. 선한 마음을 선뜻 믿기에는 너무 위험한 세상이기도 합니다. 하지만 "원래 이런 세상이야." 하고 하며 넘겨버리기엔 너무 마음 아픈 순간들이 분명히 있는 듯합니다.

그래서 구두닦이 에피소드를 쓰기 시작했습니다. 서로에 대한 적대감을 조금이라도 걷어낼 수 있는 이야기들, 자기 안의 혐오를 직시하고 또 이겨낼 수 있는 가능성들을 그려보고 싶었습니다. 이 책이 여러분에게 그런 시간을 줄 수 있으면 좋겠습니다. 가능하다면 약간의 웃음도 함께요.

이 책을 쓰는 데에는 생각보다 오랜 시간이 걸렸습니다. 그 시간 동안 저를 도와준 분들이 있습니다.

먼저, 기약 없는 긴 기간 동안 꾸준히 글을 봐주시고 아이디어와 의견을 주셨던 권정은 피디님. 이 책이 완성될 수 있었던 이유의 7할은 피디님의 무시무시한 "작가님? 다 쓰셨지요……?"가 아니었나 합니다. 정말 감사합니다.

제 원고의 미래를 믿고 수상의 기회를 주셨던 교보문고와 롯데컬처웍스 분들에게도 감사함을 표합니다.

소설이라는 분야에 서른 넘어 처음으로 도전한 저를 지지해준 가족들. 곁에서 아이디어 쥐어짜는 것을 도와주고 안 풀리는 구간에는 위로를 주었던 고동관. 작업할 수 있는 공간을 제공해 주었던 박해원. 바쁜 스케줄 중에도 정성스러운 코멘트를 남겨준 김지은, 배호경, 이승환. 주인공을 구상하는데 큰 영감을 제공해 준 원동인. 모두 고맙습니다.

그리고 출판을 결정해 주신 출판사 해피북스투유와 조연수 편집자님. 덕분에 책이 실제 세상에 나올 수 있었습니다. 감사합니다.

마지막으로 제38 은하계의 행성만큼이나 무수히 많은 책 사이에서 이 책을 선택해 주신 독자 여러분께 깊은 감사의 마음을 전합니다. 원동웅 씨와 함께한 시간이 당신에게 즐거움으로 기억되길 진심으로 기원합니다.

은하계 환승터미널 구멍가게

초판 1쇄 발행 2024년 7월 9일
초판 2쇄 발행 2024년 7월 18일

지은이 배인경
펴낸이 김문식 최민석
총괄 임승규
책임편집 조연수
기획편집 이혜미 김지은 김민혜 명지은
　　　　　신지은 박지원 백승민
마케팅 조아라
디자인 배현정

펴낸곳 (주)해피북스투유
출판등록 2016년 12월 12일 제2016-000343호
주소 서울시 성북구 종암로 63, 5층 (종암동)
전화 02)336-1203
팩스 02)336-1209